VOLTANDO A VIVER

Catalogação na Fonte
Elaborado por: Josefina A. S. Guedes
Bibliotecária CRB 9/870

Browning, Elilde
B885v Voltando a viver / Elilde Browning. - 1. ed. - Curitiba : Appris, 2021.
2021 193 p. ; 23 cm.

ISBN 978-65-250-0050-3

1. Ficção brasileira. I. Título. II. Série.

CDD – 869.3

Editora e Livraria Appris Ltda.
Av. Manoel Ribas, 2265 – Mercês
Curitiba/PR – CEP: 80810-002
Tel. (41) 3156 - 4731
www.editoraappris.com.br

Printed in Brazil
Impresso no Brasil

Elilde Browning

VOLTANDO A VIVER

Agradecimentos

Quero externar o meu mais profundo agradecimento a todos os funcionários da Editora Appris, que contribuíram para que o meu livro *Voltando a Viver* se tornasse uma realidade.

Dedicatórias

Com muita emoção, dedico este livro ao meu querido amigo ítalo-americano Domingos Nobile, um homem notável pela sua trajetória de vida, os sucessos alcançados nos negócios, os sonhos realizados e a capacidade de nunca perder o entusiasmo pela vida.

Que possa descobrir que a felicidade está ao seu lado, sempre, por ser merecedor.

Que o tempo seja o seu melhor aliado na solução de problemas.

Que a esperança caminhe ao seu lado para lhe dar forças na luta pela vida.

Que nunca abandone a vontade de sonhar para que as motivações da vida sejam permanentes.

Que o respeito que tem por todos seja uma forma de entender o ser humano em sua essência.

Que a sua família reconheça, a cada dia, a dedicação e o carinho que lhe são dispensados.

Que as responsabilidades da vida sejam assumidas e solucionadas dentro dos seus critérios.

Que a coragem para enfrentar os desafios esteja sempre presente em todos os momentos.

Que haja sempre um novo horizonte a se descortinar em sua trajetória.

Que as dificuldades não o impeçam de seguir em frente.

Que os momentos de glória e realizações sejam constantes em seu viver.

Que tenha sempre a capacidade de sobreviver em meio às tormentas da vida.

Que os exemplos de vida dos personagens deste livro possam lhe ser úteis em algum momento.

Obrigada, Deus, por você existir.

Dedico, também, esta obra a todos os meus leitores de E assim foi a vida, Paths of life, Crônicas de um tempo infinito e de todos os artigos publicados nas redes sociais, no Jornal Noroeste News de Caraguatatuba - São Paulo - Brasil e na revista Empresários.

E, ainda, à minha família, que me faz forte e corajosa e a todos os meus amigos que me dão apoio e uma sincera amizade.

Elilde Browning

Prefácio

Você já teve vontade de recomeçar sua vida alguma vez? Quantas pessoas já não tiveram, não é mesmo? Ainda que você não faça parte dessa turma, caro leitor, cara leitora, poderá vivenciar as dúvidas, angústias, esperanças, ansiedades e sonhos de vida dos que optaram por esse caminho. Está tudo aqui, nas páginas saborosas desta bela coletânea de contos, um mergulho nas estórias de vida de cinco mulheres diferentes, intrigantes, misteriosas, apaixonantes e, sobretudo, cheias de sinceridade. Mulheres que recomeçaram suas existências, sempre com desvelo, fé, força de vontade e muita, mas muita, luta. A autora nos presenteia com estas deliciosas narrativas, tendo por fio condutor a trajetória de mulheres comuns contra tudo aquilo que as oprime, que as sufoca, desvaloriza e humilha, envergando seus legados à força, como se fossem escravas de um destino que não se pode mudar. Viajar nestes contos é poder sonhar como as personagens, misturando nossas próprias emoções e sentimentos aos delas. E aproveitar cada pedacinho da narrativa para mergulhar no íntimo, na alma, no pensamento e nos desejos de cada uma, como que fazendo a teia de emoções ficar cada vez maior e mais completa.

As descrições dos cenários, das personagens, das situações vividas, conduzem-nos a uma viagem de tirar o fôlego, do interior do Brasil aos rincões sofisticados da Europa, levando-nos juntos, pertinho de cada uma delas, fazendo-nos seus anjos da guarda e abençoando suas pelejas. Essa leitura, envolvente e preciosa, fez-me lembrar de uma canção, uma bela canção, de uma banda inglesa de rock dos anos 1990, chamada *Coming Back to Life*, cuja letra, impecável e profunda, afirma, a certa altura:

I took a heavenly ride through our silence,

I knew the moment had arrived,

For killing the past and coming back to life.

Ou, em tradução livre:

Eu fiz um passeio paradisíaco através do nosso silêncio,

Eu sabia que o momento havia chegado,

De matar o passado e voltar à vida.

Na maioria das vezes, o que precisamos para poder recomeçar é do nosso silêncio, do nosso olhar para o passado, das nossas reflexões. *Voltando a viver* nos remete a tudo isso, na pele de gente que precisou negociar com o coração para que a alma pudesse trilhar um caminho novo, diferente, corajoso, brilhante e de entrega. Entrega ao amor e à vontade de ser feliz de novo. Caso você, caro leitor, cara leitora, também queira fazer parte dessa entrega, desses desejos, paixões e sentimentos, recomendamos que mergulhe fundo nas páginas a seguir. E também deixe seu coração voltar a viver...

Marcelo Maia Cirino
18 de junho de 2020.

Apresentação

Voltando a viver é um livro com cinco contos, baseados em histórias reais sobre as trajetórias de cinco mulheres que conheci. As suas vidas tiveram fases diferentes dignas de serem relatadas para que as pessoas entendam que, em determinado momento da vida, ou mudados ou morremos. Não existe um meio-termo. Cada uma apresenta uma história diferente, todavia, todas tiveram a coragem de enfrentar desafios para se soerguerem e seguirem adiante.

Nomeei-as com um título que, a meu ver, caracteriza as situações vividas, as ações e os desfechos que tiveram.

Muitas vezes, as pessoas se acomodam num viver aterrador e nem se dão conta dos sofrimentos que invadem a sua alma, vendo as situações como algo natural e sem perspectiva de melhora.

Há de se notar que em qualquer situação de desespero em que nos encontramos haverá sempre um fato marcante que fará com que acordemos do pesadelo e nos faça ter consciência de que é preciso mudar. Em cada história há um fato assim, diferentemente do viver de cada um.

Mudanças requerem determinação, fé, coragem e desafios. Essas mulheres, munidas dessas armas poderosas, usaram-nas e surpreenderam todos ao seu redor na direção de um novo patamar de vida.

Algumas se questionaram se o preço que pagaram para chegar ao pódio do sucesso e da felicidade valeu a pena. Outras acreditaram que sim. Cada uma viveu novas emoções que não acreditavam serem capazes de viver. A vida, por vezes, reserva-nos situações de prazer e felicidade incomparáveis.

Caro leitor, essas histórias apresentam múltiplas possibilidades de transcender para um mundo de sentimentos em que será possível descobrir novos caminhos para ser feliz.

Sumário

CONSIDERAÇÕES SOBRE O VIVER

Aquela fora uma manhã como tantas outras à beira-mar. O mar solitário quebrava as suas ondas na praia, ignorando quem por ali caminhava ou o admirava. O céu estava límpido, com uma tonalidade azul clarinho, e o sol anunciava que estava chegando. A vegetação nas montanhas estava feliz porque na noite anterior a chuva deixou-a molhada, e nas pequenas gotas de água sobre as folhas o sol resplandecia, dando-lhe um brilho incomum. É assim a natureza, sempre nos surpreendendo!

Sentei-me confortavelmente na praia e comecei a fazer algumas reflexões sobre a vida: podemos viver anos seguidos de uma forma sem nos dar conta de que a vida poderia ter sido diferente, excitante e prazerosa. Mas nunca é tarde para recomeçar um novo viver. Após 20 anos saí desse pesadelo, abri as portas do mundo, passei a conviver com pessoas e participar de tudo de bom e ruim que nos é oferecido. A pior morte é aquela que está na alma indiferente a tudo que a cerca.

A vida é um desafio constante. Estar à mercê dele nos enche a alma de coragem. Estamos neste mundo e precisamos sempre participar, conviver com todos que nos cercam. Isolar-se do mundo é perder o privilégio de vivenciar novas experiências. Entendo que nem todas são saudáveis e prazerosas, portanto precisamos estar atentos. Mas a vida é assim: cada indivíduo externa o seu eu interior, suas paixões, seus desencantos, suas dúvidas, suas tristezas e alegrias, e essa mistura de sentimentos é o que torna o viver um mundo encantador.

Todos têm aptidões diferentes: uns pintam aquarelas, outros fazem a arte milenar do mosaico, outros escrevem livros ou poesias, outros dedicam as suas vidas a ajudar os necessitados, outros compõem canções ou cantam levando mensagens de ânimo àqueles que precisam ou nos trazem alegria a nossa alma, e nas mais diversas profissões somos todos úteis uns aos outros. Cada profissional, dentro de suas aptidões, vê os indivíduos e o mundo de forma diferente, e todos, num condensado homogêneo, trazem à humanidade tudo o que precisamos para tornar este mundo grandioso.

O mais interessante da vida é o olhar, a postura e a forma como cada um enxerga o mundo pelo seu ângulo de conhecimento, experiências e expectativas. Caminhava um dia numa avenida em Paris, na companhia de um arquiteto e uma dona de casa. A nossa conversa era sobre assuntos triviais. O arquiteto, meu amigo Francesco Domenico, elogiava a beleza das formas arquitetônicas dos edifícios ao nosso redor quando, de repente, a minha amiga Julia Mascarenhas, mulher do lar, assim se expressou: "Se eu morasse em um lugar assim, certamente não teria necessidade de sair de casa porque da janela eu poderia ver tudo o que se passa ao redor". Visão simplista, mas que estava de acordo com o seu modo de pensar.

A desigualdade do mundo, em todos os aspectos, é o que o torna interessante e criativo. Já imaginou se todos fossem iguais na aparência, no proceder, nas atitudes e no comportamento? Teríamos um mundo chato e monótono. A beleza está exatamente na diversidade de pensar, agir e de solucionar problemas.

Deslizo o meu pensamento para um grande amigo que se chama Alberto Cardoso, médico psiquiatra. Ele dedica a vida dele na busca de diagnosticar os inconvenientes que se alojam-no comportamento do mundo vivido pelos seus pacientes. Ele é introspectivo, recatado no falar e dotado de uma sensibilidade comovente. Ele desvenda a mente humana de maneira espantosa. Está sempre estudando, participando de congressos e se aprimorando em sua profissão. Com tantas nuances de comportamentos que vivencia, diariamente, vive o meu amigo envolto em situações indecifráveis e, por vezes, não se dá ao trabalho de saber quando essas emoções são reais ou imaginárias.

Um dia, ele me fez a seguinte confissão: "A mente humana é um labirinto de surpresas. Quando pensamos que encontramos a saída, podemos nos perder e tornar tudo confuso. E quando a mente está conectada ao sentimento, aí temos uma situação que transcende o nosso pensar e, na maioria das vezes, dificulta um diagnóstico preciso. O mundo visto e sentido por cada pessoa é único e intransferível. Assim como as impressões digitais, cada um tem o seu desenho próprio".

Fiquei imaginando esse fato em bilhões de pessoas pelo mundo. São características individuais e que até podem ter semelhanças, mas cada um tem seu próprio carimbo. Também, a maneira de ser e agir. Vivemos ao lado de alguém por longos anos e em algumas ocasiões nos surpreendemos com atitudes que imaginávamos serem impossíveis de acontecer. Pessoas mudam o seu comportamento dependendo de uma série de fatores: emocionais, físicos, ambientais e psicológicos.

Quando adultos somos o resultado de toda uma existência de vida que teve início ainda no ventre de nossa mãe. Os traumas e as frustrações que temos em muitas fases da vida, por vezes ficam escondidos em compartimentos do nosso cérebro e, numa situação análoga, eles surgem, causando-nos conflitos e, muitas vezes, derrapam no terreno escorregadio do nosso pensar.

"Conhece-te a ti mesmo", afirmou o filósofo grego Sócrates. Será que nos conhecemos de verdade? As nossas atitudes, assim como o nosso proceder em diversas situações, muitas vezes nos deixa surpresos e também aos que estão ao nosso lado. Buscar e aceitar, dentro do nosso eu, o conhecimento de quem somos não é uma tarefa fácil. Muitas pessoas costumam agir em algumas circunstâncias e num ímpeto desconcertante ferem a alma de outrem sem direito a consertos futuros ou até mesmo sem um pedido de desculpa.

Cada ser humano deveria seguir os escritos de sua própria vida e não deixar se perder, abandonando as suas proposições mesmo que não estejamos certos do sucesso delas. Reconheço de que nem sempre é possível essa rigidez de comportamento porque muitas situações e convencimentos vêm de outras pessoas, deixando o nosso pensar com interrogações e dúvidas. Não somos uma ilha neste mundo e, por isso, assimilamos, de uma maneira ou de outra, tudo o que acontece ao nosso redor. Ainda, a curiosidade que norteia o nosso pensar faz-nos presas fáceis de se envolver em situações que não estavam em nosso script.

Ter firmeza de caráter e consciência do que queremos ajuda-nos em nosso caminhar pela estrada da vida sem os deslumbramentos de situações aparentemente reais, mas que são, em alguns casos, fictícias e duvidosas.

Os sonhos são necessários e imperiosos porque sem eles a vida fica desconcertante e sem objetivos. Ter um alvo a atingir faz o nosso caminhar recheado de esperança. No meu livro *Crônicas de um tempo infinito* tive a felicidade de escrever: O mundo pertence àqueles que sonham, lutam e persistem. A vitória, inevitavelmente, chegará, porque ela caminha ao lado da vida de pessoas especiais para, no final da jornada, receber os aplausos. O mais importante é que ela sabe a quem seguir. A sua sabedoria é incontestável.

Numa tarde, o meu filho, num telefonema, pergunta-me da minha saúde. Respondi: "Quando se tem sonhos e projetos a realizar, a saúde fica de plantão, esperando para ser feliz também".

Recordo-me das palavras aterradoras de uma pessoa que, tomando conhecimento de que eu havia escrito um livro, mandou-me uma mensagem: "Jamais ela conseguirá publicar esse livro. Além de ser muito caro, é muito difícil entrar nesse mundo exclusivo da literatura". Meses depois, quando o livro foi editado, eu lhe mandei um exemplar com a dedicatória: "Quando os sonhos se tornam realidade, a felicidade invade a nossa alma e fica por tempo indeterminado".

Alguém, um dia, afirmou: "Tenha sonhos grandiosos para não os perder de vista. Portanto, sonhe e visualize a realização deles. Vivencie cada etapa com entusiasmo na certeza de que eles se tornarão realidade. Fuja da angustiante palavra medo, porque esta só tem a finalidade de aterrorizar e nos desviar dos alvos que queremos alcançar. Mande-a para um lugar onde jamais será encontrada".

Julius Evola, um pensador notável e considerado um dos homens mais fascinantes do século XX, escreveu "A mulher tradicional, a mulher absoluta, ao dar-se, ao não viver para si, ao querer ser toda para outro ser com simplicidade e pureza, realizava-se, pertencia a si mesma, tinha um heroísmo todo seu – e, no fundo, tornava-se superior ao homem comum. A mulher moderna, ao querer ser por si mesma, destruiu-se".

Conto 01

ISAURA OLIVEIRA – Uma mulher corajosa

Quem viu aquela mulher deslumbrante, segura, espalhando felicidade e consciente dos seus sessenta anos, participando de um encontro de empresárias poderosas, nunca poderia imaginar os problemas e desencontros que ela passou na vida. Isaura Medeiros é o seu nome. Alguns íntimos chamam-na de Isa.

Filha de uma família tradicional, foi educada para ser esposa, mãe e ter todos os filhos que Deus houvera por bem lhe proporcionar. Felizmente, ela teve apenas três, o suficiente para desmontar o seu corpo, com gorduras localizadas, estrias e outras modificações físicas que aparentemente lhe eram normais. Esses acontecimentos passavam despercebidos porque ela estava envolvida de tal forma em viver para a família e aos poucos amigos que, inconscientemente, aceitava tudo de forma natural. Ela nem sabia de outras opções de viver. O seu mundo era aquele, sem nenhuma visão de outra realidade.

Diuturnamente, doava-se aos seus entes queridos, esquecendo-se de que ela também existia e era um ser humano que poderia ver o mundo sob outras dimensões e vivenciar a vida de uma forma mais ampla, sem a rigidez de uma dedicação extrema.

Seu marido, Osvaldo Medeiros, era um profissional bem-sucedido na área de computação. O seu sucesso deveu-se, principalmente, ao apoio e à dedicação que ela lhe proporcionava: roupas bem cuidadas, alimentos em seus horários precisos, uma vivenda limpa e agradável e filhos bem assistidos em suas mais diversas necessidades. E, assim, a vida daquela família transcorria de forma perfeita e sem nenhum transtorno.

Ela nunca se preocupou com os valores que seu marido ganhava e nem pagava nenhuma conta. Essa era uma atribuição do macho que tinha o título de provedor.

Sexualmente, atendia todas as solicitações do companheiro sem reclamar, mesmo naqueles dias, quando o sexo era para ela uma tragédia. Ser obediente e submissa era mais uma missão que assumia sem reclamar. As pessoas vão se acostumando com uma rotina e nem percebem que estão de costas para o mundo. O sexo só é benéfico e prazeroso às pessoas quando há uma simbiose do sentir e do pensar. Fora desse contexto é tortura e violência.

Enquanto isso, o tempo ia passando e os seus filhos, Julia, Alfredo e Susana, cresciam acolhidos naquele lar aparentemente perfeito.

Querendo ou não, estando disposta ou não, levantava-se às seis horas da manhã para iniciar o seu labor diário. Este se estendia até às onze da noite, quando todos se recolhiam para mais uma noite de sono. Quando alguém adoecia, suas tarefas poderiam se prolongar até a madrugada. Era o anjo da guarda nos cuidados de todos. Quando ela adoecia, o mundo parecia desabar, porque o esteio daquele lar corria perigo de não ter à mão tudo o que ela executava com a precisão de um relógio. Sentiam-se perdidos e desnorteados.

Os anos foram passando e o tempo, alheio a tudo, cumpria o seu caminhar. Ninguém tem o direito de detê-lo porque ele não se preocupa com as situações de cada um. Caminha seguro do seu poder de forma inevitável. Também nunca dá retorno em nenhuma situação. Ele é soberano, altivo e despido de sentimentos rotineiros. As únicas oportunidades que ele oferece é o cumprimento imediato de todos, em cada segundo de sua passagem. Não tem ouvidos para queixas ou lamúrias. Ele é irredutível.

Os filhos cresceram, estudaram, casaram-se e se foram. Julia estudou Arquitetura e se tornou uma profissional bem-sucedida. Casou-se com Clodoaldo Assunção e foram morar na Califórnia, nos Estados Unidos, onde ele trabalhava em uma empresa multinacional. Alfredo, médico geriatra, casou-se com a japonesa Akemi Kimura, que conheceu na faculdade, e foram morar no Japão. Susana casou-se com Juvenal de Almeida e se tornou dona de casa ou, como se fala, do lar. Seu marido era um industrial do ramo de calçados no Rio Grande do Sul, homem autoritário, severo e de princípios rígidos. E, assim, segundo os preceitos bíblicos, todos saíram para o mundo em busca de suas próprias realizações.

Isa agora não tinha muitas obrigações a cumprir. Sem aquelas atribuições que lhe tomavam todo o tempo, desfrutava de muitas horas livres. Sentia necessidade de preencher essas lacunas de alguma forma. Faltava-lhe criatividade para novas empreitadas porque a rotina fez de sua vida, por muito tempo, um caminhar sem novidades. Era um viver automatizado e sem chances de mudanças.

Seu marido absorto nos compromissos profissionais, omitia-se de sua presença nos momentos de folga e os dias de Isaura eram longos e angustiantes. Comer era um bálsamo à sua disposição. Sempre preparava iguarias das mais variadas para agradar o paladar do seu companheiro e também o seu. Em pouco tempo tornou-se obesa e sem vontade própria.

A saudade dos filhos era uma situação desconfortante. Por vezes, lamentava: "Por que os meus filhos cresceram e tomaram rumos diferentes?". Lembrava-se de sua vida pregressa e não tinha consciência de que era um viver alienado.

Entregou-se de tal forma àquele sofrimento que não visualizava mudanças nem em longo, nem em curto prazo. Enquanto isso, no desenrolar dos acontecimentos, ficava alheia a tudo. Era incapaz de raciocinar e tirar conclusões do atual comportamento de seu marido, que não mantinha diálogo com ela e nem a procurava para os deveres de esposo. Até que ela passou a se sentir numa situação cômoda porque isso não era mais importante em sua vida. Achava-se gorda, pesada e sem atrativos femininos.

Um dia, encontrou um bilhete no bolso do paletó do seu marido com o seguinte teor: "Amor, estou lhe esperando no lugar de costume. Por favor, não se atrase. Morro de tesão. Alzira". Ela leu e releu aquele bilhete e se recusou a acreditar que era verdade. Não podia ser verdade! Não queria acreditar naquelas palavras tão avassaladoras. Quedou-se de joelhos no chão gelado, igual sentia o seu coração e, em estado de choque, não conseguia ter nenhuma ação. Nos olhos arregalados caberia todo o universo, no coração dolorido toda a amargura e no pensar uma situação mortífera de desespero.

Depois de algum tempo ali, absorta, sem saber que atitude tomar, resolveu chorar para ser possível colocar para fora todo o veneno que havia assimilado. Não tinha condições de pensar numa solução porque durante toda a sua vida, sua mente não estivera à disposição de refletir sobre tudo o que envolve o pensar. Era uma criatura alienada e distante da realidade do mundo que a cercava.

Na vida, às vezes é preciso passar por um choque violento para acordar de um pesadelo; neste caso, já se somavam mais de 40 anos. Começou a enxergar a inutilidade de sua vida, embora, por outro lado, orgulhava-se da criação que dispensara aos filhos, tornando-os pessoas realizadas e úteis à comunidade. Sabia que os tinha feito felizes e prontos para enfrentar o mundo. Esse era o único cabedal de vitória que existia em seu viver.

Ainda desnorteada, começou a exigir de sua mente uma solução para tão grave problema. Resolveu ignorar as palavras daquele bilhete. Essa foi, sem dúvida, uma atitude inteligente e astuta. Falar para o seu marido sobre o ocorrido poderia desencadear uma discussão para a qual não teria argumentos convincentes. E, assim, os dias foram caminhando sem que uma ideia surgisse para minorar o seu sofrimento.

Quando as lágrimas decidiram fugir porque todo o líquido de que dispunha já não as sustentavam, encaminhou-se ao seu quarto e, diante de um grande espelho, tirou toda a roupa. Friamente, analisou os contornos do seu corpo e num mirar crítico percebeu os estragos que o tempo fizera. Ela não sabia a idade e nem o físico da mulher com quem seu marido se relacionava. Certamente, não era igual ao dela, porque ninguém troca seis por meia dúzia, principalmente os homens, que precisam dos atrativos femininos para serem machos de verdade.

Continuou a sua lida como se nada soubesse e friamente começou a exigir de si mesma uma reviravolta, numa trama silenciosa e premeditada. Não importa quando e como, às vezes temos que tomar uma decisão. Esta acontecerá sempre se nos propusermos a persegui-la e acreditar que tudo vai dar certo.

O primeiro passo foi procurar um médico para remover toda aquela gordura acumulada por anos a fio. O exame de sangue foi alarmante. Todo o seu estado clínico estava no pico mais alto que uma pessoa poderia suportar. Era necessário imbuir-se de coragem e seguir as orientações do profissional. Todo o começo de uma jornada é difícil porque exige das pessoas um esforço sobrenatural. Mas isso não a intimidava. Os seus propósitos, com determinação, ultrapassavam os desafios que enfrentaria naquela caminhada.

A vaidade feminina gritou num tom que foi ouvido por todas as pessoas deste mundo. Sentia a necessidade de tomar uma atitude drástica, voltar a se amar e ter outras motivações para continuar na luta por uma sobrevivência digna. Aquele homem, que fora a razão de sua vida por longos anos, perdera-se e tomara um caminho oposto ao seu. Tudo em sua mente ainda era uma situação nebulosa e sem direção.

Passou a frequentar com assiduidade um salão de beleza, com cuidados que se faziam prementes. Lá, fez algumas amizades com outras mulheres que tiveram ou tinham o mesmo problema que ela. Isso a encorajava a seguir adiante. E sempre pensava (porque, agora, ela realmente pensava!) no dia em que voltasse a ficar nua diante daquele espelho e se sentisse outra mulher.

Os cuidados da casa e do marido continuavam no mesmo patamar. Ele não devia saber que ela encontrara aquele bilhete, porque ela iria precisar de dinheiro para tornar-se outra mulher e ele era a única pessoa que poderia ajudá-la. Um dia, talvez, pela primeira vez, refletiu devido a algumas insinuações de suas novas amigas do salão de beleza: "Quando os homens se sentem culpados, eles pagam qualquer valor que a esposa necessite". Devagarzinho, ia aprendendo com as "amigas" grandes lições de vida.

Todos esses cuidados começaram a fazer os efeitos que esperava. Em pouco tempo emagrecera mais de 20 quilos e o desânimo que sentia antes foi dar um passeio em lugar desconhecido, e não será possível reencontrá-lo.

Seu marido, um dia, notou que ela estava diferente no físico e no pensar e questionou o que estava acontecendo. Ela simplesmente culpou o médico, afirmando que depois de exames de rotina ele sugerira que ela precisava emagrecer. Sem mais detalhes, concluiu aquele assunto. Não era de bom alvitre prolongar-se numa conversa cujo resultado interessava somente a ela. Era a intuição feminina despontando nas soluções cabíveis.

Enquanto o seu corpo voltava aos tempos idos, um dia avisou ao marido de que o médico recomendara uma cirurgia. Ele arregalou os olhos e falou: "De quê? Você está ótima!". Naquele momento, insistir nesse assunto seria imprudente. Guardou aquele pedido para outra ocasião e começou a imaginar como obter o valor necessário. A cirurgia que pretendia fazer iria descartar todos os excessos que se formara depois do emagrecimento. Voltaria a se sentir como outrora. A esperança é uma acompanhante que devemos ter sempre à nossa disposição.

Munida de uma coragem surpreendente, contou toda a sua vida para o médico e pediu a ajuda dele para a cirurgia que pretendia realizar. O seu chorar comoveu-o. Apiedando-se dela, ele fez um laudo sobre a necessidade da operação. De posse daquele documento e confiante no sucesso de convencer o esposo, partiu para obter uma solução. Naquela noite, ela fez o jantar mais primoroso de todos que já fizera antes. Todos têm pontos fracos e vulneráveis. Ela conhecia muito bem esses detalhes de um homem com quem já convivia há mais de 40 anos.

Ainda sentindo no paladar aquela comida que degustara há pouco e da torta de maçã irlandesa, coberta com uma calda de chocolate, servida como sobremesa, ela o convidou para se sentarem na sala porque tinha algo importante para conversar com ele. Naquela atmosfera de bem-estar, ouvia-se a música preferida do senhor Osvaldo Medeiros. Ele gostava de ouvi-la quando a felicidade batia em seu coração. Tudo perfeito.

Ela estava visivelmente ansiosa e ele percebia esse estado anormal. Ele não desconfiava do que se falaria nessa ocasião. Suas ideias e pensar faziam um redemoinho em sua mente e as dúvidas cercavam-no sobre se aquela conversa estava ligada à sua amante, Alzira. Colocou de prontidão palavras convincentes e estruturou uma saída para livrar-se daquele incômodo.

Sentiu-se aliviado quando ela lhe entregou o documento que o médico havia feito. Olhava-o, via as palavras, mas o seu pensamento não conseguia assimilar o que estava escrito. A sua alma pairava bem longe, nos braços de Alzira, sua amante, e feliz porque o assunto a ser tratado, naquele momento, era diferente daquele que imaginara. Deteve-se por um momento para decifrar aquele documento e entendeu ser um laudo médico.

Não perdeu tempo em discutir se o médico tinha ou não razão e nem mesmo o tipo de cirurgia a que ela iria se submeter. Isso não era importante. Preocupou-se apenas que enquanto esse tratamento fosse feito ele teria mais tempo disponível para desfrutar ao lado de sua nova amada. Era isso que importava!

O comportamento das pessoas muda e é nesses instantes em que se deveria ter uma atitude de respeito por aqueles que por anos intermináveis contribuíram para o nosso bem-estar. Mas a vida é assim e será sempre que houver os arrebatamentos do coração sobrepujando a razão. O prazer desfrutado com uma pessoa com quem nos identificamos nos tira, na maioria das vezes, o bom senso, e nos deixa num patamar de felicidade que se torna impossível raciocinar. Embora seja uma situação irreal e por vezes ridícula, não encaramos dessa maneira porque o nosso pensar não o vê dessa forma.

De maneira direta e sem rodeios, ele perguntou quanto ela iria precisar para o tratamento. Embora tenha levado um susto com essas palavras despidas de sentimento, Isaura falou: "Acredito que 30 mil reais serão suficientes". Imediatamente, ele se dirigiu a escrivaninha dele, preencheu um cheque e entregou a Isaura sem mais comentários.

Agora, seus sonhos começavam a ganhar corpo e alma. Com aquele dinheiro iria transformar e mudar o seu físico e a sua vida. Era apenas o início de uma jornada que se prolongaria e a transformaria em outro ser humano, com capacidade de pensar, arquitetar planos e voltar a viver em outros termos.

A operação foi bem-sucedida e ainda lhe sobrou metade daquele valor. Os planos para uma mudança de vida borbulhavam em sua mente e tomavam corpo, como se eles já estivessem acontecendo. "Quem olha do lado de fora sonha; quem olha do lado de dentro desperta". Assim afirmou Carl Jung.

Talita de Almeida e Isaura Medeiros entraram no mesmo barco e juntaram suas forças com a ambição de se tornarem independentes e conquistarem um lugar debaixo desse sol que se levanta todas as manhãs. Estavam dispostas a colocar em prática os seus sonhos. Não se importariam com as dificuldades que pudessem encontrar. Munidas de coragem e determinação, iniciaram a sua caminhada num só pensar e o olhar na mesma direção. Não importava também quanto tempo seria preciso para a realização de seus sonhos. O importante era alcançar o sucesso dessa empreitada.

Elas se conheceram no salão de beleza e tinham problemas familiares semelhantes. Diariamente, encontravam-se para traçar planos de seus futuros negócios. A sua sócia tinha algumas experiências no ramo alimentício e ela uma quantia suficiente para iniciarem um empreendimento. Eram duas mulheres tentando se erguer para voltarem a viver em outros termos.

Trocavam confidências sobre os seus maridos, reconheciam que eles também tinham o direito de trocar de companheira quando o fogo da paixão vivido com elas se transformara em cinzas. Haveria culpados? Refletiam. Passaram a rir de si mesmas e, conformadas, já não sofriam com o abandono. Elas tinham objetivos a atingir e estes lhes davam o conforto de visualizar uma nova vida. A cada dia sentiam que aquele passado ia ficando mais distante e, certamente, um dia cairia no esquecimento e a angústia se dissiparia.

O senhor Osvaldo Medeiros dedicava o seu tempo a sua empresa e a sua amante. De vez em quando inventava algumas viagens de negócios e, nesses períodos, ela dispunha de todo o tempo para seguir com seu projeto sem a presença incômoda dele.

Começaram a imaginar de forma real como poderiam iniciar seu projeto. No lugar onde morava Isa seria impossível, porque era um condomínio fechado e não era permitido ter qualquer tipo de negócio. Decidiram pela vivenda de Talita, que se situava em uma rua movimentada e não havia restrições para se montar uma loja. Depois de muita análise sobre o que deveriam fazer, optaram pela área da gastronomia. Ambas tinham conhecimento profundo de culinária porque toda a sua vida foi dedicada a fazer iguarias simples e sofisticadas para os familiares e amigos.

Cada uma abriu o seu baú de receitas e separaram aquelas que, certamente, iriam agradar o paladar de seus futuros clientes. Lembraram quais eram as preferidas da família e dos amigos.

Talita tinha mais conhecimento sobre o aspecto financeiro e Isa era primorosa na execução e apresentação de iguarias de tirar o fôlego. Ela vislumbrava a fisionomia das pessoas comendo o que preparasse.

Inicialmente, começariam com uma torta de maçã irlandesa que, para ela, era a maior e melhor sobremesa que tivera oportunidade de fazer durante anos seguidos. E quando acompanhada de sorvete que ela própria fazia ou com uma calda de chocolate usando o cacau purinho, era preciso comer agradecendo. Não tinha dúvida de que o sucesso desse empreendimento em pouco tempo seria notório.

O dinheiro que sobrara de sua operação era suficiente para dar início à realização desse sonho. Talita também tinha os seus guardados quando se separou do marido, que a abandonara por uma mulher mais jovem que tinha idade para ser a filha dele.

Juntas, elas conseguiriam atingir seus objetivos e colocar no esquecimento total aqueles dias idos e passados. Sonhavam com um novo horizonte e a necessidade de se tornarem independentes e donas de suas próprias vidas. Imbuídas desse desejo, seguiram em frente na certeza de que atingiriam o alvo proposto.

Quando se quer alguma coisa com fé e determinação ela é alcançada porque o universo conspira a nosso favor. O labor diário também é uma distração para a nossa alma ferida. Ele nos eleva a uma concentração que nos faz esquecer todos os problemas. Ainda, se esse trabalho nos dá satisfação, a vida se completa.

Todos têm potencial para reiniciar um novo viver dentro das suas possibilidades e conhecimentos. Todos sabem fazer alguma coisa. Todos são capazes de executar tarefas dentro de suas habilidades e, fazendo-as diariamente, vão se aprimorando até chegar à perfeição. Basta querer e se dedicar. Já se martelou em nosso pensar que o querer é poder.

A sala da casa de Talita foi transformada um lugar para atender a clientela e a cozinha foi ampliada para as necessidades que estavam a caminho. Compraram fogões e geladeiras profissionais e apetrechos para facilitar o trabalho a que se propunham.

Munidas de uma lista do que iriam precisar, saíram para as primeiras compras no supermercado da cidade. Ao entraram naquele estabelecimento, Isa levou um susto ao encontrar o seu marido que, ao lado de Alzira, também fazia compras. Tentou disfarçar o incômodo, ignorando que ele estava acompanhado. Cumprimentou-o com a postura de uma mulher segura e que agora tinha outro caminhar, sem a sombra dele. O seu rosto ganhou a palidez de um homem culpado e desconcertado, e falou que a moça era uma amiga da mãe dele. Isaura esticou a mão e falou: "Muito prazer em conhecê-la", e saiu de sua presença sem dar satisfações sobre Talita.

O seu coração sofreu alguns disparos, mas logo se recompôs. Há uma diferença entre o saber e ver. Apesar de já ter ultrapassado os 50 anos, depois de ter emagrecido e feito as cirurgias reparadoras sentia-se outra mulher. Ainda podia competir com mulheres mais jovens. Cada homem tem as suas preferências. Uns gostam de mulheres jovens e outros de mulheres experientes. Há gosto para tudo. Em longas conversas com as novas amigas, elas concluíram que todo o homem busca na mulher a mãe que cuidava dele, acariciava-o e protegia-o.

Afastando-se dali as duas amigas deram gostosas gargalhadas e lembraram o semblante dele de um homem culpado e sem ação.

As compras foram deixadas na casa de Talita e Isa dirigiu-se a sua casa. Com o sol morrendo no horizonte e a noite dando sinais de sua chegada, Isaura e Osvaldo Medeiros ficaram um diante do outro depois do episódio do supermercado. Ela estava na cozinha, preparando mais um jantar. Ele se aproximou dela e falou: "Gostaria de conversar um pouco com você". Isaura, que já não era mais aquela mulher obediente e submissa, mais confiante desde que a sua vida mudara, levantou os ombros e o nariz e respondeu: "Ok. Depois do jantar conversaremos".

Ele estranhou aquele seu ar de superioridade e sem contestar afastou-se dali, aguardando, aflito, o que poderia acontecer naquela noite. Ao sair, voltou o olhar para Isa e percebeu alguma coisa diferente no seu físico e no seu proceder. Há muito tempo eles não dormiam no mesmo aposento e nem conversavam. Viviam debaixo do mesmo teto, mas tinham atitudes, interesses e pensamentos diferentes. Era um caminhar em duas estradas paralelas, que não tinham mais chance de se tornarem uma única. E eles tinham consciência disso.

Naquele momento, cada um pôs-se a pensar sobre o teor da conversa. De um lado, ele sentindo-se culpado, e ela, vitoriosa por ter encontrado uma saída para um novo viver. Quando queremos que o tempo se apresse, ele, maviosamente, segue no seu ritmo sem se preocupar com os acontecimentos.

O jantar à mesa e sentados um em frente ao outro, olhavam aquela comida como se ela tivesse vindo de outro planeta. Percebia-se que a fome havia pedido licença para se retirar para não ser testemunha de uma possível congestão. Eles se entreolharam e nenhum dos dois queria ter a primazia de iniciar o diálogo. As palavras e argumentos também se foram, com receio de serem atropelados e massacrados.

As mudanças que acontecem na vida de todas as pessoas deveriam ser encaradas de forma natural, porque a cada dia outras nuances podem entrar em nossa estrada e mudar o rumo que tínhamos como certo. É bem provável que, quando eles se conheceram, há mais de 40 anos, eram criaturas diferentes no sentir, no pensar e no proceder. Estarmos preparados para outros desafios nos dá o privilégio de experimentarmos novas emoções e nos tornarmos indivíduos mais fortes diante da vida. É sabido que o desconhecido traz desconfiança e medo, mas, mesmo assim, é válido ir em frente porque o porvir pode estar escondido em algum lugar e nos trazer agradáveis surpresas.

O senhor Osvaldo Medeiros, meio ressabiado, dá início a um desconcertante diálogo:

– O que estava você comprando no supermercado se essa função foi sempre minha por toda a vida?

– Nada de interessante. Apenas fazia companhia para aminha amiga.

– Quem é essa sua amiga? Como se chama e onde você a conheceu?

– Em algum lugar que os homens não frequentam.

– Que lugar é esse? – insistiu ele.

Ela calou-se, não quis responder.

Tomando a palavra subitamente, Isaura falou:

– Quem era aquela moça que o acompanhava?

– Uma amiga da minha mãe. O nome dela é Alzira.

Ao ouvir esse nome, Isaura lembrou-se do bilhete e encarando-o dentro dos olhos, de forma irônica e desafiadora, disse: "Amor, estou lhe esperando no lugar de costume. Por favor, não se atrase. Morro de tesão. Alzira".

Ele esbugalhou os olhos e todo o sangue do seu corpo escoou-se. O seu rosto ficou pálido e o susto quase o levou a uma síncope.

Os dois emudeceram. Depois de meio século de espera, as palavras voltaram meio tímidas e o diálogo reiniciou.

– Não importa para mim há quanto tempo você a conhece e nem quem ela é, o que faz ou onde mora. Nada é importante. O que importa nesse momento é que vamos nos divorciar porque eu estive com um homem ao meu lado, não sei por quanto tempo, apenas fisicamente. O seu pensamento pousava em outro lugar, ou melhor, em outra mulher. Eu entendo que depois de muitos anos de convivência numa rotina exasperante esse proceder é normal. Isso não aconteceu apenas com nós dois. Todos os dias, com muitos outros casais pelo mundo afora, isso acontece. É uma situação normal e deve ser encarada de forma realista. – Isaura deu uma breve pausa e continuou:

– Você não me comprou em nenhum lugar. De comum acordo assinamos um contrato social e este pode ser rescindido. Ninguém é obrigada a viver ao lado de outra pessoa que não o ama mais e também não lhe é dado o respeito devido. Para isso há leis próprias que nos protegem.

O mais surpreendente foi o impacto que o senhor Osvaldo Medeiros teve ao ouvir esses argumentos de uma mulher que ele julgava ignorante e serviçal. E se questionava: "Onde ela aprendeu tudo isso?". Relutava assimilar o que ouvia. Mas era verdade.

– Perfeito. –falou o seu ainda marido – Vamos providenciar o divórcio e dividir os nossos bens. Precisamos também comunicar aos nossos filhos essa decisão antes de ser efetivada para que eles não sejam pegos de surpresa.

– Ok – respondeu, friamente, Isaura.

Levantaram-se e cada um foi para o seu aposento, levando as angústias de um desenlace que ora se firmava. A comida continuou ali, posta. Não interferiu nos acontecimentos e ficou à mercê de algumas formigas que dela se alimentavam enquanto cada um revolvia em suas mentes, filmes diferentes com enredos turbulentos ou soluções viáveis. Quando o sol aparecesse ao amanhecer, certamente, para os dois, seria um novo dia, um novo recomeçar, com outros desafios que enfrentariam. Tudo faz parte da vida.

Todas as soluções aconteceram de forma civilizada. Isaura, dona absoluta da moradia e uma pensão, porque o juiz que decretou o divórcio entendeu que como ela viveu durante toda a vida com dedicação exclusiva para a família não tinha renda própria para a sua sobrevivência. Os filhos, no futuro, seriam herdeiros da casa. O senhor Osvaldo Medeiros pegou seus pertences pessoais e o carro e num entardecer de um dia de verão, transpirando de calor e de dúvidas, saiu sem ao menos se despedir de sua ex-esposa. Não houve nenhum tipo de emoção: nenhum aperto de mãos, abraços, lágrimas ou até um muito obrigado pelos 40 anos em que ela se dedicou a ele e à família. Os sentimentos ficaram em algum lugar que não foi possível encontrar nesse momento. Cada um estava consciente de suas decisões.

Ela estava livre das humilhações que passara nos últimos anos com a indiferença do ex-companheiro e ele vivenciando os momentos que passaria junto ao seu novo amor. É bem provável que ele não quisesse esse desfecho porque a esposa cuidava dele com todos os mimos e a outra lhe proporcionava momentos de prazer. A situação era-lhe cômoda e agradável.

O mais interessante é como as pessoas são capazes de agir de maneira fria e calculada sem considerar que por mais de quarenta anos viveram juntos, criaram filhos e partilharam uma vida em comum. Agora tinham outros objetivos, outros sonhos, e estes colocariam no esquecimento a vida pregressa vivida por eles.

Isa promoveu uma mudança total em toda a casa. Trocou alguns móveis e modificou aquele cenário para não deixar resquícios do ex-marido. Vida nova se avizinhava e muitas esperanças estavam a caminho.

Talita e Isa iniciaram o seu comércio. A torta de maçã irlandesa com cobertura de chocolate, diversos tipos de bolos e sorvetes caíram no gosto da clientela e pessoas vinham de longe para saboreá-los. Em pouco tempo o negócio foi tomando vulto que as duas sozinhas não conseguiam atender a todos os pedidos. Contrataram alguns empregados e como uma bola de neve o negócio foi ampliando, passando de um simples negócio para uma empresa de verdade, denominada "Delicious Bakery".

Isa nunca havia dirigido um carro. Matriculou-se numa autoescola e quando de posse do documento comprou o seu veículo. Agora tinha quatro rodas debaixo de seus pés e sentia a sensação de liberdade e prazer enquanto rodava pelas avenidas da cidade. Matriculou-se numa escola para aprender inglês e em outra, espanhol. Quando fosse visitar a sua filha que morava nos Estados Unidos, queria se comunicar em inglês com desenvoltura na terra do Tio Sam.

Aprender um novo idioma faz com que os nossos neurônios ampliem o conhecimento com informações de novas culturas e hábitos de outros países, preservem a memória por mais tempo, desenvolvam novas habilidades e ampliem os horizontes, tornando a vida melhor.

A sua casa era só sua e em seus momentos de folga desfrutava o prazer de ser livre e fazer tudo quanto lhe aprouvesse. Não havia mais horários rígidos e obrigações que deveria cumprir em qualquer situação. Dedicava o tempo suficiente aos seus negócios, que passaram a ter outros funcionários. Ela apenas supervisionava o andamento de tudo. Fazia o que queria nos momentos que ela própria determinava. Gastava o seu dinheiro com todas as coisas que lhe proporcionavam prazer: roupas, sapatos, joias, adereços para a casa, sem ter necessidade de pedir para ninguém qualquer valor. Era outro estilo de vida que desfrutava, como se tivesse trinta anos de idade. O seu corpo passou a ser importante e dispensava algumas horas do dia na academia para manter a saúde e o bem-estar físico. A felicidade passou a lhe fazer companhia em todos os momentos. Descobrir um mundo diferente e visualizar um novo horizonte nos faz sentir fortes para ignorar uma passagem da vida que embora tenha lhe trazido algumas alegrias, trouxe-lhe sofrimentos e desencontros. Aquele passado, devagarzinho, ficaria no esquecimento, como se ele nunca tivesse existido. Os filhos bem-sucedidos em seus casamentos e profissões davam-lhe a calma do dever cumprido.

A sua empresa progredia e já distribuía as suas iguarias para todo o país. Em um encontro de empresárias poderosas, a sua figura se destacava pelo brilho do seu olhar e a postura de uma mulher bem-sucedida. Nesse evento, ela foi convidada a contar a sua vida para que outras mulheres pudessem ter um exemplo vivo e não deixar se abater com as vicissitudes que muitas encontram pelo caminho.

Essa mulher de agora já existia quando ela era apenas "do lar". O que lhe faltava era uma oportunidade para trazer à tona todo um cabedal de atitudes que estavam adormecidas. Quando foi necessário e por uma questão de sobrevivência, o seu eu interior aflorou e ela se tornou uma mulher corajosa, segura de si, capaz de enfrentar desafios e a confiança absoluta de que tudo sairia a contento. As conversas mantidas com as "amigas" no salão de beleza foi como um clarão que invadiu o seu pensar e a fizeram descobrir que havia outras perspectivas de vida além daquelas a que se acostumara.

Agora, diria ao senhor filósofo, escritor, poeta e pintor italiano Julius Evola, que afirmou: "A mulher moderna, ao querer ser por si mesma, destruiu-se": não, caro senhor, a mulher moderna encontrou-se e está ajudando a tornar esse mundo melhor com criatividade, sensibilidade, inteligência, destreza, amor ao próximo, coragem e determinação, e, se tendo filhos, criando-os, educando-os e encaminhando-os para o mundo. E quando se afirma que a "mulher foi e será sempre superior ao homem comum", isso se deve ao fato de ela ser dotada de astúcia, sabedoria e intuição, que são, sem dúvidas, atributos do sexo feminino.

Por mais simples e inculta que seja uma mulher, ela tem sempre o privilégio de encontrar uma saída na adversidade. Quantas, todos os dias, abandonadas pelos companheiros, ficam com a missão de criar e educar os filhos? Quantas cumprem uma jornada de trabalho fora e dentro do lar? Pelo mundo afora, um percentual de mulheres são as provedoras de suas famílias. Sempre tive consciência de que o casamento é um alto negócio para o homem. Eles têm companhia, sexo, roupa lavada e passada, comida pronta ao seu gosto e uma pessoa que o ajuda a transpor as dificuldades da vida.

Uma mulher sobrevive sozinha com galhardia e desafios. Um homem sozinho, na maioria das vezes, perde-se em seu caminhar. Eles precisam do apoio de uma mulher, sempre. E se insistem em viver assim, tornam-se carrancudos, desnorteados e de mau humor. Apesar do falar grosso e atitudes intimidantes são, na maioria das vezes, inseguros. Conheci muitos assim.

Isaura Oliveira, o seu nome de solteira, segurava o seu passaporte e o bilhete de sua passagem com a expectativa de sua primeira viagem internacional. Iria visitar a filha Julia, que morava em San Diego, no sul do estado da Califórnia. Os passageiros entram no portão de embarque. Tudo era novidade. Ela nunca havia viajado de avião. O seu coração palpitava de emoção. Ao se despedir de sua amiga e sócia Talita de Almeida, elas abraçaram-se e choraram. Prometeram que telefonariam uma para a outra sempre que fosse possível.

Após as manobras de praxe, o seu avião levanta voo e naquela deslumbrante subida, ela pensava que estava indo conhecer outro mundo e colocar em prática o novo idioma que aprendera. Parecia estar sonhando e, enlevada, agradecia a Deus por esse novo viver e muitas outras oportunidades que ainda iriam acontecer em sua jornada. Olhava o mundo de cima e se sentia poderosa. Tinha certeza de que nem todo mal é mau. Há males que vêm para o bem, já se afirmou há longas décadas. É sabido que quando esses eventos acontecem, a nossa alma fica pequena e o sofrimento nos faz companhia. Ao nos libertarmos desses pesadelos, deixando-os para trás, a sensação de vitória e bem-estar inunda a nossa alma, trazendo à nossa companhia aquela mocinha preciosa que se chama felicidade.

O avião fez escala em Miami e do alto do avião viu a primeira cidade americana ao amanhecer. O sol surgindo de dentro do mar deu-lhe boas-vindas e desejou que a sua estada nos Estados Unidos tivesse momentos de muito prazer. Notou que ali não havia muitos edifícios altos. A maioria das construções eram casas térreas. Uma cidade vista do alto nunca espelha a realidade de seus habitantes. De qualquer maneira, imaginava como era viver ali.

Alguns passageiros desceram do avião e os que se destinavam a Califórnia ficaram dentro da aeronave para seguir viagem. Nesse momento, as conversas ao redor eram em português, espanhol e inglês. Os seus ouvidos atentos escutavam as conversas e ela as entendia, nos três idiomas. Lágrimas de satisfação rolaram em sua face por se sentir uma cidadã integrada ao mundo.

Com os novos passageiros a bordo, o avião levanta voo novamente, agora para a cidade de seu destino. Iria atravessar o continente americano de leste a oeste numa direção Sul-Norte. Esse percurso levaria cinco horas. O jantar servido tinha as características de comida americana, e enquanto comia pensou em todas as iguarias que fizera durante a vida. Aquela era diferente na apresentação e no sabor. Por fim, serviram licor, conhaque e café. Este último, certamente, era brasileiro.

Colocou os fones de ouvido para assistir a um filme que fora anunciado pela tripulação: "Splendor in the Grass", com Nathalie Wood e Warren Beatty. Nesse momento, lembrou-se de que durante toda a sua vida fora apenas umas quatro ou cinco vezes ao cinema. Não teve a oportunidade de assistira grandes filmes que o mundo produziu. Tudo era novidade. A sensação que sentia era de que, então, estava começando a viver, e se lembrou de um pensamento de Abraham Lincoln que ouvira em seu curso de inglês: "Be sure you put your feet in the right place, then stand firm".

O filme levou o seu pensamento para emoções que nunca vivera. Aquela adolescência certinha, aquele casamento sem brilho e aquela vida com muitas obrigações a serem cumpridas. A vida é outra coisa! E começou a fazer reflexões instintivamente:

A vida é aventurar-se.

A vida é sentir emoções fortes desafiando as batidas do coração.

A vida é se deslumbrar com os grandes momentos de paixão.

A vida é desfilar pelo espaço sem o suporte de asas e sentir-se seguro.

A vida é prelibar acontecimentos notórios formados pela imaginação.

A vida é ter surpresas agradáveis e desagradáveis para nos dar experiências.

A vida é conhecer lugares e culturas diferentes.

A vida é o fogo do amor em labaredas dentro de nosso corpo.

A vida é desafiar o convencional inventando outras formas de viver.

A vida é gloriosa se assim a quisermos.

A vida é andar por uma estrada e quando esta nos entediar, ter a coragem de mudar o caminho.

A vida é ver o mundo e as pessoas pelo seu próprio olhar.

A vida é luta.

A vida é seguir em frente quando as dificuldades atropelam as expectativas.

A vida é viver em seus próprios termos respeitando sempre os de outrem.

A vida é perseguir sempre a felicidade e se ela tentar fugir, agarre-a com todas as forças que tiver.

A vida é ter paz.

A vida é acreditar em Deus e fazer a sua parte para que Ele tenha condições de fazer a Dele.

A vida é sentir-se humilde nos dias gloriosos.

A vida é nunca desistir de seus sonhos apesar das dificuldades.

A vida é ter coragem para enfrentar o medo quando ele surgir a nossa frente.

A vida é não se preocupar com o que pensam ao nosso respeito. Cada cabeça é um mundo de ideias e convicções.

A vida é estar em paz com a sua consciência.

Avida é cuidar-se sem cometer excessos para que se tenha uma vida longa e saudável.

A vida é ter bons pensamentos para que eles se tornem realidade.

A vida é desapegar-se de bens materiais para não sermos escravos deles.

A vida é, finalmente, acreditar que ela é frágil e que cada dia vivido deve ser festejado com todas as honras do mundo.

Enquanto Isa divagava, as luzes se acendem e é anunciado que dentro de poucos minutos o avião pousaria no Aeroporto Internacional de San Diego. Curiosidade, emoção e expectativa faziam o coração de Isaura disparar numa batida descompassada. Não era um sonho. Era uma realidade que em poucos minutos estaria vivendo de corpo e alma.

Em menos de uma hora iria rever a família. Imaginava como estaria a sua filha depois de quase quatro anos de casamento. Como estaria o seu aspecto físico. Como era viver em um país estranho e civilizado. Em pouco tempo teria as respostas para todas essas dúvidas. Também havia muito para conversar em família. As novidades que tinha para relatar eram grandes e carregadas de muitas emoções e reviravoltas. Isaura sentia-se como se tivesse renascido. Agora era uma mulher dotada de vontade própria, empresária, dirigia o seu próprio carro, aprendera inglês e espanhol e se sentia pronta para enfrentar qualquer tormenta que se aproximasse dela.

Sentia o mundo dentro da palma de suas mãos e tinha controle de todas as suas ações e reações. O mundo agora, em sua imensidão, ficara pequeninho porque o seu alcance ultrapassava fronteiras. Falava e entendia as pessoas em três idiomas, o que lhe possibilitava viajar pelo mundo sozinha, sem dificuldades.

Ao sair do avião entrou na fila de turistas e dirigiu-se à imigração. Apresentou o seu passaporte e o ticket da passagem e após o funcionário constatar de que tudo estava correto, permitiu a sua entrada em San Diego. Porém, antes de sair dali, mirou nos olhos daquele homem e falou:

– Thank you. Have a nice day.

– You too. – respondeu o senhor.

A satisfação de expressar essas palavras em inglês deu-lhe a certeza de ter assimilado o que aprendera na escola.

Colocou as suas malas em um carrinho e dirigiu-se à saída do aeroporto. Ao entrar no saguão, a sua filha a esperava, acompanhada de seu genro, Clodoaldo Assunção. Trocaram abraços e beijos e as lágrimas, aproveitando a oportunidade, apareceram sem serem convidadas. Julia olhou o semblante de sua mãe, admirou o seu corpo e falou:

– Mãe, você está divina! O que aconteceu? Vejo você 20 anos mais jovem. Qual foi o milagre?

– Temos uma extensa história para conversar, filha. É muito longa e recheada de determinação, coragem, luta, amor próprio, superação, fé e intuição, que é uma característica única de nós, mulheres.

Entraram num carro luxuoso, digno de um funcionário de uma grande empresa americana, e seguiram viagem para casa. Olhando cada palmo por onde passava, ficava a refletir como o mundo é belo e diferente de um país para o outro. Longas avenidas, trânsito obedecendo às regras da velocidade permitida e grandes marinas repletas de barcos como nunca vira antes. Até o mar tinha um colorido diferente. Tudo que via tornava a sua alma leve e cheia de alegria. A felicidade decidiu estar ao seu lado para vivenciar esses momentos de puro encantamento.

A surpresa foi contagiante ao entrar no condomínio de luxo em que sua filha morava. Todas as casas tinham quase o mesmo aspecto, mas com diferenças que podiam ser notadas. Umas era casas térreas, outras, sobrados. Todavia, os jardins eram de tirar o fôlego. Lindos, lindos demais! Não havia muros e os canteiros se estendiam até a rua. Tudo limpo, como se alguém houvesse lavado naquele momento. Isaura ficou encantada com aquele lugar.

Os Estados Unidos da América é, sem dúvida, um país civilizado e polido. As pessoas têm sempre uma expressão educada. É comum você ouvir: "Thank you"; "I'm sorry"; "Excuse me". Não se vê nenhum lixo pelas calçadas. Tudo é muito limpo e organizado. É prazeroso viver naquele país. Cada cidadão ocupa o seu espaço e respeita o do outro. As normas do bem viver é algo que é seguido por todos. As leis são obedecidas e cumpridas. Quem as descumpre pode sofrer consequências imprevisíveis. É um país de imigrantes de todas as partes do mundo e ao fixar residência ali é preciso ter consciência de viver como cidadão americano.

Também acontecem tragédias porque isso está na essência do ser humano, mas é um país seguro, em que seus direitos são respeitados e garantidos.

Quando Isa adentrou a casa de sua filha arregalou os olhos e quase não acreditou em tudo que via a sua volta: móveis suntuosos e práticos. A cozinha, com compartimentos próprios para tudo. Até o lixo era prensado quando cada porção era colocada nele. Isso aumenta a capacidade do saco de lixo, de excelente qualidade. A iluminação indireta projetada para os quadros expostos nas paredes. O piso antiderrapante para se evitar quedas. As paredes pintadas num tom pastel para sobressair o colorido dos móveis e sofás. Tudo numa perfeita harmonia. Os banheiros na medida certa de tudo para o conforto e bem-estar. A suíte em que ela ficaria era belíssima. Havia TV, cômoda e espelhos. A cama, forrada com uma colcha de *matelassé* em tons rosados, dava ao ambiente um aconchego incomparável.

Quando adentrou em sua suíte, ajoelhou-se e agradeceu a Deus pela excelente viagem que fizera, por ter encontrado a sua família em situação maravilhosa e também pelo trabalho que dispensara aos familiares por tantos anos. Nesse momento, ela avaliou a sua vida pregressa e concluiu que, apesar dos pesares, tudo valera a pena.

Agora era outra mulher, renascida e feliz, e sentia ter o seu lugar no mundo como qualquer mortal. Deixara de ser uma mulher dependente para ser dona do seu nariz e do seu destino. Sabia que ainda havia um longo caminho a percorrer e tinha certeza deque teria coragem para seguir adiante mesmo quando os ventos não lhes fossem favoráveis. Estava estruturada e pronta para desfilar pelo universo sem asas e sem suporte porque a força da sua mente a encaminharia com a certeza do sucesso de seu empreendimento. Tinha todas as razões para desfrutar desses devaneios, que somente as pessoas bem-sucedidas conhecem.

Naquele primeiro jantar com os pés pousados na América, saboreava a comida e a vitória de ter se lançado ao mundo, desafiando todos os prognósticos negativos que poderiam barrar a sua vida, numa caminhada em que não conhecia o tipo do chão que pisaria. Felizmente, com criatividade e coragem estava transpondo os obstáculos e visualizando um novo amanhecer. Cada dia era um desafio a enfrentar e sabia que o importante era visualizar o que estava à frente sem se preocupar com os empecilhos que encontraria pela estrada.

A filha de Isaura cobriu-a de elogios pela sua aparência e exigiu que a mãe lhe contasse em detalhes tudo o que aconteceu entre ela e o seu pai. Ela, sentindo-se num confessionário, atendeu ao pedido de Julia e contou num breve relato os fatos vistos por ela sem se preocupar com o outro lado da moeda. Em todas as situações na vida das pessoas há os fatos reais e os imaginários. Cada indivíduo vê o mundo conforme o seu pensar e as suas emoções. Às vezes, uma ocorrência pode não representar nada de extraordinário para uma pessoa, todavia, para outra, pode ser dilacerante. Os sentimentos sofrem variações mesmo depois de terem acontecido. O tempo dá o seu jeitinho de minimizar o sofrimento, tornando o passado como as águas de um rio, que nunca serão as mesmas. Hoje, um fato é visto por alguém como um dano e amanhã, numa reflexão detalhada, vê-se de que nem tudo era tão pavoroso. É uma forma de encarar, talvez com otimismo, um caminho à beira de um abismo que, ao ser transposto, torna a pessoa mais forte.

Houve um silêncio profundo entre aquelas três pessoas. Cada uma, em sua mente, condensava o ocorrido de forma diferente e depois de um tempo de reflexão, que pareceu ter durado cem anos, sua filha expressou o seguinte:

– Mãe, o importante é que você teve a coragem de renascer para uma vida diferente dos moldes em que vivia. Espero que o meu pai não se arrependa da decisão dele. Será possível somente analisar o que ocorrerá no futuro. Deus que cuide dele e para você que tenha muito sucesso em seus projetos.

E o genro emendou:

– Estamos aqui para ajudá-la em tudo o que for preciso. Conte conosco sempre.

E, assim, a primeira noite em San Diego foi recheada de esperanças e a certeza de que dias melhores viriam para todos.

Os dias seguintes foram prazerosos, com muitos passeios pelos pontos turísticos da cidade. È para não perder o hábito, um dia Isaura preparou um jantar para a família, lembrando os velhos tempos em que todos se reuniam à mesa para degustar a sua comida feita com amor, que era o ingrediente mais importante de todos.

Numa manhã, sua filha levou-a para visitar o escritório onde trabalhava como arquiteta. Nessa oportunidade, apresentou-a aos seus colegas de trabalho e Isa trocou algumas palavras em inglês, num entendimento perfeito. Depois, foram a uma marina onde havia barcos de milionários, com heliporto e outras mordomias destinadas àqueles privilegiados. Foram também jantar em alguns restaurantes famosos e, assim, ela ia convivendo com as mordomias de um país civilizado e único no mundo. Quando Isa entrou em um shopping, seus olhos pularam para fora para não deixar de ver todas as mercadorias ali expostas, da mais alta qualidade. Comprou tudo o que era possível carregar nas malas que ela havia levado. Ganhou presentes e ficou feliz e perplexa com as gentilezas que lhe foram oferecidas. Depois de quase um mês vivenciando os prazeres de estar num país encantador, chegou a hora da partida. As lágrimas ficaram presentes para que o coração de todos não explodisse. Depois das exigências legais no aeroporto, ela entrou no avião. Durante algum tempo, viu a cidade de San Diego fugindo de seu olhar numa velocidade espantosa, mas dentro do seu coração e de sua memória ficaram os grandes momentos vividos ao lado da família. Certamente, ela voltaria em outra oportunidade.

Meses depois de sua viagem aos Estados Unidos da América, Isaura foi visitar a sua filha Suzana, que morava na cidade de Caxias do Sul. Encontrou-a feliz e, agora, trabalhando como psicóloga. O seu genro, Juvenal de Almeida, industrial do ramo de calçados, era um homem bem-sucedido nos negócios. Moravam numa bela casa, com todo o conforto. Essa era a primeira vez que a sua filha a via depois do divórcio. E ela também estava curiosa para saber do ocorrido com o desenlace de seus pais.

Quando se encontraram no aeroporto o seu genro exclamou:

– Vamos tirar uma foto aqui porque a impressão que eu tenho é que vocês são duas irmãs.

Ao chegar à casa de sua filha, esta estava curiosa para saber detalhes do divórcio. Isaura relatou todo o ocorrido sem omitir nenhum detalhe. Também falou com mais detalhes sobre a sua empresa "Delicious Bakery" e como havia conseguido com a sua amiga Talita montar esse negócio.

– Parabéns– falou o seu genro. – A senhora é uma mulher corajosa e determinada. Se precisar de ajuda estamos aqui para o que for preciso.

Eles, ainda, perguntaram como ela estava se sentindo morando sozinha, ao que Isaura respondeu:

– Ótima e feliz.

Realmente, Isaura estava transpirando felicidade, ciente de sua postura de uma mulher que renasceu das cinzas e agora via e convivia com o sucesso de sua empresa olhando o mundo sob uma nova visão. E eles passaram dias prazerosos.

Numa manhã, Isa se exercitava na academia correndo em uma esteira. Um senhor ao seu lado a observava e quando ela saiu da esteira, ela recebeu um elogio:

– Parabéns pela sua vitalidade. Ainda há quem afirme que esse exercício é somente para pessoas de trinta anos.

– Obrigada – respondeu Isaura.

Essas palavras fizeram moradia em algum compartimento do seu cérebro porque era a primeira vez, em dez anos, que um homem lhe fazia um elogio.

Ao entrar em casa tirou toda a roupa, mirou-se no espelho e pensou: "Como estou diferente!". Lembrou-se da última vez que fizera isso, quando ainda casada, e teve um choque porque estava gorda e sem atrativos. Agora, apesar dos seus sessenta anos, pensou que ainda poderia dar uma "meia sola", ditado popular que fala quando uma mulher ainda é desejável.

Uma centelha de esperança acendeu em sua mente. Embora ainda guardasse mágoas por ter sido abandonada, agora se sentia outra mulher. O mundo se abriu a sua frente e novos caminhos estava ela a percorrer. Nesse instante, lembrou-se de ter lido um pensamento de Schopenhauer, filósofo do século XIX: "A mulher é um efeito deslumbrante da natureza". Não importa a idade que ela tenha. Em cada uma há os seus atrativos: quando jovem, a beleza e o frescor da juventude; quando na maturidade, a beleza da experiência.

Mas pairava em seu pensar. "Quem será esse homem? Por que me fez aquele elogio?". A curiosidade acompanhou-a por dias. Na semana seguinte, ao entrar na academia, ela o reencontrou. Dessa vez, encarou-o, deslizou o seu olhar no corpo dele e observou a aparência de uma pessoa bem cuidada e de músculos definidos. Como diz o ditado, "as aparências enganam". Era importante descobrir o caráter e as intenções daquele jovem senhor.

Ele estendeu-lhe a mão e trocaram comprimentos:

– Prazer em conhecê-la.

– O prazer é meu. Como você se chama?

– Guilherme Pinheiro. E você?

– Isaura Oliveira.

– Há quanto tempo você frequenta esta academia?

– Há quase dois anos. E você?

– Há apenas dois meses.

Em seguida, cada um dirigiu-se aos seus exercícios, mas ela percebia que o olhar dele a acompanhava durante os treinos. Como ela fazia pilates em uma sala separada, sentiu-se fora do foco daquele admirador por algum tempo. Ao sair, ela o reencontrou na porta e ele lhe perguntou:

– Você quer uma carona?

– Não. O meu carro está aqui perto, no estacionamento.

Ele insistiu em continuar uma conversa e Isa delicadamente afirmou ter alguns compromissos de imediato.

Isa não demonstrou à primeira vista estar interessada em conhecer aquele homem. A sua vida estava em equilíbrio perfeito. Trabalhava, estudava, viajava e dispunha do seu tempo como bem lhe aprouvesse. Havia descoberto a felicidade de ter uma vida tranquila, prazerosa e de ser dona absoluta do seu viver. Não pensava e nem planejava mudanças. Todavia, uma mulher, quando houve um elogio de um homem sobre a sua aparência, tem sua vaidade feminina aguçada e coloca-a num patamar de expectativa.

Sócrates, filósofo grego, afirmou: "Na verdade, as mulheres são mais corajosas do que os homens, são mais impetuosas, mais racionais quando a questão é amar e desamar". Talvez, ele tivesse razão para fazer tal afirmativa, mas "gato escaldado com água quente tem medo de água fria". Ela ainda não estava totalmente curada do trauma de ter sido abandonada. Precisava se precaver das investidas do senhor Guilherme. Ademais, ela não sabia nada a respeito dele. Apesar de tudo, ele continuava querendo invadir o seu pensar e Isa teimava em afastar de sua mente a figura dele.

Quando um homem quer um relacionamento com uma mulher ele é capaz de cometer as maiores bravuras. Apresenta uma fisionomia dócil e os seus gestos são minuciosamente calculados. São matreiros e calculistas. Fazem-se de vítimas com relação a outras mulheres que passaram em sua vida e usam palavras convincentes e dignas de serem acreditadas. São artimanhas usuais que devem ser analisadas com precaução.

Em uma manhã, quando o sol já havia despontado, ele adentrou no estabelecimento comercial de Isaura e, ao encontrá-la, cumprimentou-a. Nesse instante, seus olhares se cruzaram em profundidade e por longo tempo não falaram nada. Os dois pareciam dois adolescentes desconcertados e temerosos.

– Bom dia, Isaura!

– Bom dia, Guilherme!

– Tudo bem?

Ela, sem entender se aquele encontro havia sido casual ou não foi tomada de surpresa e perguntou:

– Como você me descobriu aqui?

E ele responde sem muita cerimônia:

– Eu sei tudo ao seu respeito. Eu acompanho a sua vida há alguns meses. Quando eu me inscrevi para entrar naquela academia tinha a intenção de me aproximar de você.

Nesse instante, faltaram palavras para Isa comentar essas afirmativas.

Quando pensamos que a vida navega num mar calmo e sem ventanias, eis que surge um inesperado. É importante, em todos os momentos, estar sempre preparado para algumas tempestades e trovões mesmo que o céu se apresente límpido e sem nuvens. Ter a mente aberta a outras formas do viver nos dá o privilégio de não nos surpreender com as variáveis que o mundo por vezes nos oferece. As pessoas veem o nosso caminhar mesmo que não queiramos. Há sempre alguém atento, vigiando-nos e tirando as suas conclusões, principalmente quando essas pessoas se destacam na vida pelo seu talento ou outras formas de proceder.

Isaura Oliveira era uma empresária bem-sucedida e seus negócios se ampliavam a cada ano, com novas conquistas. Ela também cuidava do corpo, da saúde e do seu bem-estar. O seu olhar tinha o brilho das pessoas que vão subindo os degraus do sucesso na certeza de que alcançarão o topo da escalada, de onde poderão vislumbrar um panorama visto somente por aqueles que têm a determinação e a coragem de se arriscarem. Essas pessoas não passam despercebidas no contexto visual do mundo.

O senhor Guilherme Pinheiro tinha a experiência e o faro de localizar mulheres especiais. Ele era viúvo, 65 anos de idade, sozinho e ansiava por uma companheira destemida, inteligente e dona de sua própria vida. O seu ramo de negócio era importação e exportação e estava sempre viajando para outros continentes em busca de novas oportunidades para ampliar seus negócios. Com o sucesso da empresa de Isaura, ele via mais uma oportunidade de juntar o útil ao agradável: conquistá-la e ajudá-la na ampliação do seu comércio.

Todos os dias, quando ela chegava à academia, estava à porta aquele sonhador, à espera dela. Isa cumprimentava-o e eles sempre trocavam algumas palavras. Ela ainda não se convencera de mudar o rumo de sua vida dando um tipo de atenção àquele homem que, a seu ver, tinha em mente uma aproximação mais efetiva. Também não tinha muitas experiências com o sexo masculino. Casou cedo, viveu por quarenta anos para a família e ainda sofreu os revezes de uma traição.

Pode-se fugir das pessoas por algum tempo, mas nunca por todo o tempo, porque algumas têm as suas manhas de conquista e determinação para o que querem alcançar. O senhor Guilherme tinha experiência de como lidar com as mulheres e conseguir concretizar os seus objetivos com um faro excepcional. Homem vivido, viajado e consciente do seu poder de envolvimento, portava um físico atrativo, bem cuidado e era um ser fascinante que não passaria despercebido em nenhum lugar.

Depois de alguns meses de muita insistência, Isa decidiu lhe dar atenção, mais por curiosidade do que visando um envolvimento. Não lhe passava em sua mente o que podia acontecer em futuro próximo. A sua experiência sobre sexo não era das mais excitantes. Via esse lado da vida com uma coisa automática e sem prazer.

Decidiu, antes de tomar uma atitude, conversar com Talita, sua sócia. Esta era uma mulher fogosa e sabedora de todos os meandros do amor deu o seguinte conselho: "Vá em frente. Os homens são diferentes uns dos outros. Ele poderá despertar em você emoções que você nunca tenha sentido". Essas palavras entraram em sua mente e Isa passou a refletir sobre o que ouvira.

Quando não se tem ideia exata de um sentimento é difícil convencer-se apenas por opiniões alheias. De qualquer maneira é preciso experimentar e vivenciar para se ter certeza de sua veracidade. Naquela noite, quando se recolheu em seus aposentos, voltou o pensamento para quando conheceu o seu marido e toda uma vida que o tempo somou mais de quarenta anos. Cada detalhe foi revisto, sentido e analisado. Ela não encontrou, em todo o contexto, uma razão para se envolver com Guilherme. Era independente financeiramente, viajava quando dispunha de tempo, vivia em uma casa confortável, tinha os seus filhos em situação estável e desfrutava de uma vida em que em cada segundo ela própria determinava como proceder.

Relacionamento afetivo e sexual com um homem não lhe fazia falta porque ela nunca sentira nada especial durante os anos em que fora casada. Pelo contrário, fazer sexo era, por vezes, muito torturante. Assim, tentava abandonar a ideia de dar uma atenção diferente àquele nobre senhor.

E assim vivia entre a cruz e a espada. Por vezes, a sua curiosidade era testada e, por vezes, definida. No entanto decidiu procurar um médico ginecologista para fazer um exame geral e também conversar sobre essa vida inócua de emoções com relação ao sexo que vivera por longos anos. Esse profissional, certamente, dar-lhe-ia as diretrizes de como agir.

O seu admirador não desistia de cortejá-la. Um dia, ao voltar para casa, encontrou um enorme buquê de rosas vermelhas acompanhada de um cartão com a dedicatória: "Rosas vermelhas para uma mulher especial. Guilherme Pinheiro". Nunca, em toda a sua vida, recebera flores. Nas comemorações de seu aniversário a família lhe dava presentes, mas nunca flores. Essa surpresa deixou-a comovida e decidiu aproximar-se dele para descobrir quem era realmente aquele senhor e também o que pretendia.

Ao encontrá-lo no dia seguinte na porta da academia, ela cumprimentou-o e agradeceu o presente. E, em seguida, perguntou-lhe:

– Como você descobriu o meu endereço?

Pausadamente, ele falou:

– Eu já lhe falei que eu sei tudo a seu respeito.

Com o olhar de espanto, Isa tomou uma decisão inesperada.

– Ok. Vamos conversar. Onde e quando isso será possível?

– Você escolhe o local, o dia e a hora e eu cumprirei o que você determinar.

Mais uma vez a surpresa invadiu o seu pensar por se sentir com o poder de dar ordens àquele indivíduo. "Incrível essa situação", refletiu.

Como tinha sempre a sua sócia e amiga como confidente, contou-lhe o ocorrido daquele dia. Talita, com a experiência que tinha com os homens, falou: "Inicialmente, quando um homem quer conquistar a mulher, ela determina tudo. Depois, ele investe de poderes e quem dá as ordens é ele. Esse é o proceder dos machos de maneira geral". Essa observação fez Isa retroceder e dar mais um tempo para melhor pensar que atitude tomar.

O senhor Guilherme Pinheiro, devagarzinho, ia tomando espaço em seu pensar e tentando investidas em seu coração. Era impossível ignorá-lo.

Isaura Oliveira, seguindo a sua intuição, decidiu aceitar um encontro, mas não em sua casa e muito menos em seu comércio. Naquela manhã ao encontrá-lo na porta da academia, ela cumprimentou-o e olhando de forma segura e decisiva, falou:

– Onde poderemos nos encontrar?

Ele, surpreso, sugeriu:

– Vamos jantar no restaurante do Alfredo! A que horas eu posso pegá-la em sua casa.

– Não. Eu irei com o meu carro e nos encontraremos lá.

Essa era uma estratégia que Isa planejara para ser possível se livrar dele depois do jantar caso a conversa não lhe agradasse. O mundo estava lhe ensinando sábias lições baseadas em observações profundas e muitos exemplos que a vida agora lhe proporcionava. Ela não tinha, ainda, muitas experiências com os homens. Tudo eram concatenações que fazia de conversas e comentários que ouvia das amigas e, principalmente, de sua sócia. Apesar de tudo tinha curiosidade infinita de saber o que pensa outro homem a respeito da vida e do sexo.

O primeiro problema que Isa enfrentou foi: que roupa usar. E, assim, ficou algum tempo em frente ao guarda-roupa para decidir a vestimenta certa. Não queria uma com ares de vulgaridade, nem outra como se fosse uma santa. Deveria ficar no meio termo. Escolheu um vestido que desenhava de maneira sutil o seu corpo bem cuidado, deixando à mostra os seus braços bem torneados e sua pele macia. Caprichou numa maquiagem suave ressaltando os seus lábios com um batom vermelho. Imaginou que quando lhe fosse dada a oportunidade de sorrir, seus dentes, ficariam mais brancos e brilhantes. Ela estava se redescobrindo e deixando a sua intuição fluir no compasso lento do que o seu subconsciente lhe determinava. Era uma nova faceta surgindo em uma mulher que durante muitos anos se escondera num labor diário e sem novidades em seu viver.

A expectativa de um primeiro encontro é sempre cercada de mistérios. Ainda refletia que sendo um lugar público, o máximo que poderia lhe acontecer era ele segurar as suas mãos porque outro tipo de carícia não seria conveniente. E, assim, no dia e horário combinados, os dois se encontraram no restaurante. Ele chegou um pouco antes e postou-se em frente à porta principal para recebê-la. Quando ele a viu descendo do carro, apressou-se e foi ao seu encontro. Nesse momento, ele cumprimentou-a, beijou a sua face e lhe fez elogios que a deixou sensibilizada.

– Você está linda! Você é mais bela do que eu imaginava! Nunca poderia pensar que sem aquela roupa da academia você seria essa mulher surpreendente! - E segurando a sua mão encaminharam-se para o restaurante.

Aqueles elogios invadiram o seu pensar, deram uma leve paradinha em seu coração e pediram licença para se aninhar ali por algum tempo. Ela permitiu que isso acontecesse porque nunca, em toda a sua vida, nenhum homem lhe fizera elogios semelhantes. É bem provável que o seu marido a visse como uma bela mulher, mas isso nunca fui externado por ele. Falar o que sentimos em ocasiões oportunas é fantástico para quem fala e fascinante para quem ouve.

Sentaram-se à mesa, em um lugar discreto, num canto do salão, e de vez em quando ela se questionava: "O que faço aqui? Quem será, de fato, esse homem?". Ele tinha nos olhos toda a felicidade ao perceber que estava ganhando a confiança dela e suspeitava que também ganharia o seu amor. Por que não?

O garçom se aproxima com os cardápios e entrega um para ela e outro para ele. Isa não conseguia se concentrar no que lia. O seu pensamento estava envolto em dúvidas e se sentia meio desconcertada, numa situação que não lhe era comum. Estava difícil de escolher o que comer. Ele percebeu o embaraço em seu proceder e fez a seguinte sugestão:

–Se você gosta de salada, podemos pedir uma de rúcula com tomate seco, cenoura ralada, tomate e pepino. De entrada, berinjela ao forno recheada com carne de vitela. O prato principal, se você me permite, podemos comer peito de frango recheado com queijo roquefort, ervas finas e purê de batatas.

– Ok – respondeu Isaura.

– E para beber? O que você gostaria? – Também a timidez não lhe dava tréguas e mais uma vez ele falou: – Estamos comemorando o nosso primeiro jantar. Vamos tomar champanhe?

Isa respondeu afirmativamente. Todavia, se lembrou deque, em sua casa, essa bebida se tomava apenas na comemoração de Ano Novo.

Guilherme percebeu que ela não tinha a desenvoltura de uma mulher acostumada a frequentar restaurantes. Era tímida, discreta e recatada, e esse comportamento deixava-o curioso para saber de sua vida pregressa. O conhecimento a respeito dela era apenas o de uma mulher bem-sucedida profissionalmente e que estava adquirindo fama e fortuna com a sua empresa. Mas quem era a verdadeira Isaura Oliveira antes do sucesso profissional? Sem dúvidas, ele descobriria.

O champanhe chegou à mesa. Ele dispensou o garçom e deixou a bebida no balde de gelo para que ficasse no ponto certo de ser degustada. Nesse momento, ele estendeu as suas mãos procurando as dela e, assim, trocaram energias e bem-estar. Trocaram olhares profundos e sentiram a presença um do outro naquele momento tão especial. Nenhum dos dois emitiu qualquer palavra. O que começaram a sentir não havia nenhum vocábulo para expressar a grandeza do envolvimento. Calaram-se por um tempo que não foi possível medir.

O garçom se aproximou trazendo o antepasto e, assim, eles voltaram à vida e àquela realidade com o pensar de ter subido ao infinito e festejado o encontro com todas as glórias do mundo. Foram alguns instantes de enlevo e encantamento.

O champanhe foi aberto, colocado em taças, e eles brindaram esse primeiro jantar na esperança de que muitos outros viriam. Sentiram-se inebriados com a sensação que a bebida causa ao paladar.

As iguarias pedidas foram servidas numa apresentação impecável de cores, sabores e cheiros. Cada um se perguntava dentro do seu pensar: onde está a fome? Provavelmente, temerosa da indiferença dos dois contemplativos, escondera-se em algum lugar. Há momentos na vida em que a melhor comida do mundo, criada pelo maior chefe do ramo, não desperta esse desejo salutar porque outras emoções invadem a nossa alma com tanta sutileza, não nos permitindo usufruir do prazer de comer.

Os prazeres da vida são inúmeros e cada indivíduo tem os seus próprios valores e reações diferentes para senti-los. E, ainda, em situações diferentes, eles ganham nuances diversas, tornando-os os momentos únicos e soberanos.

Muitas pessoas se reúnem para almoçar ou jantar para tratar de negócios e o que menos importa é a comida servida, mas os assuntos tratados nesses encontros. Quando comemoramos datas importantes, as iguarias ganham lugar de destaque. Todavia o importante mesmo é o evento a ser celebrado.

Antigamente, as famílias se reuniam no café da manhã, no almoço e no jantar. A vida moderna extinguiu completamente esses encontros. Todos têm compromissos em horários diferentes. De vez em quando, inventam um churrasco para se reunirem num congraçamento familiar e de amizade.

Guilherme Pinheiro e Isa Oliveira tinham objetivos semelhantes nesse jantar. Queriam se conhecer e trocar confidências. As descobertas iriam acontecer entre cada garfada daqueles alimentos. Certamente, no final comeriam uma comida fria pelo tempo que se dispuseram prolongar. Isso não era importante e, sim, o que seria relatado, sentido e assimilado em cada frase que expunham e, também, em seus pensamentos. A curiosidade é suprema e dantescamente salutar quando descobrimos meandros da vida da pessoa que estamos dispostos a conviver mais amiúde e até amar se realmente for o caso. As surpresas de cada relato nos levam a um patamar superior de expectativa e singelas emoções.

Eles gostariam de ouvir uma canção famosa, que assim começa: "Por que não paras relógio", de Amilcar Martins. Infelizmente, o tempo anda, corre e não se incomoda com o nosso sentir. Até mesmo naqueles instantes em que ele deveria se prolongar para que fosse possível eternizar os momentos de felicidade. A vida é uma dinâmica em todos os aspectos e, sendo assim, vivamos cada segundo em profundidade máxima, sorvendo todo o encantamento que ela nos proporciona.

O garçom veio avisar que em poucos minutos o estabelecimento fecharia suas portas. Eles se entreolharam e constataram que comeram muito pouco de tudo o que havia sido servido. Mas esse foi o menor problema com o qual se preocuparam. O importante mesmo foi a troca de energia no contato de suas mãos, os olhares cúmplices e a esperança de que novas perspectivas se abririam para decisões futuras. A sobremesa, o cafezinho e o licor ficariam para outra ocasião.

Saíram dali de mãos dadas e caminharam em direção ao carro de Isa. Então, num gesto de carinho, ele segurou o rosto dela e perguntou se podia lhe dar um beijo. Embora não tivesse tido resposta, ele beijou os seus lábios. Aquele foi, para ela, um instante de grande ternura. E ele lhe perguntou:

– Você não quer que eu vá até a sua casa para dar continuidade a esta noite tão especial?

– Não. Amanhã eu preciso me levantar cedo para trabalhar. Em outra oportunidade nos encontraremos. – De qualquer maneira havia para o Guilherme a certeza de que ela aceitaria outros encontros.

Guilherme deixou-a partir e, em seguida, pegou o seu carro. No trajeto de volta para casa, Isaura começou a refletir sobre o encontro, que lhe dera muitos momentos de prazer. Levava o calor daquele beijo e das mãos dele, a figura e o comportamento de um homem fascinante sob todos os aspectos. Pela primeira vez na vida entendeu que os homens são diferentes no trato e no proceder.

Lembrou-se dos conselhos de sua sócia e amiga quando afirmou: "Os homens são todos diferentes". Aliás, também pensou que, não importa se homem ou mulher, todos somos diferentes. Era uma conclusão que a sua pouca vivência do mundo lhe presenteava.

Ele também se sentia fascinado pelo comportamento recatado daquela mulher, pela beleza do seu corpo, pelo olhar penetrante e os mistérios que a cercavam. A partir de agora era imperiosa a necessidade de descobrir todo o seu passado e desvendar o contraste de uma pessoa bem-sucedida profissionalmente e da outra, distante do mundo e dos homens. Sabia que não seria uma tarefa fácil. "As mulheres são instintivas e quando querem escondem tudo o que queremos saber", pensou ele.

Os encontros na academia continuaram duas vezes por semana. No final dos exercícios, ele sempre estava a postos, aguardando por ela. Numa dessas saídas, ele convidou-a para almoçar e ela recusou o convite, alegando estar suada e cansada e que nesse horário gostava de tomar banho e descansar porque ainda tinha trabalho até a noite.

Numa tarde, estava o senhor Guilherme conversando com um amigo que é advogado e, de repente, fala para ele:

– Estou impressionado com uma mulher que conheci recentemente. Ela tem 62 anos, é muito linda e tem uma empresa alimentícia de grande sucesso.

– Será por acaso a senhora Isaura Oliveira?

– Sim. – Nesse instante, o enamorado enrubesceu e perguntou:

– Você a conhece?

– Sim. Ela é minha cliente. Eu cuido da parte jurídica da empresa dela.

– O que mais você sabe sobre ela?

O amigo de Guilherme respondeu:

– Essa empresa é comandada por duas mulheres, Talita de Almeida e Isaura Oliveira. Elas começaram esse negócio há cinco anos e agora estão vendendo os seus produtos em todo o sul e sudeste do Brasil. Tudo que elas produzem é de alta qualidade e sabor.

– O que mais você sabe?

– As duas são divorciadas. Talita tem um companheiro que se chama Raimundo Passos e Isaura continuou solteira depois do divórcio.

Diante do que ouvia, convidou o amigo para um almoço para se inteirar de todo o mistério em que aquela criatura estava envolta. Entraram num restaurante próximo desses de comida por quilo, rechearam os seus pratos e sentaram-se à mesa. O diálogo continuou. O Dr. Roberto Mendes fez um relato preciso da vida pregressa de Isa, contando ao amigo tudo em detalhes, e ainda acrescentou:

– O antigo marido está movendo uma ação contra ela para não mais pagar pensão alimentícia porque agora ela é empresária de sucesso e não tem mais necessidade desse valor que ele paga. Também mencionou os filhos e onde moravam. E acrescentou:

– Recentemente, ela visitou a filha em San Diego, na Califórnia.

Inteirado dessas informações preciosas decidiu conquistá-la definitivamente. Isaura era, realmente, a mulher que deveria compartilhar de sua vida por merecimento e ainda se comprometeria a fazê-la feliz. Mas pensava: "Como despertar o interesse dela por mim?". A seu ver, seria necessário ela saber de toda a sua vida. Talvez, dessa forma, houvesse algo em comum e, assim, poderiam selar as suas vidas até em um novo casamento. Nesse caso juntariam o útil ao agradável. Ela uma mulher encantadora, promissora nos negócios e ele exportador de sucesso.

O reencontro na academia com Isa depois da conversa com seu amigo advogado foi diferente. Ele agora via aquela mulher não apenas como uma empresária de sucesso, mas como uma pessoa que necessitava de companhia, atenção e, ainda, voltar a ser feliz com um homem. Ele estava disposto a assumir essa situação de forma total e absoluta. E ainda pensou: "Por mais que uma mulher se torne poderosa em sua lida diária, uma companhia masculina a faz feliz e a faz sentir a vida de uma forma mais completa". Todos precisam de alguém que nos apoie, que nos dê carinho, atenção e amor. A solidão é algo terrível. Podemos suportá-la por um período, mas nunca por toda a vida. Compartilhar com alguém os nossos anseios, os nossos problemas e até as nossas alegrias torna a vida mais colorida e mais fácil de ser encarada.

Naquele dia, ao sair da academia, o senhor Guilherme Pinheiro tomou uma atitude: abordou-a de forma decisiva e categórica:

– Isaura Oliveira, hoje você vai conhecer a minha casa, embora você não me tenha dado o direito de visitar a sua. Precisamos conversar longamente. – Ela assustou-se e rapidamente decidiu cumprir as ordens dele. Apesar do conhecimento superficial que eles tinham um do outro não havia motivos para adiar esse encontro por mais tempo. A vida passa correndo e se não aproveitarmos o que ela nos oferece em certas ocasiões podemos perder a chance de encontrar a felicidade.

– Você dirige o seu carro e eu o meu. Apenas siga-me e dentro de meia hora estaremos chegando a minha vivenda. – Eram ordens de um homem interessado em lhe mostrar como vivia e, também, deixá-la saber detalhes de sua vida. Valeria a pena tentar essa oportunidade mesmo que fosse por curiosidade, assim pensou Isa.

Passaram por grandes avenidas, por um trecho de uma rodovia e, em seguida, entraram em um condomínio privado de uma beleza ímpar. Ao se aproximar da portaria ele conversou com o vigilante e quando chegou a vez dela o funcionário apenas fez um gesto com a mão e mandou-a seguir. Não foi possível conter a surpresa que a sua alma vivia. Naquele lugar havia mansões com jardins bem cuidados e floridos.

Ele estacionou em frente à sua casa e mostrou a Isaura o lugar onde ela deveria parar o carro. Ele veio ao seu encontro, abriu a porta e segurou a sua mão. Enlevada com essa gentileza, desceu do carro. Em tom de brincadeira, ele falou:

– É aqui que eu me escondo.

– Belo esconderijo! – ressaltou Isaura.

A casa era assobradada, com um imenso jardim. Ao se aproximarem da porta principal mediante controle remoto a porta se abriu. Ele estendeu a mão e pediu que ela entrasse. Deslumbrante, maravilhosa. Infinitamente bela aquela mansão. Os olhos de Isa, até onde foi possível ver, repararam que tinha uma decoração primorosa e de bom gosto. Meio desajeitada, não sabia como se portar. Nesse instante, ele a levou até uma suíte, onde havia um esplendoroso banheiro, e falou:

– Eu sei que você gosta de tomar banho depois dos exercícios. Fique à vontade. – E, mostrando algumas roupas sobre a bancada do banheiro, disse: – Se você quiser, pode usar essas roupas que comprei para você. Há modelos diferentes. Pode escolher a do seu gosto. – Guilherme saiu, fechou a porta e deixou-a sozinha para tomar a atitude que quisesse.

Isaura Oliveira misturou perplexidade, surpresa e contentamento, e sentia o coração pulsando de forma descontrolada. Parecia estar vivendo um sonho.

Depois de algum tempo, que lhe pareceu uma eternidade, recobrou a consciência e sentindo serem reais aqueles momentos, tirou a roupa e entrou no chuveiro. Antes, porém, percebeu que havia sabonete, shampoo, creme para o cabelo, creme para o rosto, desodorante e perfume, tudo da mesma marca. "Essas coisas as mulheres usam depois de um banho", assim ele concluiu quando fez a compra.

Então Isaura colocou um dos vestidos que estavam à sua disposição, secou os cabelos, penteou-os, passou um batom que ela sempre carregava na bolsa e saiu dali ao encontro daquele surpreendente homem.

Guilherme aguardava-a sentado em um sofá, na sala de estar. Ao vê-la, foi ao seu encontro e instintivamente se abraçaram. Ele sentiu que debaixo daquele vestido não havia calcinha e nem sutiã. Sentiu aquele belo corpo macio, limpo e perfumado com o cheirinho de sua preferência. A sua cabeça rodopiou e começou ali um tesão como poucas vezes sentira com outras mulheres. Ela disfarçou o deslumbramento que esse gesto lhe proporcionara, mais de uma coisa tinha certeza: nunca, em toda a sua vida, sentira nada igual. Eles tinham esperado uma oportunidade para esse abraço acontecer. O calor que emanou de seus corpos carentes de afeto e de sexo levou-os para algum ponto do universo, deixando-os sozinhos no espaço, como se existissem apenas os dois no mundo. O tempo se afastou rapidinho para um lugar desconhecido e não era possível medir o encantamento que os dois, embevecidos, sentiam.

Ainda com a respiração descompassada e o coração não atendendo ao ritmo normal, ele mostrou-lhe a casa. Em cada cômodo um bom gosto surpreendente. Quando na cozinha, apresentou Isa a sua governanta, Conceição Gouveia, e a sua cozinheira, Rosa da Silva. Na área de lazer havia piscina, churrasqueira e uma sauna. Tudo perfeitamente arrumado.

Na vida, há momentos eternos que serão lembrados por nós enquanto existirmos neste mundo.

Aqueles em que todas as emoções tomam conta do nosso ser de forma total e absoluta.

Aqueles em que nos sentimos seres privilegiados por estarmos vivos.

Aqueles em que deixamos de respirar e não morremos.

Aqueles em que o coração dispara para não nos esquecermos deque ele existe.

Aqueles em que os nossos pelos acordam para vivenciar todas as emoções do momento.

Aqueles em que o nosso consciente e subconsciente estão unidos sem disputar a primazia do pensar.

Aqueles em que a alma sobe ao infinito e em segundos dá algumas voltas pelo universo e vivencia todo o encantamento que foi feito para o ser humano.

Aqueles em que tudo se reveste de beleza, num equilíbrio perfeito da natureza.

Aqueles em que sentimos a presença de Deus em nossas vidas.

Aqueles em que tomamos consciência de que a vida é bela e deve ser vivida em sua total plenitude.

Quando foi possível voltar à realidade, ele convidou-a para almoçar. É bem provável que mais uma vez aqueles alimentos não iriam significar muito no contexto daquele envolvimento etéreo que vivenciavam. A governanta foi chamada e ele pediu para que o almoço fosse servido. Havia salada mista, camarões ao molho de "sauce teryaki" com macarrão e o queijo parmesão ralado na presença dos convivas. A bebida, um vinho branco escolhido por ele. Diante de tanto encantamento e surpresas, Isaura quase não falou. Apenas vivenciava cada segundo como se tudo não passasse de um sonho. Os olhares que trocavam tinham significado que nenhuma palavra ou frase era capaz de substituir. Brindaram juntando as taças de vinho, desejando-se mutuamente muitas felicidades e saúde.

Na proporção em que degustavam aquele saboroso almoço, ele se abria contando o tipo de trabalho que tinha, sobre a família e como construíra essa casa. Ressaltou que o seu filho morava na Argentina, era casado e tinha dois filhos. Pelo menos uma vez a cada dois meses ele viajava para aquele país para ver a família e inteirar-se do andamento dos negócios.

Ela assimilava aquelas confissões e transformava-as em experiências, e também começava a entender a razão de sua aproximação com ela. Havia em seus parcos conhecimentos do mundo e das pessoas dois interesses: um pelo sucesso de seus negócios e outro para usufruir de sua companhia e, talvez, fazê-la sentir-se feliz. Certamente, ele a desejava como mulher, senão o caminho poderia ser em outra estrada que não o do envolvimento entre um homem e uma mulher. A partir de agora precisava ficar atenta e ter o discernimento que se fazia necessário.

A sobremesa servida era do Delicious Bakery. Prazer em dobro para os dois enamorados.

Apesar de ouvir todo o seu relato dele, ela ainda não se sentia à vontade para lhe contar sobre a sua vida fora do contexto de trabalho. Mal sabia ela que o senhor Guilherme já tinha todo o seu passado contado em detalhes pelo seu amigo. Na vida há momentos em que o segredo é uma arma poderosa e de posse dele podemos manipular as pessoas e nos sentir à vontade para encaixar as peças certas nos momentos exatos.

Isa precisava voltar ao trabalho. A sua vontade era imperiosa. O seu coração clamava para que ela se quedasse ali por mais tempo. O envolvimento nos momentos com um homem tão especial e diferente do seu ex-marido deixava-a numa disputa entre o pensar e o sentir.

Em determinadas situações da vida torna-se impossível raciocinar de maneira clara e precisa. O mundo, por vezes, adquire nuances cujos coloridos vislumbramos na certeza de uma felicidade que transcende o nosso pensar. Quando sentimos emoções que até então desconhecíamos, o nosso corpo sente-se enlevado de bem-estar e vivencia uma transformação forte e poderosa.

Guilherme mirava-a com ternura e sentia algo estranho no seu proceder. De repente, ela falou de maneira convincente.

– Preciso ir. A minha sócia me aguarda para finalizar as contas do dia. – Essa era uma obrigação que ela tinha que cumprir diariamente.

Mais uma vez, eles se abraçaram num aconchego longo e interminável. A troca mútua de emoções tirava-os do mundo que conhecemos e elevava-os para outro que é conhecido apenas por quem já teve o privilégio de sentir esses arrebatamentos de muito desejo e tesão. Ela estava descobrindo esses prazeres aos 62 anos de idade.

Voltando ao chão onde pousavam os seus pés, ele pediu licença e pelo interfone chamou seu motorista, Osvaldo Pereira. Enquanto esperava pelo seu funcionário, ele falou:

– Vou levá-la até a sua casa. Vou com você em seu carro e o meu motorista irá nos acompanhar para eu retornar com ele.

– Perfeito – afirmou Isa.

Nesse instante, ela se lembrou de que estava com aquele vestido que ele lhe presenteara e falou:

– Preciso trocar de roupa.

– Não, minha querida. Fique com esse vestido. Este é um pequeno presente de muitos que lhe darei por toda a vida. Se você não se incomodar, pode deixar os outros aqui para você vestir em outra ocasião.

Nesse instante, Isa se convenceu de que voltaria àquela casa. O seu coração, ainda sem o ritmo normal, controlava as emoções que ela sentia.

Antes de sair, agradeceu o almoço e os momentos que viveu ao lado dele.

– Teremos outros se você quiser.

Ela olhou-o de maneira profunda e concordou apenas com um "Ok!".

Dirigindo naquele trajeto com um homem ao seu lado falou:

– Esta é a primeira vez, desde que comprei este carro, que um homem me faz companhia.

Ele já sabia de tudo isso e muito mais. Enquanto ela cuidava da direção, os olhos dele ficaram pousados na figura da mulher bela e atraente que ela era e imaginava o dia em que pudesse tê-la em seus braços sem aquele vestido e em um lugar apropriado. São os mistérios de nosso pensar e, muitas vezes, temos o privilégio de vivenciar cada minuto num envolvimento solitário.

Ao chegar em casa, havia um senhor à porta, tocando a campainha. Ela parou o seu veículo e se aproximou daquele homem.

– O que deseja o senhor?

– Eu sou oficial de Justiça e tenho uma intimação para a senhora. O seu nome, por favor?

–Isaura Oliveira.

Então aquele homem lhe entregou o documento e pediu que ela assinasse o protocolo. Essa era a primeira vez que alguém a procurava com essa missão. Guilherme, ao lado dela, já sabendo dessa intimação, porque o seu amigo advogado contara, aproximou-se dela e perguntou se podia ler aquele papel. Ela entregou-o e ele lhe perguntou:

– Como é mesmo o nome do seu ex-marido?

– Osvaldo Medeiros.

– Você terá uma audiência com o juiz da Comarca de sua cidade no dia 13 de agosto.

Ela, surpresa, perguntou:

–Nós já estamos divorciados há mais de sete anos. Porque essa audiência agora?

– Você precisa ir e na companhia de seu advogado. Não há detalhes sobre o que será tratado. Você somente saberá na oportunidade. Você também pode pedir para ele que vá até o Fórum e obtenha informações sobre o processo.

Isso a deixou triste e pensativa. Guilherme, com ares de protetor, prontificou-se a acompanhá-la.

– Não, obrigada. Eu tenho o advogado da minha empresa. Ele irá comigo.

– Se você precisar de alguma coisa, conte comigo. Não se esqueça de que antes de tudo eu quero ser seu amigo. – E ressaltou: – Um amigo fiel para as horas boas e más.

– Obrigada.

Isa convidou-o para entrar e ao chegar à sala, ela pediu licença para telefonar para o seu advogado. Aquele assunto incomodou-a e era preciso livrar-se dele, imediatamente. Depois da troca de conversa sobre o assunto, o Dr. Roberto Mendes aconselhou-a a ficar calma e concluiu:

– Tudo nesta vida tem solução. Durma tranquila. Esse assunto brevemente será resolvido.

A vida é feita de momentos agradáveis e outros nem tanto e, muitas vezes, quando menos esperamos, acontecem fatos que nos deixam temerosos. Resta-nos, apenas, encará-los de frente e tentar uma solução.

Isa mostrou a sua casa, que não era tão poderosa como a de Guilherme, mas era ali que era morava. Ela ressaltou que a casa fora construída pelo seu ex-marido e que na ocasião do divórcio na partilha dos bens ela ficara com a casa com usufruto dos filhos. Sentaram-se um em frente ao outro e tentaram disfarçar aquele mal-estar da intimação.

Ela perguntou se ele queria um café. Ele aceitou, fazendo um pedido:

– Quero ir para a cozinha preparar esse café com você.

A sua intenção era mesmo de estar junto dela, compartilhando mais alguns momentos. Sentaram-se à mesa da cozinha e de gole em gole os dois foram se envolvendo numa troca de olhares. Aquela interminável bebida se prolongou pelo tempo mais que necessário. Na realidade, ele não queria se afastar de Isa e ela, com aquele problema na mente, não conseguia disfarçar e se sentir à vontade para retomar aqueles encantadores instantes vividos em sua casa.

Guilherme, homem vivido e experiente, entendeu o que se passava em seu pensar e falou que iria embora e que no dia seguinte falaria com ela na academia. Dirigiram-se à porta principal e antes de sair, ele a abraçou novamente, tentando restaurar o equilíbrio daquele envolvimento. Inútil.

À porta ela, viu-o se afastar e com um olhar comprido começou a entender que a partir daquele dia a sua vida tomaria outro rumo. Ainda não tinha convicção de como essa mudança aconteceria. Apenas sabia que a visão que até então ela tinha da vida com relação aos homens se transformara.

A audiência com o ex-marido foi um assunto do qual a sua mente não conseguiu se desvencilhar devido ao desconforto que esse reencontro lhe causaria. Mesmo assim, não abandonou os compromissos, inclusive os exercícios da academia, onde, inevitavelmente, reencontrar-se-ia com Guilherme. Ter alguém pelo menos para conversar já a aliviava daquele pesadelo.

A vida tem o seu curso normal dentro das possibilidades a que nos propomos. Todavia, e sem ao menos imaginar, o inesperado entra sem ser convidado com a finalidade de tumultuar o nosso viver, como um desafio para provar a nossa capacidade de superação.

Desde que o seu ex-marido saíra de casa, ela nunca mais o reencontrara ou tivera notícias dele. A impressão que ela tinha era como se ele tivesse morrido. Matar as pessoas dentro do nosso eu é uma atitude benéfica para se conseguir esquecer os momentos de angústia que elas nos causaram.

Dois dias se passaram e, aflita, Isa telefona novamente para o seu advogado e pergunta sobre se ele já tinha informação sobre o que seria tratado naquela audiência com o seu ex-marido. O Dr. Roberto Mendes pede que ela compareça ao seu escritório para lhe dar mais informações e como proceder no dia. Ela nunca poderia imaginar as notícias que a aguardavam.

Durante o caminhar de nossa existência imaginamos que o sol sempre brilhará e que as tempestades serão momentos raros e sem maiores consequências. Não é bem assim! Por vezes, precisamos nos munir de coragem para compreender, enfrentar e solucionar as reviravoltas que acontecem na vida de cada um de nós, com determinação e prudência. Nada é para sempre e tudo se modifica. O livre arbítrio que temos para dirigir as nossas vidas nem sempre é uma força poderosa porque outras situações alheias à nossa vontade podem nos impedir de agir como gostaríamos.

Isaura Oliveira estava apreensiva ao adentrar no escritório do seu advogado. Não tinha a menor ideia do que seria tratado. De qualquer maneira, qualquer que fosse o assunto, tinha que encarar de frente e tentar uma solução. Desde a separação a sua vida havia sido um escalar de sucessos e muitas venturas. Estava feliz e se sentia envolvida em um novo relacionamento amoroso. Isso lhe dava forças para superar aquele reencontro com o senhor Osvaldo Medeiros.

– Bom dia, Isaura. Como tem passado? – falou seu advogado.

– Até cinco dias atrás, muito bem, doutor. Depois que recebi essa intimação a minha mente entrou num nevoeiro e não estou conseguindo entender porque, depois de tantos anos, o meu ex-marido vem me procurar.

Em tom de brincadeira o Dr. Roberto diz:

- Certamente, ele está sentindo saudades de você!

– Espero que não e espero que ele esteja feliz.

– Bem, vamos aos fatos: o seu ex-marido tomou conhecimento do sucesso de sua empresa e decidiu solicitar a anulação da pensão que foi determinada pelo juiz na época. Ele está enfrentando muitos problemas financeiros e foi abandonado por Alzira, sua última companheira. Isso o deixou desorientado. Está morando em uma pensão humilde e tornou-se alcoólatra. Ele não paga a sua pensão há mais de um ano.

– Sinceramente, eu nem notei esse atraso dos pagamentos –afirmou Isaura. – Tenho tido uma vida voltada para a minha empresa e nem percebi que aqueles valores não estavam entrando em minha conta no banco.

– E tem mais. - diz o advogado - Não estranhe se ele solicitar ao juiz para que você pague uma pensão para ele.

– Não, doutor– reclamou Isaura. –Essa lei existe?

– Sim.

– Se isso acontecer, vamos contestar.

Depois de algumas informações de somenos importância, Isaura Oliveira saiu daquele escritório com a certeza que de este mundo é absolutamente perfeito.

Se fazemos o bem, recebemos o bem. Se fazemos o mal, as consequências ruins vêm galopantes. Ela não se sentia feliz pelas amargas notícias do ex-marido. Preferia que ele estivesse bem, ao lado da mulher que ele havia julgado que o faria feliz. Os enganos acontecem com todos nós. Mesmo que hoje esteja tudo da melhor forma que planejamos, precisamos estar atentos aos revezes que, muitas vezes, apresentam-se em nossas vidas, desmontando o nosso viver de maneira inesperada.

As pessoas mudam o seu comportamento dependendo de situações alheias a sua vontade. A vida é de uma fragilidade impressionante. A humildade deveria caminhar ao lado de todos nós e nunca, em momento algum, devemos nos sentir donos do mundo.

Ao chegar à academia no dia seguinte, seu namorado aguardava-a na porta. Eles se abraçaram, trocaram beijinhos e foram se exercitar. Na saída, Guilherme convidou-a para almoçar em sua casa, e como ela precisava contar a conversa que tivera com o seu advogado, aceitou de pronto. O ritual foi o mesmo: banho antes do almoço e vestir um daqueles vestidos que ficara a sua espera.

Quando Isa abriu a porta do banheiro, Guilherme a aguardava no quarto. Inesperadamente, abraçaram-se, beijaram-se e a pouca distância a cama king size da suíte convidava-os para um envolvimento mais efetivo. Novamente, ela tinha apenas aquele vestido sobre o corpo. Instintivamente, ela sabia que naquele dia algo aconteceria. As mulheres têm instinto e a perspicácia de saber o que um homem quer mesmo que a sua experiência no campo amoroso seja limitada.

Naquele momento ela abandonou as preocupações, o trabalho e todo o cotidiano que fazem parte da vida de todos nós, e com a alma leve, o coração descompassado deixou fluir aquelas carícias como se fosse a primeira vez que isso acontecia em sua vida. Realmente, essas emoções ela nunca conscientemente havia sentido antes. Guilherme, um mestre na arte de amar, tocava o corpo de Isaura, deslizando as suas mãos em sua pele macia, despertando-lhe desejo e tesão, e ela respondia com leves gemidos de prazer. Ele segurava os seus cabelos e deixava o seu pescoço livre para ser beijado. Roçava os seus lábios em suas orelhas numa volúpia, querendo despertar naquela fêmea um estado de excitação máxima. Quando alcançou os seus seios, apertou os biquinhos entre os dedos e, nesse instante, ela sentiu pela primeira vez o prazer em sua forma mais absoluta. Para ela, esse momento foi o mais importante de toda a sua vida.

Como ele entendia de forma profunda as reações de uma mulher quando atingia o ponto máximo do prazer, ele deitou-se ao seu lado e acariciando levemente as suas costas, deixou-a degustando aquele momento de intenso viver. Recobrando a consciência e ainda num estado de leveza e bem-estar, ela abriu os olhos e falou:

– Nunca senti nada igual em toda a minha vida.

– Eu sabia – falou Guilherme.

O seu proceder com os homens realmente era de uma mulher que desconhecia os grandes arrebatamentos do sexo.

–Esse foi apenas o começo de uma vida de muito encantamento que quero lhe oferecer por toda a vida, minha querida. Você sentirá muito mais. Esteja preparada para vivenciar grandes e prazerosas emoções.

Aquela tarde se prolongou por um tempo que não foi possível medir. Agora, seus olhos, coração e mente descortinavam um mundo deslumbrante que até então desconhecia. Ainda sentindo aquela aura de felicidade, pensou: "Nunca é tarde para sentir o que a vida me negou por uma longa existência".

O almoço e o jantar não reclamaram. Ficaram em seus lugares a espera de ordens, que não vieram. A noite invadiu aquela suíte e tendo uma luz fraquinha de um abajur ao lado, vivenciaram longas horas de muito encantamento e tesão. Ela se sentia uma adolescente descobrindo os prazeres do sexo pela primeira vez. Nunca fora acariciada e tocada daquela forma. O seu marido era um homem frio de sentimentos e carinhos e nunca, em 40 anos, ela sentira esse fogo arrebatador.

Ao amanhecer, Isa tinha a impressão de ter vivido um sonho. Mas não era. Tudo era real, numa atmosfera de comprometimento, muito amor e uma visão de futuro que a deixava empolgada e feliz. No seu caminho visualizava um mundo encantador e cheio de muitas venturas a serem vividas. Guilherme, consciente do seu poder sobre ela, planejava coletar toda a felicidade deste mundo e lhe ofertar, diariamente. Tudo é importante nesta vida: saúde, dinheiro, poder, realização profissional e familiar, mas o sexo é de uma relevância especial. Além de nos proporcionar prazer, transporta-nos para um paraíso de sentimentos e nos faz sentir seres privilegiados numa simbiose de sonho e realidade. Deixa-nos etéreos em um mundo fantástico que somente as pessoas que experimentaram essa situação conhecem.

Iniciava-se, agora, um novo viver para os dois. Em seus corações se descortinava um mundo cheio de esperanças e novos desafios a enfrentar. As experiências adquiridas ao longo do tempo os deixariam seguros para solucionar qualquer problema que pudesse surgir. E, assim, seguiam olhando numa mesma direção e com os mesmos objetivos. É acalentador quando se tem a sensação de ter encontrado a pessoa certa, no momento exato da vida.

Sem mais delongas, iniciaram planos para um futuro imediato.

No dia da audiência no Fórum, Isa tinha a companhia do seu advogado e de seu companheiro. O Sr. Osvaldo Medeiros, o ex-marido, estava presente. Percebia-se, em sua fisionomia, a figura de um homem envelhecido, talvez pelas amarguras que certamente estaria sofrendo. Ela evitava olhar para ele e em seu pensar refletia como a vida pode oferecer destinos diferentes para duas pessoas que conviveram durante muitos anos, constituíram família e, agora, sentiam-se como dois estranhos. São os revezes da vida oferecendo para cada um o resultado de suas ações. As escolhas que fazemos na vida devem sempre ser assumidas não importa o desfecho que possam ter. O mais curioso é que nunca se sabe o que o futuro nos reserva porque os sentimentos das pessoas mudam e ninguém pode prever as reações do outro envolvido quando suas expectativas têm frustrações irreversíveis.

O Meritíssimo Juiz da audiência prolatou a sentença favorável a ele, exonerando-o da obrigação do pagamento da pensão alimentícia outrora fixada. Levou-se em consideração o estado lamentável em que ele se encontrava. Por outro lado, Isa vencera todos os obstáculos, tornara-se uma mulher de sucesso em seus negócios e para completar a sua felicidade, encontrara um homem que tinha o firme propósito de lhe fazer feliz e, ainda, desfrutar de uma vida prazerosa de sexo e muito amor.

Quando a audiência terminou, o Sr. Osvaldo Medeiros cercou-a na saída, ajoelhou-se e pediu que ela o perdoasse. O cheiro de álcool que exalava do seu corpo denotava que ele bebera em excesso. Nesse momento, ela tinha dois homens para protegê-la: um perante a lei e o outro perante a vida. Embora aquela cena fosse patética, não justificava uma resposta. Tudo o que ela falasse cairia no espaço vazio e o vento levaria as palavras para algum lugar de onde ninguém poderia trazê-las de volta.

Aquele dia terminou. As lembranças foram colocadas em lugar inacessível aos protagonistas. No dia seguinte, quando o sol surgisse no horizonte, vivenciariam outras emoções de acordo com o viver de cada um.

Viver é fantástico. E quando a vida prenuncia que algo extraordinário se avizinha, o nosso coração, a nossa alma e a nossa mente festejam esse bem-estar dando-nos a sensação de que Deus existe e que tudo é possível a quem crê.

Guilherme e Isaura decidiram se casar. Os filhos e os amigos receberam um convite em que se lia: "Dois jovens apaixonados, não pela idade cronológica, mas pela do coração, decidiram juntar suas vidas para ser possível vivenciar todo o encantamento que Deus houve por bem lhes proporcionar. A nossa união ultrapassará os limites desta vida e caminhará pela outra na certeza da eternidade de nossas almas. Guilherme e Isaura".

Toda a família ficou surpresa com a decisão. Os filhos não sabiam até então desse relacionamento. Foi um segredo guardado para que tudo se revestisse de surpresa para todos. Apenas Talita, sua sócia, desconfiava que isso pudesse acontecer a qualquer momento, baseada nas confidências que Isa, de vem em quando, lhe fazia. Eles não precisavam da aprovação dos interessados: eram maiores de dezoito anos e a essa altura da vida, somente eles sabiam que essa decisão iria trazer para eles toda a felicidade que desfrutariam depois dos desvios, curvas e dúvidas que tiveram em seu caminhar. Nunca é tarde para se iniciar uma nova vida ao lado da pessoa que o tempo e as experiências afirmaram ser a nossa metade, um encaixe perfeito.

Uma semana antes do casamento, o filho de Isa veio do Japão, uma filha veio do Rio Grande do Sul, a outra filha de San Diego, e o filho dele, Alberto, da Argentina.

Foram dias de muitas alegrias e curiosidade. Todos queriam saber como haviam se conhecido e o porquê da decisão de se casarem. Não tinham muito para explicar. Em suas fisionomias e no comportamento dos noivos estava estampado o que suas almas sentiam e nenhum discurso seria capaz de transmitir.

Foi uma festa suntuosa, regada a champanhe, vinhos e outras bebidas. O bufê veio do Delicious Bakery. O salão alugado para o evento foi suficiente para os 500 convidados. A música ficou a cargo de um grupo famoso, que embalou a todos noite adentro, tornando aqueles momentos inesquecíveis.

Isa vestiu um longo em tom pastel e trazia em seus cabelos um arranjo lindo, deixando-a vinte anos mais nova. Guilherme trajava um smoking da mesma tonalidade. Na saída da igreja houve uma chuva de pétalas de rosas, desejando aos recém-casados que a vida deles, a partir daquele momento, tivesse a beleza e o perfume dessas flores.

O ex-marido de Isa, quando a desventura bateu a sua porta, deveria ter se revestido de humildade e pedido ajuda para Isaura ou mesmo aos filhos. O orgulho, o remorso ou até a vergonha de ter abandonado a família deixou-o sem forças para uma aproximação. Todos nós, em algum momento da vida, erramos. É nesse instante que pedir perdão para quem magoamos é uma atitude nobre. A vida dele poderia ter tido um desfecho diferente.

Ele estava ali, a poucos metros, observando tudo. Chorava, bebia e, em determinado momento, desmaiou. Levaram-no para um lugar sem retorno. Todos podem construir ou destruir as suas vidas. A luta pela sobrevivência e os sucessos que alcançamos não nos chegam de forma fácil. É preciso coragem, fé, persistência, superação e um querer com todas as forças do nosso ser.

Conto 02

MICHELE NOGUEIRA – Uma mulher intuitiva

Se os grandes costureiros franceses e italianos vissem aquele desfile de modas ficariam surpresos com a qualidade das roupas, a beleza dos modelos, o cenário deslumbrante e os convidados ali presentes. Tudo se revestia de muito luxo e glamour.

Nos camarins, Michele cuidava de tudo como uma profissional veterana no ramo. Supervisionava todos os detalhes para tudo sair perfeito. O mestre de cerimônia apresentava os modelos informando em cada sequência a roupa apropriada para cada ocasião. Cada um carregava um número cuja identificação tornaria fácil adquirir uma vestimenta logo após o desfile. As músicas escolhidas eram de um bom gosto insuperável. A plateia aplaudia cada apresentação, dando força e entusiasmo aos modelos e deixando o ambiente feliz e descontraído.

Muitas flores adornavam aquele espaço e a iluminação colocada em pontos estratégicos dava ao ambiente uma beleza ímpar e sofisticada.

Estavam presentes profissionais do ramo, artistas, curiosos, empresários, milionárias, todos atraídos por uma propaganda que se espalhara em todos os setores da mídia. Previa-se um sucesso estrondoso e foi.

No encerramento, aparece no palco a idealizadora do evento, Michele Nogueira, acompanhada de todos os modelos e de suas companheiras responsáveis por todo o trabalho que fora executado. Nesse instante, a plateia aplaudiu de pé. Era uma emoção difícil de ser contida. Lágrimas rolaram em sua face e o seu coração gritava de felicidade, sendo seu eco ouvido por todos os rincões deste planeta.

O sucesso e as realizações de cada pessoa começam sempre com uma semente colocada em seu pensar. No caminhar lento do tempo ela vai sendo germinada com a visualização dos projetos, sonhos e desejos que poderão de tornar realidade se houver persistência, coragem, luta e determinação.

Após a apresentação houve um coquetel com direito a champanhe para comemorar aquele acontecimento. Ao lado, num amplo salão, as roupas foram colocadas à venda. Tudo foi vendido e 50% do valor arrecadado foi doado ao Refúgio Maria das Dores Pereira, contra a violência doméstica.

A gratidão é uma atitude nobre. Quem a pratica se sente feliz e quem a recebe enaltecido.

Michele Nogueira era a única mulher de cinco irmãos. Ela nasceu no sítio Boa Esperança, de propriedade de sua família, no interior de São Paulo, na cidade de Charqueada. Eram pobres, mas não famintos. Frutas, verduras, legumes, criação de aves e algumas cabeças de gado davam o sustento a todos. O que sobrava, o Sr. Nicolau, seu pai, levava para venda, aos sábados, no mercado da cidade. E, assim, ele tinha dinheiro suficiente para comprar o que não produzia em seu lugar. Michele acompanhava o seu genitor. Ela vendia as bonecas de pano que confeccionava e sempre precisava fazer algumas comprinhas de tecido, linha e outras coisas necessárias para o seu trabalho. Essa ocupação começou muito cedo em sua vida. Ela estudava no período da manhã numa escola nas proximidades e à tarde, sentava-se na varanda e trabalhava até o anoitecer.

Em noites de luar, deitada numa rede ou sentada na área em frente à sua casa, sonhava com o dia em que se tornaria adulta, sairia daquele lugar e confeccionaria muitas outras bonecas para vender em todos os lugares do mundo. Tinha certeza de que levaria essa utopia adiante por imaginar que muitas crianças poderiam se sentir felizes com esses brinquedos. A cada dia criava modelos diferentes, e mesmo sem conhecer o mundo tinha em seu pensar tamanhos e vestimentas diferentes, como se elas fossem originárias daqueles países. Algumas informações ela as tinha nas aulas de Geografia. De vez em quando olhava o mapa Mundi e situava cada criação de suas bonecas naqueles lugares.

Há determinadas pessoas que têm o privilégio de nascerem prontas para a vida. À proporção que vão vivendo, a criatividade aflora em seu pensar e traz soluções inacreditáveis, não importa onde tenham nascido nem o nível cultural de seus progenitores. Cada um, em qualquer lugar, pode se destacar no mundo das artes. Alguns aprendem, outros aprimoram.

Com o dinheiro das vendas ela comprava tecidos de diversas texturas e confeccionava os seus vestidos e os de suas bonecas. Um dia, ganhou do pai uma máquina de costura usada. Uma amiga vendeu-a por entender que era difícil para Michele costurar a mão aquelas roupas. Com essa ferramenta, uma ampla porta se abriu para inventar novos modelos e mais caprichados no acabamento.

As soluções podem estar ao alcance de nossas mãos. O mais importante é estarmos atentos a pequenos detalhes para que elas se encaminhem para novas descobertas. Cada pessoa tem o seu mundo próprio, visto de sua maneira e vivido nos seus termos. Em alguns casos, a influência do meio pode modificar o seu viver, mas não de maneira total. Também, em determinadas situações, adaptamo-nos como um meio de sobrevivência. Esse proceder é direcionado sempre às pessoas inteligentes e criativas.

Ela estava se despedindo da infância e entrando na adolescência com muitos planos, sonhos e objetivos a alcançar. Imaginava um mundo colorido, onde poderia deslizar suavemente na concretização de tudo a que se propunha. Mas a vida não é bem assim. Para vencer as dificuldades que encontramos pela estrada é necessário revestirmo-nos de muita força de vontade, coragem e determinação, e aguentar os trancos que são colocados em nossa passagem, desafiando o nosso poder de ultrapassá-los. Nietzsche afirmou: "Quem tem uma razão de viver é capaz de suportar qualquer coisa". A força do pensar e o querer são capazes de suavizar esse inconveniente, tornando-a como a leveza de uma pluma. O importante é chegar ao lugar que queremos sem nos preocuparmos com o tempo que será necessário esperar.

A natureza tem sua própria dinâmica. Hoje, nascemos, crescemos e vamos caminhando sem notar os pequenos detalhes que todos os dias acontecem em nosso físico e em nosso pensar. Um dia qualquer, alguém nos fala: "Como você cresceu!". Nesse instante a curiosidade leva-nos para um espelho e visualizamos essas mudanças. E as pessoas que convivem à nossa volta acompanham esse fenômeno como algo natural. É como observar um botão de uma rosa que, devagarzinho, vai se abrindo e um dia explode em seu esplendor máximo. Nesse instante, tomamos conhecimento do poder mágico da transformação que se opera em todos nós, levando-nos para outros patamares da vida.

A fim de ampliar os seus conhecimentos do mundo fashion ela matriculou-se numa escola de corte e costura, aprimorando o que já vivenciava desde a infância. Diariamente, descobria técnicas novas, deixando-a empolgada e segura para um futuro promissor.

Agora, às vésperas de completar dezoito anos, Michele tinha alguns admiradores. Ela estava descobrindo o sexo em sua forma mais singela do tocar e sentir. Alberto Guedes, seu colega de classe, acompanhava-a naquele longo caminho de volta a casa. Ele morava em um sítio próximo. Num desses dias, no meio do caminho, repentinamente, ele abraçou-a e beijou-a. A reação dela foi como se o mundo abrisse novas portas para um sentir carregado de emoções. Ao se afastar dele, ela saboreou algo inconfundível de prazer.

Havia, também, um feirante de nome Alfredo da Silva que sempre a procurava para uma conversinha. E, assim, os homens a cercavam, disputando a sua atenção. Michele fazia novas descobertas da vida, ampliando a sua visão sobre o mundo com relação aos homens. Olhava-os, sentia-os e vivenciava emoções platônicas sem se deter em detalhes que ainda lhe eram desconhecidos.

Na maioria das vezes, os homens têm um faro especial de saber quando uma mulher está pronta para ser amada e desfrutar dos prazeres do sexo. Nesse momento, entra em ação o cortejo em sua forma mais efetiva visando a uma receptividade.

Michele ainda não tinha informações exatas sobre sexo nem o poder que ele exerce sobre as pessoas. O seu sentir era instintivo. Por vezes, desnudava-se diante do espelho e ficava imaginando o que aconteceria se um daqueles homens a visse daquela maneira. Eram momentos de pura contemplação. Compelida por uma forte curiosidade, deslizou as suas mãos pelos seus seios firmes e ao tocar nos bicos, apertou-os levemente e sentiu uma sensação agradável de prazer. O mesmo aconteceu no seu órgão genital. Mirou-se de costas e o contorno das linhas do seu corpo fazia curvas, deixando-a surpresa e encantada. Era uma descoberta solitária. Ao mesmo tempo imaginava ter um homem ao seu lado desfrutando desse prazer a dois. Como seria? O que sentiriam? Eram questionamentos que a sua mente teimava em assimilar de forma concreta num mundo de fantasias.

Naquela manhã ensolarada, sentada em sua mesa de trabalho, decidiu fazer uma boneca vestida de noiva. Colocou toda a sua imaginação para confeccionar a mais bela e mais custosa vestimenta, embora refletisse que essa vestimenta é usada apenas por algumas horas. Também sabia que as lembranças seriam por toda a vida. Até mesmo quando um dia aquelas fotos se tornassem amareladas pelo tempo, ainda, assim, haveria recordações que, certamente, inundariam a sua alma de agradáveis devaneios... ou não.

O senhor Pedro Gonçalves vendia mercadorias para muitos feirantes. Era um comerciante próspero, solteiro e ladino. Tinha seus ancestrais em algum lugar do planeta sem um lugar definido. Há algum tempo ele tinha Michele em sua mira. Achava-a bela, inteligente e cheia de sonhos. Sempre conversava com o pai dela e através dele tinha informações preciosas de Michele. Ao ganhar a confiança do seu progenitor, um dia ele se aproximou dos dois e fez uma pergunta de supetão para o velho Nicolau:

– Você não vai me apresentar a sua filha?

– Oh, sim...Michele, este é o senhor Pedro Gonçalves, nosso amigo de algum tempo. – Os dois trocaram cumprimentos e a partir desse dia frequentemente conversavam sobre os mais diversos assuntos. A amizade entre os dois crescia e ele ganhava a confiança dela.

Era um domingo chuvoso quando Pedro Gonçalves chegou ao sítio Boa Esperança. Pesadas nuvens cobriam o céu, impossibilitando-o de ver a beleza daquele lugar. A natureza tem facetas diferentes em diversos momentos e em cada estação. Nenhum dia é igual ao outro mesmo que o sol brilhe, chova ou esteja nublado. Vemos e assimilamos o mundo conforme o nosso estado de espírito naquele instante. Se felizes, tudo é belo e agradável; se tristes, mesmo que tenhamos o mais esplendoroso dia, não o sentimos. É uma atitude incompreensível do ser humano. De qualquer maneira, ela não fica à mercê do bom ou do mau-humor dos indivíduos. Cumpre o seu papel de forma soberana e sempre em benefício de si própria.

A família ficou surpresa com a presença dele àquele lugar. Apenas o senhor Nicolau e Michele o conheciam. Naquele dia, estavam todos reunidos. O chefe da família convidou-o a entrar e foi apresentado aos demais. Michele desconfiava do motivo de ele ter ido até lá. Mulher, por menos experiente que seja, já nasce com uma qualidade que se chama intuição, que é o privilégio de sentir, perceber e assimilar os acontecimentos quando eles ainda estão entrando no pensar dos homens. Não se sentiu feliz e nem triste, apenas curiosa.

O almoço estava prestes a ser servido e ele foi convidado a participar daquele momento. As conversas iniciais giraram em torno do tempo e o seu Nicolau lamentou que estivesse chovendo, impossibilitando-o de mostrar todas as plantações que cultivava. Afirmou que contava com as ajuda dos filhos para tornar aquele lugar produtivo. "É daqui que tiramos o nosso sustento", disse ela. Pedro corria os olhos em volta e tirava as suas conclusões de como vivia aquela família. Desviou o olhar para Michele e perguntou:

– Você também trabalha na lavoura?

Antes que ela pudesse responder, a mãe de Michele, Maria Dolores, interrompeu e falou:

– Não, a minha filha sonha um dia ter o seu próprio negócio na área de costura. Ela confecciona bonecas lindas e agora está tendo aulas para se aprimorar nesse setor.

– Então aquelas bonecas que você vende no mercado é você mesma quem as faz?

– Sim– respondeu Michele.

– Parabéns! Você tem talento!

–Obrigada.

Nas trocas de conversas, Pedro ia se abrindo na tentativa de despertar em Michele o interesse por ele. Falou de sua família, dos negócios e o que pretendia para o futuro. A mãe de Michele, mulher simples, mas de uma acuidade acima de sua aparência, perguntou de supetão:

– Por que o senhor veio nos visitar? O meu marido me falou há algum tempo que tinha um amigo comerciante no mercado e que um dia qualquer ele pediu para ser apresentado a Michele.

– Sim – respondeu Pedro. – Eu sempre admirei a sua filha. Ela é uma mulher bonita, inteligente e pelo que percebo está no momento certo para se casar.

Nesse momento, Michele arregalou os olhos e numa mistura de surpresa e dúvidas falou:

– Eu ainda não pensei nesse assunto. Eu gostaria muito de me aprimorar no meu trabalho, montar um ateliê de costura e me tornar independente.

Rapidamente, Pedro assimilou esses dizeres e afirmou:

– A sua vida ficará mais fácil se você tiver um companheiro para ajudá-la.

As insinuações de todos ficaram suspensas no ar, deram algumas voltinhas pelo universo e com medo das reações que porventura pudessem surgir de algum dos protagonistas, esconderam-se em lugar de difícil acesso. Para encontrá-las, eles precisariam de argumentos convincentes e passar por caminhos ainda inacessíveis.

Pedro Gonçalves decidiu cortejar Michele. Ele resolveu usar algumas manobras para deixá-la interessada por ele e também ganhar a sua confiança e, possivelmente, o amor. Todas as vezes que o senhor Nicolau e Michele chegavam ao mercado, lá estava o futuro pretendente à espera deles. Cumprimentava-os e ficava mais do que o tempo necessário. Tinha sempre uma história para contar de sua vida, de seus familiares ou da vida. Por volta da hora do almoço, levava uma marmita de comida quentinha para os dois. Nessa ocasião, mais outras conversinhas se entabulavam.

Num sábado, que era o dia do encontro deles no mercado, chovia muito e Pedro teve a ideia de ir até o sítio Esperança buscá-los em seu carro. Costumeiramente, o senhor Nicolau levava um jumento com duas cestas, onde colocava os produtos à venda, e Michele ia montada numa égua de nome Paquita. Eram cinco quilômetros que faziam para ir e voltar.

Quando queremos alguma coisa de verdade é necessário estarmos atentos a alguns detalhes que podem ser certeiros para solução do problema. Imbuir-se de criatividade é um fator preponderante para se acertar o alvo. A maioria das pessoas pode ser sensível a alguns gestos nobres e, dessa forma, pode-se ganhar a confiança delas facilmente. Mas imaginar o que os outros pensam é uma incógnita difícil de ser decifrada. Esse esconderijo do ser humano é o maior segredo que temos a nosso favor. Sempre que pensamos sobre o comportamento de alguém estamos, sem dúvida, colocando o nosso mundo para tentar entender o do outro. Na maioria das vezes, tudo se reveste de pura fantasia. A realidade é bem diferente.

Pedro, homem vivido, tinha consciência de que precisaria fazer muitas e boas ações para conquistar o futuro sogro, aquela família e a sua amada. Havia no ar uma incerteza que ele não conseguia captar ou entender. Michele tinha um objetivo a alcançar e o senhor Nicolau era omisso nas decisões de Michele. Ele sabia da determinação dela e tinha certeza de que a estrada estava determinada para o seu caminhar.

Surpreendidos com outra visita inesperada do visitante, convidaram-no a entrar e tomar um cafezinho. Aquele gesto familiar deu-lhe uma esperança, mesmo que longínqua, que poderia, um dia, fazer parte daquela família. Sonhar é um direito concedido a qualquer um. Realizar os sonhos depende de uma série de fatores que, muitas vezes, estão fora do nosso controle.

Colocaram a mercadoria naquele veículo e juntos se dirigiram àquele mercado. Michele sentou-se entre os dois. De um lado, a proteção do pai e, do outro, o homem que numa temperatura acima do normal dirigia aquele veículo com o olhar na estrada e o coração batendo fora do seu ritmo normal. Aquela foi a primeira vez de muitas que aconteceriam a seguir.

Ficaram no sítio o jumento Canguru e a égua Paquita. Foram aposentados sem direito a pensão.

Há determinados seres humanos que têm características próprias e convincentes para envolver as pessoas sobre o que elas querem ou pretendem. Vão sorrateiramente construindo um lastro de material resistente e poderoso, e quando as vítimas se dão conta, estão presas numa armadilha sem condições de retorno.

E, assim, todos os sábados, antes que o sol aparecesse no horizonte ou uma chuva intermitente, estava o Pedro Gonçalves à porta do sítio Boa Esperança para transportá-los ao mercado.

A sua mãe, Maria Dolores, elogiava sempre aquela atitude dele e também se sentia agradecida em saber que a sua filha e o seu marido não mais tomariam chuva e estavam poupados do sol escaldante dos dias de verão. Mal sabia aquela senhora que muitas vezes nos livramos de algo ruim quando um pior está a caminho. Será que seria melhor saber de antemão o que o futuro nos reserva? É uma pergunta que até poderíamos levar para o nosso subconsciente e tentar trazer uma resposta. Todavia, quando há outros envolvidos, é um enigma difícil de ser decifrado. Somente as experiências vividas podem nos dar um respaldo de como agir numa situação futura.

Num domingo ensolarado, quando o sol chega avisando que brilharia todo o dia, chega à casa dos Nogueiras o candidato, ainda sem definição familiar, carregando uma quantidade grande de carnes, como picanha e costelas de porco, e alguns outros apetrechos, com a intenção de surpreender aquela família com um churrasco. Todos lhe deram as boas-vindas, receberam-no com muito entusiasmo e cada um deu a sua contribuição de trabalho para que aquele dia fosse realmente festivo.

Michele olhava-o de soslaio e tentava compreender aquela atitude sem um aviso prévio. Ponderou que era impossível ficar indiferente àquele gesto espontâneo e decidiu envolver-se. De vez em quando, ele aproximava-se dela e tentava conversar. Elogiava a sua vestimenta, seus cabelos, seus olhos, e havia no comportamento de Pedro um ar de conquista. Há um velho ditado que afirma: "Água mole em pedra dura, tanto bate até que fura". A esperança daquele homem era despertar o amor de Michele por ele.

Neste mundo há pessoas que nascem com o dom de ver uma situação adiante quando todos estão ainda no início do caminho. Havia algo que ela não sabia explicar, mas que a deixava ressabiada e temerosa. Talvez, aquilo que chamamos de química não fosse uma realidade entre Pedro e Michele ou, talvez, alguma coisa superior inexplicável. As razões do nosso eu escondido por vezes não nos deixa decifrar um sentimento por estar envolto em situações desconhecidas e enigmáticas. É como ondas magnéticas que estão no ar. Não as vemos ou as sentimos, mas elas existem.

Dar tempo ao tempo e deixar fluir os acontecimentos é uma atitude sábia. As soluções podem aparecer sem atropelos e nos dar respostas às nossas dúvidas ou desnudar de forma real o que o nosso pressentimento previa.

Esse convívio com a família já se escorria pelo tempo necessário para uma decisão. Protelar seria como estar em cima de um muro, olhando os dois lados, cercado de dúvidas, sem saber qual deles seria a melhor solução.

Diz um ditado que é "melhor ficar vermelho uma vez do que amarelo o resto da vida". E confiando nesses dizeres, Pedro muniu-se de coragem e determinação e num domingo, por volta das dez horas da manhã, carregando um enorme buquê de flores e um anel de compromisso, partiu em direção à casa dos Nogueiras.

Estacionou o seu carro no lugar de costume. Chamou alguém à entrada da casa e de lá saiu Michele. Intempestivamente falou:

– Eu quero falar com os seus pais.

– Eles saíram para visitar uns amigos aqui nas proximidades.

– A que horas eles retornarão?

– Não tenho certeza. Acredito por volta do almoço.

– Ok. Eu vou esperar. Tenho algo importante para ser tratado hoje com eles.

– Você quer entrar?

– Não. Prefiro esperar no carro. Uma situação de dúvidas invadiu o pensar dos dois. Eles estavam ansiosos. Em suas mentes abria-se um leque de questionamentos que deixava os seus corações em ritmo descompassado. Aquela espera lhes dava a ideia de viver uma eternidade.

Mesmo quando esperamos por alguma coisa que vai nos acontecer dentro das previsões viáveis, surpreendemo-nos quando esses momentos chegam. É como se a nossa mente se recusasse a admitir esse desfecho ou quisesse que eles nunca acontecessem. As razões, talvez, estejam no subconsciente dos interessados. Desvendar os mistérios do futuro é uma função que ainda não está, de maneira fácil, imbuída em nosso pensar. Ainda porque o comportamento de um indivíduo pode sofrer mudanças no decorrer do tempo por uma série de fatores alheios a sua vontade.

A vida passa rápido. O tempo não estaciona para aguardar as soluções dos indecisos. Ele segue o seu caminho sem se importar com os sentimentos e atitudes das pessoas, numa indiferença própria de sua passagem.

Enquanto ele esperava pelos pais de Michele, ela cuidava do almoço pensando em colocar um pouco mais de água no feijão porque havia mais um para almoçar, que aparecera sem ser convidado. E refletia porque a presença dele naquele dia e horário! O assunto devia ser muito importante e, certamente, ela seria o motivo dessa visita.

Antes do tempo previsto por Michele, seus pais chegaram. Surpreenderam-se com o carro do Pedro e quando o avistaram foram ao seu encontro e cumprimentaram-no. Em tom de brincadeira, o senhor Nicolau falou:

– O que faz o meu amigo aqui neste domingo? Hoje não é dia de feira!

Imediatamente, Pedro desceu do carro e falou:

– Quero muito falar com vocês hoje. O assunto é de interesse de todos nós.

– Vamos entrar!

– Você já falou com a minha filha?

– Sim. Mas apenas a cumprimentei quando cheguei aqui, há menos de duas horas.

– E porque você não entrou?

– Não. Eu preferi ficar aqui, olhando essa paisagem exuberante e concatenando ideias para ser convincente e direto.

A senhora Maria Dolores atinou rapidinho que aquela visita inesperada tinha ligação direta com Michele. Então todos se dirigiram para dentro da casa.

Sentaram-se na sala de estar e Pedro, sem saber como começar a conversa, pediu que Michele estivesse presente. A coragem decidiu fazer pousada no pensar dele e olhando para todos sem fixar nos olhos de nenhum dos presentes, assim falou:

– Eu quero que o senhor me conceda a sua filha em casamento. Sou um homem solteiro, tenho uma boa situação financeira, a minha casa está pronta e mobiliada. Um momento! Eu me esqueci do mais importante. Levantou-se de supetão e se dirigiu ao carro, onde estavam o buquê de flores e o anel de noivado. Pegou-os e, meio atrapalhado, voltou ao seu lugar, sentindo-se nervoso e sem noção para quem dar aquelas flores.

Calmamente, Michele mirou-o no fundo dos seus olhos e lhe diz algumas palavras, dignas de uma mulher que, embora jovem, sabia o que queria da vida.

– Em primeiro lugar, você deveria falar comigo sobre esse assunto. Os meus pais não podem decidir sobre o meu futuro e nem autorizar um compromisso sem a minha permissão. Também quero saber de sua família, onde vivem e o que fazem.

Emocionado, Pedro relatou que só tinha uma irmã e que ela morava numa cidade do interior de Pernambuco. Os seus pais tinham falecido havia dez anos e ele tinha ido morar em São Paulo, trazendo um valor em dinheiro, e tinha se tornado um comerciante bem-sucedido.

– E você nunca se casou? – perguntou Michele – Não. Tive algumas namoradas que não resultaram em casamento. Sou um homem triste e solitário.

O silêncio fez-se presente. Nenhum deles teve um argumento convincente para continuar aquela conversa. Enquanto as suas mentes condensavam o que retrucar, Pedro levantou-se e entregou a Michele as flores, dizendo:

– Eu a quero para toda a minha vida. Desde que a conheci, você nunca mais saiu do meu pensar. Tenho-a comigo em todos os segundos do meu viver. Quero-a para companheira, esposa e amiga, e tenho certeza de que lhe farei feliz. Dos olhos de Michele brotaram lágrimas de emoção. Eles se abraçaram e trocaram beijinhos na face. Em seguida, ele abriu uma caixinha que continha um custoso anel de noivado e o colocou no dedo de Michele. Estava, ali, o começo de um relacionamento que o tempo se incumbiria de levar adiante com todas as nuances que a vida lhes reservaria.

Quase que diariamente Pedro fazia presença no sítio, buscando conhecer a sua amada e vice-versa. Os dois ficavam horas conversando e planejando o futuro. Sem muita prática de namoro, Michele ainda se sentia tímida com os afagos que recebia.

Num desses sábados em que juntos iam ao mercado, Pedro sugeriu que ela fosse conhecer a sua futura casa. Ela deixou seu pai incumbido de vender as suas bonecas e partiu com o seu pretendente.

A casa ficava em um bairro de classe média. Ao chegar ao portão, ele falou:

– Eis aqui a sua futura vivenda.

Entraram. Era uma casa confortável, mobiliada com muito bom gosto. Ela correu os olhos ao redor e não se sentiu parte integrante daquele lugar. Ao chegarem a uma das suítes, ele abraçou-a e beijou-a com a volúpia de um homem apaixonado. Ela correspondeu àquelas carícias sem o entusiasmo costumeiro que a ocasião permitia. Percebendo o sutil desinteresse por ele, foram-lhe formuladas algumas perguntas:

– Você já teve ou tem algum namorado? Algum homem a beijou? Você já teve relações sexuais com alguém?

– Não –respondeu ela. – Apenas um dia, voltando da escola, um colega de classe me abraçou e me beijou. Isso aconteceu apenas uma vez.

A curiosidade permeava o seu pensar e tentava descobrir o mistério que envolvia aquela criatura tão simples no proceder e despida de qualquer maldade. O seu instinto de macho chegou ao auge da loucura e ele tentou arrancar a sua roupa, forçando-a a fazer sexo com ele. Assustada, ela tomou uma atitude:

– Não. Isso não vai acontecer agora. Primeiro, vamos nos casar. Depois, eu serei sua eternamente.

Meio descontente, ele aceitou a proposta e saiu daquela casa no firme propósito de que o casamento fosse realizado o mais rápido possível.

Ainda sentindo o desconforto de ter sido amassada, tocada e desejada, seguiu em frente munida de curiosidade e algumas dúvidas que permeavam o seu pensar. Durante o trajeto de volta ao mercado pouco foi falado, mas os seus pensamentos rodopiavam, procurando um lugar para se fixar na tentativa de entender, de um lado, porque aquela fúria no proceder do Pedro, e ele, de outro, decepcionado, sem encontrar um motivo para aquela recusa, considerando que já havia sido formalizado o compromisso do casamento. Eles tinham as suas razões, diferentemente.

De volta a casa naquele sábado, o senhor Nicolau teceu alguns comentários sobre o enlace: quando aconteceria e onde a festa seria realizada.

– Eu sou pobre, meu rapaz, mas gostaria de fazer para a minha filha uma festividade inesquecível.

Pedro se prontificou, num dia qualquer da semana, ir com Michele a uma loja e comprar o vestido de noiva.

– Não. Eu mesma vou costurar essa vestimenta – falou ela.

Inclusive, ela já tinha o modelo de uma boneca que recentemente havia feito. E, assim, acertado dava-se início aos detalhes do casamento. Ele tinha pressa. E ela nem tanto. Em seus sonhos de menina-moça não poderia imaginar o que a aguardava mesmo que a sua mente tivesse a experiência acumulada de todas as mulheres do planeta.

Pedro cercava-a de muitas atenções e mesuras. Um dia, levou-a a um shopping da cidade e mostrou-lhe uma sala grande e vazia onde ela poderia montar um ateliê de costura. Ele comprou aquele lugar já pensando em mais uma artimanha para conquistá-la em definitivo. Os olhos de Michele tinham o brilho opaco de algumas incertezas, que não lhe dava o direito de entender em profundidade o porquê de suas dúvidas. O cerco estava se fechando e ela, em sua ingenuidade, não percebia que faltava apenas uma pequena abertura, que seria lacrada no dia do casamento.

E o dia tão esperado chegou. A cerimônia foi na igreja da cidade e a festa em sua residência. Havia mais convidados do que aqueles que realmente receberam convites. Esses acontecimentos em cidades pequenas são comuns porque se convida um pai de família e este leva os filhos, a esposa e os amigos de todos. Havia comida em profusão e bebida também. O bolo foi um presente de uma das madrinhas da noiva. Belamente decorado e do tamanho certo para os convivas.

Houve até um cantor da redondeza que, com o seu violão, cantou músicas deixando a festa com a leveza necessária. Os festejos caminhavam noite adentro e ninguém desejava se afastar dali. De maneira surpreendente, Pedro reúne os convidados pedindo um minuto de silêncio. Todos aguardavam a fala do noivo – agora marido –para ver o que ele falaria.

– Agradeço a presença de todos, os presentes que nos deram, e prometo, abraçado à cintura de Michele, não me esquecer jamais toda esta felicidade que nos proporcionaram. Obrigado.

Todos entenderam que chegara a hora de partir, deixando sozinho o casal para o seu início da lua de mel. Ele tinha em seu pensar uma situação que o angustiava desde aquele dia em que Michele estivera em sua casa e não fora possível um relacionamento mais íntimo com ela. Ele se sentia derrotado. Mas hoje seria o vencedor da batalha e agiria de forma própria e dentro do poder que a lei lhe conferia.

As luzes apagadas, fez-se silêncio naquela casa. Apenas um pequeno abajur ao lado da cama dava uma luminosidade opaca dentro da escuridão. Ele pegou-a pelo braço ainda com o vestido de noiva e levou-a para o quarto. Sentou-se em uma cadeira e ordenou que ela tirasse o vestido, o sapato, a roupa íntima e ficasse nua. Acanhada, cumpriu as ordens impostas. Ele também tirou a roupa e acendeu uma luz forte, e pediu que ela caminhasse em sua direção. Os dois, em pé, ele segurou os seios dela, acariciou-os com ternura e, depois, mordeu os bicos, deixando-os machucados. Beijou-a mordendo os seus lábios e deslizou a sua língua pelo pescoço. Em seguida, deslizou as mãos sobre o corpo nu de Michele. Virou-a de costas, admirando as suas curvas, e sentiu a sua pele macia e aveludada até então intocada por um homem. Deitou-a, abriu suas pernas e começou a devorá-la com a impetuosidade de um furacão em seu ponto mais alto do querer e do desejo.

Ele segurou os braços de Michele, não lhe dando chance de movimentar-se em nenhuma direção. As suas pernas estavam presas às dele e, assim, nesse ato de fúria, ele a possuiu de maneira cruel e animalesca. Ela chorava e tentava gritar, e ele ameaçava-a matá-la se ela assim agisse. Saciado, pediu que ela fosse tomar um banho e ordenou que voltasse no menor tempo possível. Michele emudeceu. Não esboçou nenhuma reação. Apenas cumpria as ordens que lhe eram impostas. De volta ao quarto, como os lençóis estavam manchados de sangue, ele mandou que ela os trocasse por outro. E assim se seguiu a longa noite, até quase o amanhecer. Ele dormiu pesadamente e ela nem sequer fechou os olhos. Era muita tragédia vivenciada num curto período de tempo.

Por volta das 10h da manhã, ele acordou e mandou-a para a cozinha para preparar o seu café. Agora, sentados à mesa, ele ditou todas as normas que ela deveria obedecer a partir daquele momento: -

– Não comentar com ninguém sobre o ocorrido naquela noite, nem mesmo para a mãe. Nunca sair sozinha, nem mesmo para comprar comida; ele se encarregaria de tudo. Manter a casa sempre limpa e arrumada e fazer as comidas que ele gostava. Fazer sexo com ele todas as vezes que ele quisesse, não importando o momento e como ela se sentisse.

Ela ouvia a tudo calada e, em dado momento, ela perguntou em tom de escárnio:

– Só isso?

– As demais coisas eu vou determinar no decorrer do tempo – respondeu ele.

O desconforto que invadiu o seu pensar tinha raízes nas inúmeras vezes em que a sua alma duvidou daquele relacionamento. Conformava-se por saber que tudo nesta vida tem um começo e um fim. Este poderia estar longínquo, mas aconteceria, porque nada neste mundo é para sempre. Há inúmeras variáveis no decorrer da vida e situações imprevisíveis podem acontecer quando menos esperamos. Ele é um ser humano tanto quanto eu, sujeito às imprevisibilidades da vida.

Os dias iam passando e o comportamento dele às vezes ganhava nuances de tortura. Ele poupava sempre os braços, as pernas e o rosto, mas o corpo de Michele tinha hematomas de pancadas e beliscões. Quanto mais ele a maltratava física e emocionalmente, mais a sua libido aumentava de forma aterradora. Era um sádico, malvado, perverso e desumano. O mais inusitado era que ele se mostrava para todos como um homem dócil, inteligente e sociável. Era uma aparência falsa para esconder outros comportamentos de sua personalidade.

Os pais de Michele decidiram lhes fazer uma visita. Chegaram sem avisar. Era um domingo, no momento em que o sol despontava e havia um longo caminhar até que ele morresse no horizonte. Na noite anterior ele a havia colocado de bruços em cima de uma mesa e a torturado com sexo anal e ela, na tentativa de se livrar daquele incômodo terrível, feriu o rosto pelos movimentos sacolejantes que ele fazia naquele ato brusco e inconveniente.

Seus pais bateram à porta e quando Pedro viu pela janela os visitantes correu ao encontro de Michele e preveniu-a de que não contasse nada para seus genitores. Deveria afirmar de que tudo estava maravilhoso e que ela estava feliz com o casamento. Ainda acrescentou que o ferimento no rosto se dera por conta de uma queda no quintal. Prometeu que a mataria se ela contasse a razão daquele ferimento.

Com um sorriso falso ela recebeu os seus progenitores. Abraçaram-se.

– E aí, filha, tudo bem? – falou seu pai.

– Tudo bem–respondeu Michele.

– O que aconteceu com o seu rosto?

– Eu escorreguei no quintal e caí.

Em seguida, advertiu o senhor Nicolau:

– Você deve sempre usar um chinelo próprio quando o piso estiver molhado.

– É verdade– retrucou a sua filha.

Sentaram-se na sala de estar e conversaram sobre assuntos dos mais diversos. A senhora Maria Dolores observava tudo e sem muito falar colocou à sua disposição a intuição e os sentimentos de mãe. Pegou Michele pelo braço e se dirigiram à cozinha. Para disfarçar, ela perguntou:

– O que vamos almoçar hoje?

Enquanto elas caminhavam em direção àquele cômodo da casa, Pedro, de olhos atentos e ouvidos apurados, não se descuidava do diálogo que Michele poderia ter com a sua genitora.

Imediatamente, ele convidou o senhor Nicolau para também irem à cozinha. Os quatro sentaram-se em volta da mesa e a conversa continuou sem sequência, como se os protagonistas tivessem se esquecido do texto que deveria ser falado naquele momento. Havia um suspense no ar. Cada um dentro do seu pensar concatenava ideias diferentes, mas havia uma única intenção: descobrir o que se escondia naquela situação nebulosa do ver e do sentir.

O almoço foi servido e em cada porção de alimento, percebia-se a dificuldade de entrar na boca como se não tivessem consciência do que se fazia naquele momento. O pensar de cada era um emaranhado de suposições, sem as possibilidades de ver claramente o terror que se escondia em algum lugar de difícil acesso.

Michele queria gritar os maus-tratos que estava sofrendo. Pedro escondia o seu medo numa situação de pânico e os seus pais queriam decifrar o que havia por trás de tudo naquela atmosfera de incertezas. O tempo pensou em parar, naquele momento, para ser possível externar o que as suas almas sentiam. Haveria outras oportunidades e este se vingaria com mais detalhes para uma solução mais efetiva e justa.

A tarde avisava que estava na hora de voltar ao sítio e despediram-se, abraçaram-se, e Michele pediu aos seus olhos que engolisse as lágrimas porque não era o momento para chorar. Ficou na porta da casa vendo os seus progenitores se afastando e deixando que o seu olhar os seguisse até desaparecerem na esquina da rua.

O senhor Nicolau e a senhora Maria Dolores levavam um aperto em seus corações e algo lhes dizia que havia uma situação estranha naquele proceder e nas conversas sem nexo e picotadas que haviam vivenciado naquela visita. Não sabiam de imediato que atitude tomar porque se alguma coisa terrível estivesse acontecendo, a sua filha corria perigo eminente de vida. Até rezaram e a senhora Maria Dolores confiava que em breve tudo poderia ser esclarecido.

Quando estamos vivendo um momento difícil na vida sempre surge uma ideia que pode aclarar as nossas dúvidas para uma solução imediata. E pelo caminho foram maquinando as diversas alternativas de que dispunham para descobrir aquele mal-estar que se fixara em suas almas. Era só uma questão de tempo e este, possivelmente, ajudá-los-ia a chegar a um desfecho final.

Decidiram, no sábado seguinte, levar do sítio umas verduras fresquinhas para Michele e, talvez, nessa oportunidade, eles pudessem conversar com ela sem a presença do marido. Também o João, seu filho, foi junto, para que o senhor Nicolau pudesse, novamente, visitar a sua filha e ter alguém para comercializar a sua mercadoria.

Chegou à casa da filha por volta das dez horas da manhã. Tocou a campainha e ninguém atendeu. Insistiu e Michele chega à porta, perguntando quem era.

– É o seu pai, Michele. Vim trazer para você umas verdurinhas frescas.

– Eu não tenho a chave da porta – respondeu a filha.

– Posso entrar pelos fundos?

– Não, porque a porta também está trancada e o Pedro, quando sai, leva todas as chaves das portas da casa.

– Então abra a janela!

– Não posso. Elas também têm cadeados que me impedem de abri-las.

O seu pai insistiu:

– Isso aconteceu hoje ou é sempre assim?

– É assim desde que entrei nesta casa no dia do casamento.

O senhor Nicolau saiu daquele lugar sentindo toda a amargura desse mundo. Percebeu que era urgente tomar uma atitude. Mas qual? A sua mente rodopiava e não sabia a quem apelar e como proceder.

Ao chegar ao mercado encontrou duas mulheres ao lado do seu filho, que queriam conversar com ele. Meio atordoado, perguntou o que elas queriam.

– Queremos falar com o senhor em particular.

– Não pode ser aqui?

– Não. O assunto só interessa ao senhor e ninguém mais.

Os três saíram e, numa esquina distante do burburinho do mercado, iniciaram aquela inusitada conversa.

– Nós ficamos sabendo que a sua filha Michele casou com Pedro Gonçalves, aquele nordestino rico e pomposo.

– Quem são vocês? – pergunta o senhor Nicolau de forma aflitiva.

– Eu sou Rosália Mendonça e esta é a minha amiga, Silvia Pacheco.

– O que querem me contar?

– Queremos lhe dizer que a sua filha corre perigo de ser assassinada, além das torturas que ela deve estar passando desde que casou.

– O quê? Como vocês sabem disso?

– Nós somos garotas de programa e temos pelo menos mais de 10 mulheres que passaram pelos vexames sexuais daquele pervertido, maníaco e sádico. – Os olhos do senhor Nicolau arregalaram-se e ele perguntou.

– Por que vocês não foram contar isso para a polícia?

Silvia respondeu:

– Ele prometeu que nos mataria se assim agíssemos.

Diante do que acabara de ouvir, determinou que as duas o acompanhassem à delegacia para relatar o proceder de Pedro Gonçalves às autoridades. Elas titubearam, mas diante da agonia que aquele velho senhor sentia e temerosas que ele pudesse ter um problema sério de saúde foram os três naquela direção.

Durante o caminhar, ele pediu que elas contassem detalhes dos sofrimentos de que foram alvo daquele homem. A cada relato era como se o velho Nicolau sentisse as dores de sua filha em sua alma. Transtornado, ele entra na Delegacia, onde havia muitas pessoas esperando para serem atendidas, talvez com casos semelhantes ao da filha dele. Chorando, pediu para falar com o delegado e acrescentou:

– O meu caso é urgente. Por favor, deixe-me falar primeiro com ele! A minha filha pode ser assassinada a qualquer momento!

O delegado abre a porta e pergunta:

– Quem é o próximo?

Diante do clamor de Nicolau, todos os presentes respondem em coro:

–Este senhor. – E apontam para ele.

Acompanhado das duas mulheres, ele entra no gabinete do delegado e chorando compulsivamente, narra o que aconteceu naquela manhã, na casa de sua filha, e as mulheres começam suas narrativas, desnudando o proceder de Pedro Gonçalves.

– Um momento! – fala o delegado Silvino de Alencar. – Fala um de cada vez!

O escrivão fazia as anotações de praxe. Rosália tirou a blusa e mostrou ao delegado algumas marcas da tortura que sofrera meses antes. Silvia levantou a saia e era possível ver, claramente, hematomas que teimavam em não desaparecer. Elas acrescentaram que outras amigas também haviam passado pelos mesmos problemas. Irritado, aquela autoridade pergunta de forma imperativa:

– Por que razão vocês não vieram aqui denunciar esse homem?

As duas responderam sem titubear:

– Ele nos intimidou e prometeu que nos mataria se assim procedêssemos.

Voltando-se para Nicolau, perguntou:

– Conte-me em detalhes desde o momento que o senhor conheceu o Pedro e como aconteceu o casamento de sua filha com ele. E mais, o que, até agora, há de concreto em relação à convivência de sua filha com o marido.

Meio desnorteado, o velho Nicolau, na realidade, não tinha provas concretas sobre a sua filha nem do que aquelas mulheres falavam sobre aquele homem. Havia apenas suspeitas. O delegado parou um pouco e lhe formulou algumas perguntas, e, assim, ia tirando as suas próprias conclusões. No final, aquela autoridade decidiu fazer uma investigação, bem como convocar outras vítimas que passaram por situações semelhantes.

Um inquérito foi aberto e o delegado prometeu que tomaria as providências cabíveis para desvendar os mistérios que ainda relutavam em não se aclarar em sua mente. O investigador Augusto Barros foi destacado para esse trabalho. Ele era um profissional com grande experiência em violência doméstica e abusos contra mulheres.

Os passos de Pedro Gonçalves foram seguidos. Numa noite, o investigador encostou os ouvidos numa janela na casa do casal e de lá foram ouvidos gemidos de terror e ameaças de morte. Também, barulhos de socos e agressões e uma voz de mulher pedindo socorro. Os seus gritos eram abafados, possivelmente com uma mordaça que lhe fora colocada na boca.

No dia seguinte, postado em um lugar discreto na rua, viu quando Pedro saiu e trancou a porta. Passadas algumas horas, dirigiu-se a casa e chamou por alguém. Silêncio absoluto. Tentou mais uma vez e uma voz de mulher perguntou quem estava ali. Para disfarçar, Augusto perguntou se naquela casa morava alguém com o nome de Julia.

– Não – respondeu Michele.

– Como é o seu nome?

– Eu sou Michele.

– Eu gostaria de conversar um pouco com você.

– Eu não tenho a chave da porta. O meu marido, quando sai, deixa-me trancada.

– Então abra uma janela!

– As janelas também estão trancadas com cadeado – respondeu ela.

Depois de um mês de investigação, Augusto Barros fez um relato ao delegado do que havia averiguado, o suficiente para ter absoluta certeza de que aquela moça estava sendo torturada pelo próprio marido.

Ainda, mais de 10 mulheres fizeram confissões horrendas das agruras que passaram quando estiveram na casa daquele malfeitor para seus encontros amorosos, que de amor não tinha nada, mas, sim, muita tortura.

Numa manhã, quando o sol avisou que não vai aparecer porque as nuvens o impediam de brilhar, a polícia chega à casa de Pedro Gonçalves para prendê-lo. O carro ficou numa distância considerável para não o alarmar. Ao abrir a porta, ele recebe ordem de prisão. Algemaram-no e o colocaram no carro policial. Desesperado, ele pergunta:

– O que eu fiz para me prenderem? Deve haver algum engano! Eu sou um homem honesto trabalhador e rico!

Enquanto Pedro estava sendo levado para a prisão, Michele, ao perceber que a porta de sua casa não fora trancada, sai desesperada, correndo pelas ruas em direção ao mercado onde o seu pai trabalhava e, ao encontrá-lo, abraçou o seu genitor e, chorando, ajoelhou-se e agradeceu-o por estar livre.

– Calma, filha–falou o pai. – O que aconteceu?

– O meu marido foi preso e eu não quero mais morar naquela casa. Tenho sofrido muitas torturas.

Nesse momento, o seu pai falou:

– Vamos voltar a sua casa e pegar todos os seus pertences. Ainda hoje vamos para o sítio. Um amigo próximo, presenciando aquela angústia, ofereceu um caminhão para levar a mudança.

Ao chegarem ao sítio Boa Esperança, Michele reuniu-se com o restante da família e muitas perguntas foram feitas. Ela, em uma conjunção de tristeza dor e vergonha, respondia às interrogações de forma monossilábicas. Sua mãe pediu que ela fosse até o quarto para conversarem de forma mais íntima. Agora, sem a presença dos homens da família, ela contou para a sua genitora em detalhes tudo o que lhe acontecera naqueles três meses de convivência ao lado do marido. Ela chorava diante do relato tenebroso que ouvia da filha.

– Precisamos ir ao médico. Amanhã mesmo vamos ao posto de saúde para uma consulta.

O dia ainda não amanhecera quando dois policiais chegaram ao sítio com a missão de levar Michele para um exame de corpo de delito para se comprovar as torturas que aquelas outras mulheres imaginavam que ela teria sofrido e também as informações que o investigador afirmou ter ouvido na casa dela.

Durante o trajeto até a cidade, ela sofria com as dúvidas do que iria acontecer e se iria encontrar o Pedro Gonçalves. Era uma tortura mental que a deixava desalentada e triste.

Em alguns momentos a vida não nos oferece alternativas. A única saída é encarar os acontecimentos de forma real e aguardar o desfecho seja ele qual for.

Ao entrar na delegacia, Michele foi cercada por umas dez mulheres que afirmavam terem sofrido agressões e que estavam solidárias a ela para que aquele perverso fosse indiciado por abusos contra mulheres e continuasse preso.

Ao vê-la, o delegado convidou-a a entrar em seu gabinete e com a presença apenas do escrivão, fez-lhe algumas perguntas. Ainda pairando algumas dúvidas na mente do delegado, ele determinou que fossem feitos os exames de praxe para outras providências que se seguiriam.

O médico que a atendeu ficou estarrecido com o estado físico deplorável em que se encontrava Michele. Ela não se alimentava, convenientemente, havia algum tempo e por todo o seu corpo tinha sinais de tortura e violência. Os seus órgãos genitais careciam de cirurgias imediatas.

As dores de sua alma o médico não podia avaliar porque sentimentos são situações invioláveis e de difícil acesso a outro ser humano. Por mais experiência que tenha uma autoridade, ela não conseguem vivenciar o que sentimos.

Dias depois, o laudo do Dr. Pacheco chegou às mãos do delegado e diante do contido ele encaminhou o documento ao juiz para decisão final. Pedro Gonçalves foi enquadrado na Lei n.º 11.340/2006,denominada de Lei Maria da Penha. O jornal da cidade relatou tudo em letras garrafais, não poupando qualquer detalhe de tudo o que fora relatado por todos. Os habitantes, com um misto de espanto e tristeza, comentavam os fatos, alguns com tristeza e outros com indiferença. É sabido que ao redor do mundo fatos semelhantes acontecem a cada instante e, talvez, a humanidade já tenha se acostumado com esse tipo de violência. Assim, cada um vai vivendo na esperança de que um dia a paz reine entre os humanos. Não custa sonhar!

O cidadão Pedro Gonçalves, depois de confissões de todo o seu proceder com relação àquelas mulheres e muitas outras que não se apresentaram, foi indiciado e teve a sua prisão preventiva decretada. Agora, Michele estava livre das torturas e maus-tratos que sofrera.

Em determinadas situações da vida sai-se de uma agonia e há outra à espera. Muitas vezes, quando não visualizamos outro caminho à nossa frente, devemos usar a sabedoria, a prudência e a paciência para ser possível sair dessa situação carregada de sofrimento. Por outro lado, a criatividade de algumas pessoas pode usar de meios escusos para soluções que não estavam previstas. As surpresas podem ser aterradoras.

Michele continuou morando com a família no sítio Boa Esperança. Devagarzinho, as feridas do corpo iam cicatrizando, porém as dores da alma demorariam algum tempo, ou, talvez, aqueles traumas sofridos insistissem em continuar em sua mente por um tempo que não era possível prever.

Era madrugada, numa noite de sexta-feira, vésperas do senhor Nicolau sair para o mercado para vender os seus produtos, quando a polícia chega ao sítio à procura de Michele. Em pânico, eles informam que o seu marido fugira da prisão e que ela corria risco de vida se continuasse morando naquele lugar. Sugeriram que ela fosse morar, por algum tempo, num abrigo destinado às mulheres que sofrem de abusos pelos seus companheiros. Lá, ela teria segurança e, certamente, a sua vida seria poupada de alguma tragédia que o Pedro Gonçalves houvesse por bem planejar. E assim, atendendo à sugestão daqueles policiais, juntou algumas roupas numa sacola e se foi sem ter a menor ideia de como era o lugar ou de como viveria.

Durante o trajeto, Michele perguntou aos policiais como fora possível ele fugir da cadeia. As explicações eram evasivas. Eles não tinham certeza dos detalhes e também não era conveniente falarem com pessoas comuns assuntos confidenciais de uma corporação.

O carro estacionou em frente a uma casa com um segurança à porta. Aparentemente, era uma casa grande, de aspecto triste e sombrio, com uma pintura desgastada na cor marrom. Não havia jardim e nem mesmo uma árvore na frente daquele lugar. O segurança, ao vê-la, imaginou ser mais uma mulher sofrida que passaria a viver junto às outras com os mesmos problemas.

Ao entrar naquele lugar foi apresentada à policial de plantão e, meio desconcertada, respondeu todas as perguntas que lhe fizeram. Em seguida, encaminharam-se a uma sala e lhe pediram que tirasse a roupa para fazer algumas anotações do seu estado físico. Algumas marcas de torturas no seu corpo ainda teimavam em não desaparecer, querendo que se perpetuasse em seu pensar a situação real e terrível que vivera.

Em seguida, Michele foi encaminhada a outro cômodo, onde recebeu instruções de como se portar e viver ali. Nesse momento, recebeu um documento no qual, após a leitura, deveria escrever "de acordo" e assinar.

Depois desses trâmites legais, finalmente, mostraram todos os cômodos daquele abrigo e deram-lhe uma cama e um lugar para guardar seus pertences pessoais. Aproximava-se o horário de refeições e Alzira, sua companheira de quarto, chamou-a para jantar. Ao entrar naquele salão com muitas mesas viu que cada uma deveria servir-se dos alimentos ali expostos. Michele foi apresentada às demais. Ela olhava para tudo e para todas estranhando aquele lugar frio de emoções e de pesada atmosfera. Tentou servir-se de algum alimento, mas a fome se recusou a se manifestar. Era impossível comer. E, assim, ficou algum tempo analisando o que cada uma daquelas mulheres havia sofrido e a razão de terem necessidade de se esconderem naquele lugar.

A sensação que ela sentia era a de estar numa prisão e se questionava o porquê da vida ter lhe reservado esse lugar tão desolador. Por outro lado, tinha consciência de que tudo nesta vida tem começo e fim. Mas quando o fim chegaria? Será que ainda teria forças para sobreviver depois de tudo que lhe aconteceu? Essas perguntas não teriam respostas de imediato, mas, certamente, caminhariam dentro do seu pensar até que, um dia, um novo amanhecer surgisse, dando-lhe esperanças para outros objetivos a serem alcançados. Aquela primeira noite e muitas outras que se seguiram foram desastrosas. Ela não conseguia relaxar e ainda havia um pânico a acompanhá-la o tempo todo.

Uma vez por semana, um médico e um psicólogo faziam plantão naquele abrigo para atender aquelas mulheres em diferentes situações. Michele, quando atendida pelo psicólogo, teve uma crise de choro e não conseguiu falar. A sua mente sofreu uma pane, como se nada houvesse em seu pensar sobre as torturas que sofrera. Talvez, inconscientemente, ela manipulava aqueles momentos terríveis que vivera tentando um esquecimento para ser possível continuar vivendo. Mas com o médico foi diferente. Ele conferia apenas o seu estado de saúde, que era visível, sem lhe fazer perguntas, pelas evidências expostas.

Em determinadas situações da vida, o que vale é o que queremos num futuro próximo sem nos dar conta das agruras pelas quais estamos passando. Ver uma estrada sem nos deter no solo que iremos caminhar nos livra de enxergar as pedras, os espinhos ou as feras que possivelmente encontraremos. É uma atitude digna dos mais amplos elogios. É revestir-se de otimismo e coragem, na certeza do sucesso dessa caminhada. É saber que tudo nesta vida tem os seus bons e maus momentos e que nenhum indivíduo é poupado de vivenciar esses contratempos. É confiar na capacidade de transpor as dificuldades por mais terríveis que se apresentem. É saber que a vitória tem um gosto inigualável quando a alcançamos. É não dar importância às críticas ou aos comentários de outrem e seguir a sua linha de conduta de forma decisiva e determinada. É, finalmente, atingir o alvo a que nos propomos.

Naquele abrigo havia 13 mulheres carentes de afeto, de sexo e de um convívio familiar. Algumas ainda eram muito jovens. A idade máxima era de 38 anos e a mínima beirava os 19. Embora elas tivessem a intenção de se tornarem companheiras na luta pela sobrevivência, cada uma tinha uma história diferente, experiências de vida, de estudos e de cultura também diferentes. Todavia todas foram para aquele lugar por uma razão única: tinham sido maltratadas pelos seus companheiros e, em alguns casos, eram juradas de morte.

Cada uma se perguntava de vez em quando: quando seria possível sair daquele lugar onde a vida não lhes daria nada de especial e viviam numa rotina exasperante. Os trabalhos da cozinha e limpeza eram-lhes confiados. Havia uma funcionária, de nome Josefina Rodrigues, que comandava e distribuía os serviços alternando o que cada uma deveria executar. Durante o dia, o trabalho deixava o seu pensar mais brando, todavia, quando a noite se fazia presente, muitas choravam e a tristeza inundava aquele lugar de forma aflitiva. Muitas, também, faziam planos de uma vida diferente quando a liberdade houvesse por bem acolhê-las.

Às quartas-feiras elas podiam receber a visita de familiares, inclusive de filhos que algumas haviam deixado com parentes próximos. Os soluços de dor das que ali estavam e dos visitantes era uma amargura vivenciada por todos. Ninguém conseguia isolar-se daquele sofrimento. Era contagiante e surreal.

Numa dessas visitas, o senhor Nicolau, pai de Michele, informou que o Pedro havia incendiado a casa por pensar que ela ainda estava lá. Nessa ocasião, a polícia quase o levou de volta para a cadeia. Ele continuava foragido e ninguém, nem a polícia, sabia do seu esconderijo. O velho Nicolau juntava as mãos e dizia:

– Deus é poderoso, minha filha. Um dia esse seu sofrimento terá fim e você poderá voltar a brincar com as suas bonecas e ter uma vida diferente. Era a esperança trazendo aos corações amargurados um pouco de alívio.

E fazendo reflexões sobre aquela casa em que vivera momentos terríveis e que se transformara em cinzas, esperava que quando uma pesada chuva caísse sobre os destroços, esses fragmentos se dispersassem e o tempo se incumbiria de colocar os fatos no esquecimento total e absoluto de suas vítimas.

O advogado, o Dr. João Gabriel, que fazia sala de vez em quando no abrigo, tentando ajudar aquelas mulheres desprotegidas, um dia conversou com Michele e inteirou-se da sua situação. Guardou dentro de sua mente que um dia poderia ajudá-la, considerando a situação financeira do seu marido, e ainda por ser foragido da polícia.

Esse profissional tinha o olhar voltado numa direção em que visualizava um desfecho previsível e de muitos ganhos. Cada um, em seu papel, desempenhava a sua atuação dentro de um contexto que, embora sombrio, poderia, a qualquer momento, modificar-se e tornar realidade os seus anseios.

Podemos estar com o nosso físico preso por algumas circunstâncias, todavia, o nosso pensar será sempre livre para caminhar, planejar, vivenciar e desfrutar de tudo que a vida pode nos oferecer.

Michele, com uma sabedoria nata e uma intuição que lhe era peculiar, decidiu, automaticamente, seguir todas as normas daquele abrigo, porém deixou o seu pensar livre e solto pelo universo na busca de uma solução que, em algum momento, aportaria em sua vida, mudando o rumo do seu viver. Como já fora dito e redito: "Nada dura para sempre".

Um dia, o policial que mantinha plantão no abrigo olhou de soslaio para um homem parado numa esquina próxima. Pela postura, imaginou ser alguém que tinha ligações com alguma daquelas mulheres. Em dias alternados ele estava ali, com pequenos disfarces: ora com chapéus diferentes, ora com bonés, e sempre de óculos escuro. Um dia, portava uma bengala e, ao sair andando, aquela ferramenta não era necessária. E, assim, ele era observado com a discrição própria de quem entende as sutis manobras de uma pessoa que quer agir de forma inesperada quando o momento lhe for propício.

Muitas semanas se passaram sem que ele voltasse àquele lugar. Um dia, porém, ao voltar, portava uma mochila presa às costas. Sentou-se na calçada e ficou ali, olhando de forma atenta todos os transeuntes que circulavam e também o trânsito pesado próprio daquela avenida. Percebia-se que, de vez em quando, ele levava alguns sustos, pelo rompante do seu levantar.

Discretamente, o policial telefonou para o comando da polícia e informou sobre a presença daquele homem, informando todo o seu proceder em dias anteriores, afirmando tratar-se de um suspeito. Em menos de 20 minutos o carro da polícia chegou, estacionou nas proximidades e, sem nenhum tipo de alarde, um policial saiu caminhando em direção àquele homem. Ao vê-lo, ele se levantou rapidamente e saiu correndo, cruzando a avenida. Nesse momento, uma carreta em alta velocidade atropelou-o, matando-o. Seus pertences foram jogados à distância.

O carro da polícia, com outros integrantes, aproximou-se rapidamente do acidente para as medidas necessárias. Os policiais pegaram a mochila que pertencia à vítima e ao abrir encontraram um revólver, uma faca, documentos e algumas roupas. Os curiosos aglomeraram-se tentando identificar aquele homem. Todos foram afastados. À distância, eles acompanhavam o trabalho dos policiais.

Um jornalista da cidade correu ao local para cobrir aquele inusitado evento e tentar identificar a vítima. Pelos documentos encontrados foi fácil comprovar que se tratava de Pedro Gonçalves, foragido da polícia, que fora preso por maus-tratos e abusos sexuais a sua esposa e muitas outras mulheres da região.

A notícia se espalhou e chegou ao abrigo Maria das Dores Pereira. Todas aquelas mulheres não deram muita importância àquele acidente que aconteceu nas proximidades, considerando que, em algum lugar, em toda a cidade, isso acontece diariamente. Era mais uma vítima do trânsito que, muitas vezes, são mortas de forma imprevisível.

Naquela terça-feira não era dia de visita, mas o senhor Nicolau, pai de Michele, chegou ao abrigo com a face transtornada e trêmulo, à procura de Michele, com um jornal nas mãos. O vigilante de plantão consultou a autoridade daquele local e ele foi autorizado a entrar para falar com a filha.

Ao se verem, os dois se abraçaram e ela, assustada, perguntou o que havia acontecido.

– Ele morreu, minha filha! – E repetia:

– Ele morreu, minha filha! Você está livre! Você vai sair daqui!

Michele pega o jornal e ao ler a notícia com a foto estampada na primeira página leva um susto, senta-se e, por algum tempo, sem qualquer reação, fixa o olhar em algum ponto. Sua mente eleva-se a um lugar do infinito, vagueia sem noção de onde fazer pousada, retorna ao Sítio Boa Esperança, pega uma de suas bonecas e num estado de alucinação fala para ela: "Agora vamos retornar ao nosso convívio, livre das angústias e dos momentos difíceis que passei. Tudo agora será diferente".

Todas as pessoas daquele abrigo tomaram conhecimento desse fato; algumas lamentavam e outras falavam: "Bem feito! Ele merecia isso mesmo!".

Então Michele traz de volta o seu pensar e conclui: "Neste mundo todos estamos sujeitos às coisas boas e más. O que vai determinar uma vida feliz ou infeliz são as nossas ações. Podemos passar por muitos sofrimentos, mas sempre haverá a proteção de Deus. Em qualquer situação e passada a tempestade com raios e trovões sempre surgirá um novo amanhecer, onde o sol brilhará e novas oportunidades surgirão".

No dia da partida, Michele despediu-se de suas companheiras, prometendo que voltaria para revê-las tão logo fosse possível. Todas choraram. Ela estava livre, mas, para as outras, quando esse milagre aconteceria?

O advogado estava sempre atento no caminhar das soluções daquelas possíveis clientes, em futuro próximo ou distante. No dia de sua visita foi informado de que Michele havia deixado o abrigo porque o marido dela morrera atropelado. Imediatamente, dirigiu-se à secretaria e solicitou o endereço dela. O faro de profissional do ramo lhe dizia que chegara o momento certo para ajudá-la.

Ao chegar ao sítio foi atendido por Michele que, ainda transtornada com o acontecimento, não externava uma posição de glória ou vitória. Ela apenas refletia como a vida pode ser momentaneamente cruel para alguns e, ao mesmo tempo, proporcionar liberdade para outros.

O Dr. João Gabriel, depois de cumprimentar os membros da família, identificou-se como advogado, acrescentou que conhecera Michele no abrigo Maria das Dores Pereira e disse que sempre conversava com ela e com as demais mulheres que lá se refugiavam. Ainda, afirmou ser o profissional com poderes legais para providenciar tudo que fosse preciso na solução dos difíceis casos daquelas internas. Em seguida, foram formuladas muitas perguntas ao velho Nicolau e aos familiares sobre como haviam conhecido Pedro Gonçalves e todos os demais detalhes que a sua profissão exigia, e prometeu cuidar de tudo para que ela pudesse usufruir de todos os direitos perante a lei.

Abriu uma pasta e retirou um documento afirmando ser uma procuração que ela deveria assinar para ser possível iniciar os trabalhos junto aos Poderes Públicos, banco, cartórios etc. Michele leu tudo que ali estava escrito e quando não entendia pedia explicações. Em seguida, assinou e devolveu. Ficou também acordado que do montante dos valores dos bens arrolados ele teria um percentual como pagamento pelo seu trabalho.

Ninguém sabia ao certo o montante do valor do arrolamento. Sabia-se que ele tinha propriedades e algum dinheiro em bancos e também o terreno daquela casa que fora incendiada.

Após tomar um cafezinho oferecido pela mãe de Michele, o Dr. João Gabriel se despediu prometendo voltar quando fosse possível.

As dúvidas campeavam o pensar de todos. Seria esse advogado um homem honesto? Como poderiam saber ao certo tudo o que Pedro Gonçalves possuía?

Passadas as nuvens escuras que por algum tempo deixaram nublado aquele lugar, agora era o momento para voltar a viver, esquecer as torturas sofridas e continuar a estrada na esperança de que dias melhores viriam.

Michele voltou a fazer as suas bonecas, retirou da aposentadoria a sua égua Paquita e voltou a acompanhar seu pai ao mercado todos os sábados para o comércio dos dois. Só que, agora, a vida tinha outras conotações e nuances diferentes.

As experiências que passamos pela vida, sejam elas boas ou ruins, deixam marcas em nosso corpo e em nossa alma. Nunca mais somos os mesmos depois desses eventos. Passamos a olhar o mundo e as pessoas tentando descobrir o que há por trás do que elas falam e o comportamento que exibem.

Quinze dias depois, o advogado voltou ao sítio. Ele tinha notícias que, certamente, iria deixar todos imersos numa situação de grande surpresa. Ele estaciona seu carro ao lado da casa e é recebido pela senhora Maria Dolores. Cumprimenta-a e pergunta por Michele.

– Ela foi até a horta buscar verduras para o almoço. Fique à vontade – responde a mãe de Michele, convidando-o a entrar.

Enquanto esperava pela sua cliente, ele mantinha-se calado e observava todo o ambiente ao seu redor. Maria Dolores pede licença para ir preparar um cafezinho.

– Não se preocupe! – diz o advogado.

Em poucos minutos foi-lhe servido um café acompanhado de um bolo de aipim. Ele come aquela iguaria afirmando que tudo que se faz em sítio ou fazenda tem gosto diferente dos feitos na cidade. Ela confirma, acrescentando que o café era passado em coador de pano e o bolo tem os ingredientes fresquinhos à disposição. Ele concordou.

Finalmente, chega Michele carregando uma cesta cheia de hortaliças para o almoço. Em tom de brincadeira, o Dr. Gabriel fala:

– Pelo jeito o almoço aqui hoje será apetitoso!

– Sim, não tenha dúvidas– afirma Michele.

Eles sentam-se à mesa e almoçam. Agora, numa posição de conforto, o advogado começa o seu relato na presença de todos, não se descuidando dos mínimos detalhes para um entendimento perfeito.

Eles tinham ouvidos atentos e olhares curiosos. O suspense tinha conotações de um filme policial cujo enredo não era imaginário e, sim, de uma realidade que os deixavam suspensos no ar e seus corações disparados de emoção. Pausadamente, o advogado inicia o seu discurso com um *script* nas mãos para não se perder em nenhum detalhe.

– O seu marido era um homem muito rico– afirma ele. Depois de levantamentos nos órgãos competentes, comprovei que a fortuna dele soma alguns milhões de reais.

O seu Nicolau interrompe essa fala, dizendo:

–Era por isso que ele fazia o que bem queria com todas aquelas mulheres. O seu poder de pagar, subornar e ameaçar tinha lastro poderoso.

– Sem dúvidas– afirma o Dr. Gabriel.

Nesse instante, Nicolau, um homem simples, invoca um ditado popular:

– "O pote todos os dias vai à fonte. Um dia ele quebra".

Em coro, todos concordam:

– Isso mesmo!

Depois desse relatório, aquele profissional ainda afirma que estava levantando possíveis dívidas que ele poderia ter, mas que, certamente, após o pagamento de tudo, ainda restariam muito bens e valores em bancos.

As palavras, os comentários e as suposições saíram a passear, deixando as mentes de todos vazias e sem capacidade de raciocinar. O silêncio foi interminável. A surpresa foi uma tônica que não era possível ser assimilada de pronto. As suas fisionomias, num misto de tristeza e alegria, deixavam os seus olhos esbugalhados e as suas bocas sem condições de se fecharem. Era uma situação de horror sentida por toda a família. O Dr. Gabriel interrompe essa atmosfera surrealista e diz que quando concluísse o seu trabalho voltaria ao sítio para as demais providências. Então ele agradece o almoço e parte.

Com ele levou a imagem do semblante de todos. Durante o trajeto de volta à cidade foi esmiuçando a reação daquela família e tirando suas conclusões.

Por vezes, pensava num velho ditado: "Formiga miúda é quem derruba árvore". Quando leu o processo que envolveu e culminou com a prisão do Pedro, tomou conhecimento de um grande número de mulheres que foram abusadas sexualmente. Havia figuras de muitas profissões: mulheres independentes, profissionais liberais, prostitutas, garotas de programa ou outras mais simples no viver.

E, agora, fixara-se em sua mente: por que o destino escolhera aquela mocinha simples, moradora de um sítio, para dar esse desfecho para um homem com desvios de caráter e de duvidosa personalidade? São os mistérios da vida sobre os quais não nos é dado o direito de decifrar!

De posse legalmente de toda a fortuna, Michele muda-se para uma de suas casas na cidade e leva um de seus irmãos para lhe fazer companhia. O medo que sentia das pessoas ainda tinha convivência permanente em seu viver diário. Ela ainda precisava se adaptar a esse novo mundo que agora estava inserido em sua vida para reviver e deslanchar os seus sonhos. Certamente, levaria tempo para essa nova realidade. O tempo se incumbiria de operar esse milagre.

Num espaço que herdou em um shopping, montou o seu ateliê de costura com mais duas profissionais do ramo. Seu irmão voltou a estudar e tirou a carteira de habilitação. Seu pai não enfrentava mais chuva, frio e calor naquele caminho que tantas vezes trilhara sem imaginar que um dia haveria uma mudança radical em sua vida. A senhora Maria Dolores passava a maior parte do tempo na companhia de sua filha, orientando-a e lhe dando o apoio necessário. A vida de todos tomou novos rumos. Todavia, um dia, num estado de extrema reflexão, Michele pensou: SERÁ QUE A RECOMPENSA FINANCEIRA VALE O SOFRIMENTO DO CORPO E DA ALMA?

Você, leitor, pode tirar suas próprias conclusões.

Conto 03

ESMERALDA ARAÚJO – Uma mudança de vida

A primeira vez que sobrevoei aquela área descortinou-se em minha mente um ambicioso projeto para transformá-la em um condomínio de alto luxo destinado àqueles de bom gosto e de alto poder aquisitivo. Imaginei aquelas diferentes elevações do terreno ensejando-me a construir mansões onde todos pudessem ter uma vista para o lago que se situava na parte mais baixa. Imaginava um lugar tranquilo, com vegetação nativa, segurança, grandes áreas de lazer e o cântico dos pássaros antes que o sol surgisse. Era um privilégio para algumas famílias, que poderiam se sentir no paraíso sem precisarem passar pela morte.

Estava na adolescência, despontando para a vida, quando conheci Gustavo Almeida. Tínhamos a mesma idade e o mesmo poderio econômico. Estudávamos na mesma escola e vivíamos colados um ao outro nas vinte e quatro horas do dia. Estávamos apaixonados. O ar que respirávamos era o mesmo e os planos para o futuro diferentes.

Antes de aprender a ler e escrever eu já desenhava. Dava asas a minha imaginação e vivenciava situações além do saber das crianças de minha idade. Os familiares e amigos que viam aqueles esboços previam que eu seria uma artista plástica ou arquiteta. O tempo foi passando e quando me dei conta estava cursando a Faculdade de Arquitetura.

Enquanto eu estudava, o meu namorado vivia em rodinhas de falsos amigos, bebendo, usando drogas, fumando e esbanjando o dinheiro da família. Estava cega a esse seu proceder porque a paixão inunda o nosso coração de emoção, impedindo-nos de enxergar a realidade.

A minha família acompanhava esse envolvimento e sempre me alertava dos perigos a que estava exposta. Como seria bom se, quando jovens, tivéssemos a maturidade da vida adulta! Vive-se cada fase da vida e se tivermos desalentos e decepções ficam as experiências e, às vezes, recusamo-nos a juntar essas vivências para modificar o futuro. É uma situação que independe de nossa vontade porque o envolvimento da paixão e os arrebatamentos do sexo nos tiram da realidade. Um dia, quando todas essas torturas e desencontros ficarem no passado, ainda teremos as marcas que estarão conosco até a morte.

Não é fácil livrar-nos dos traumas. Eles ficam alojados em nosso subconsciente e em determinadas situações entram no consciente, causando-nos dissabores e tornando o nosso viver amargo.

Era um domingo quando voltei para casa ao amanhecer. Passara toda a noite com alguns amigos num envolvimento de sexo, drogas e vigília. Ao chegar ao portão, o meu pai me aguardava com a fisionomia transtornada. Ainda cambaleando e sem noção do que estava acontecendo, desmaiei. Quando acordei, estava no hospital. A minha família, ao meu lado, dava-me o suporte que naquele momento se fazia necessário.

Dias depois e ainda sem ter ideia do ocorrido, o meu pai levou-me ao seu escritório e falou em alto e bom som.

– Basta! A partir de agora você vai entrar numa linha dura de comportamento. Tomei conhecimento que você abandonou o seu curso de Arquitetura na faculdade. Vou interná-la em um hospital e de lá só sairá quando estiver curada.

Fiquei na clínica por seis meses. Passei dias terríveis. Sentia falta das drogas, de sexo e de afeto. A sensação de abandono fez-me refletir que se eu continuasse naquele estilo de vida, certamente a minha vida teria um fim trágico.

A família do meu namorado mandou-o para uma cidade bem distante, onde ficou por muito tempo internado.

Voltei aos meus estudos na faculdade e, dessa vez, entrosei-me com outro grupo, que não usava drogas, mas fazia sexo em grupo. Apaixonei-me por essa descoberta. Era excitante o que vivenciávamos. As emoções subiam ao ilimitado do prazer.

As notícias ruins correm numa velocidade espantosa e com nuances do próprio pensar de quem as relata. De vez em quando pensava se a minha família e o meu antigo namorado sabiam desse meu proceder. No meio universitário tem-se de tudo: jovens buscando o seu espaço no mundo e carregando todas as experiências do meio familiar e de outros amigos. Compartilham as suas vivências sem a maturidade que o tempo irá lhes conferir no caminhar de suas existências.

Um dia, atravessava uma rua quando encontrei o Gustavo Almeida, meu antigo namorado. Fiquei surpresa com esse reencontro. Imaginava que ele ainda estava internado na clínica. Ele segurou o meu braço com firmeza e falou:

– Eu quero me casar com você. Estou livre do vício das drogas e voltei a trabalhar na indústria do meu pai. Agora temos condições de construir uma vida juntos. Eu ainda a amo.

As surpresas acontecem na vida de todos. Aquela era, para mim, uma situação inusitada. Fiquei perplexa e sem condições de lhe dar uma resposta naquele momento. Seria verdade o que acabara de ouvir? Como não temos condições de vasculhar a mente das pessoas, pus-me a pensar e refletir sobre aquele pedido de casamento no meio da rua sem os aparatos que a ocasião requer. Ele segurou o meu braço e fomos a um restaurante nas proximidades. Sentamos em uma mesa distante dos demais e ele continuou o seu monólogo afirmando que sempre me amou e que era impossível vivera vida sem a minha companhia. Também, ressaltou que enquanto esteve internado na clínica de recuperação teve a oportunidade de entender que a vida é algo maravilhoso e que agora estava pronto para constituir uma família e assumir, também, as responsabilidades na indústria do seu pai.

Quando perdemos a confiança em alguém, para que ela se recupere requer um tempo que não nos é possível precisar. Sabemos, também, que as pessoas mudam o seu comportamento diante de algumas circunstâncias. Nesse caso, tudo era muito recente e eu já estava andando por outra estrada despida das emoções que havia algum tempo ele tinha me envolvido. Estava há dois meses para concluir o meu curso de Arquitetura e vivendo em outros patamares, com outros amigos, e descobrindo outros devaneios que me deixava feliz. Um casamento iria me impedir de participar de um mundo absolutamente fantástico de sexo com outros homens e passar a viver numa monotonia que um contrato social requer.

Foi me dada a palavra para as minhas explanações:

– Em primeiro lugar, eu não quero nenhum compromisso antes de concluir o meu curso de Arquitetura. Os meus pais estão passando por dificuldades financeiras. Tenho um irmão que está com sérios problemas comportamentais, não estuda e nem trabalha. O meu outro irmão está mudando a sua residência para o norte do país e a minha irmã está de casamento marcado com um milionário. Eu preciso pensar e refletir se realmente eu quero me casar com você e se ainda o amo.

Gustavo, representando de forma perfeita o seu papel de ator, arregalou os olhos e tentou me convencer das suas boas intenções, afirmando que ele fora o primeiro homem da minha vida e, portanto, não faria sentido eu me casar com outra pessoa. A meu ver, esse era um argumento sem importância, porque o que vale nas pessoas é um bom caráter, qualidade que eu não o tinha.

Os nossos encontros tornaram-se raros. Não havia beijos, carícias ou sexo. Ele alegava excesso de trabalho e ainda afirmava que estaria guardando tudo isso para depois do casamento. Embora eu achasse aquela situação estranha, concordei.

A minha formatura aconteceu no início do ano seguinte e com o meu diploma poderia direcionar a minha vida nos meus próprios termos. Isso não aconteceu. O meu antigo namorado insistia em casar-se comigo e ainda me fez uma proposta que embora tenha achado absurda encarei como uma decisão de um homem que continuava apaixonado por mim.

Ele iria custear todas as despesas do casamento: vestido de noiva, festa, lua de mel em um lugar fantástico, segundo ele. Ainda, a minha família não deveria saber dessas decisões. Eles só tomariam conhecimento no dia do enlace. Também, eu não deveria me preocupar com nada. Ele iria contratar uma pessoa especializada para tomar todas as providências. A única coisa que me caberia era escolher o vestido para aquela grande ocasião.

Como a casa em que ele morava era uma mansão de tamanho desproporcional à família que nela habitava, moraríamos, inicialmente, na casa dos seus pais, e em futuro próximo construiríamos a nossa vivenda.

Estava difícil assimilar esse novo viver que me fora proposto. Não sabemos ao certo porque amamos alguém e muito menos porque deixamos de amar. As incógnitas vagueiam pela nossa mente num turbilhão de alternativas, não nos dando chances de uma decisão precisa. É como ver muitos caminhos à nossa frente e por não saber o que acontecerá no final de cada um deles e, também, o que será encontrado no solo que pisaremos, que o medo se instala em nosso pensar, fazendo-nos, por vezes, covardes para escolher um deles. E, às vezes, quando determinadas pessoas querem alguma coisa são capazes de nos convencer com seus argumentos e que se torna difícil enxergar o outro lado da questão.

Embora já fosse portadora do meu diploma de arquiteta, com um currículo ainda pobre de experiências, não conseguia encontrar trabalho.

Somava-se a isso o declínio monetário da minha família. O meu pai estava gastando muito dinheiro com advogados para livrar o meu irmão da prisão. Ele estava atrelado às drogas e outros problemas ligados a mulheres. Os serviçais eram dispensados um a um, deixando o viver naquela imensa casa sem o conforto que tínhamos até então.

É muito difícil aceitar as mudanças quando não estamos preparados psicologicamente para elas. O viver assume características de tortura. Ficamos desnorteados e sem rumo. As densas névoas impedem que o nosso olhar veja o que se esconde atrás delas. É terrível, muito terrível mesmo!

E, assim, o tempo caminhava sem a certeza de um futuro promissor. Os problemas em minha família e nos negócios do meu pai se avolumavam na proporção direta das incertezas.

Todos esses fatos eram do conhecimento de Gustavo, meu namorado ou noivo. Eu nem sabia mais o que ele era para mim. Havia muitas interrogações no meu pensar. Um dia, em um dos nossos encontros, que eram sempre em algum lugar público, ele me falou que eu deveria ir escolher o meu vestido de noiva no endereço que me foi dado. E, ainda, acrescentou que o nosso casamento aconteceria em duas semanas e que no dia, bem cedo, eu deveria mudar para um hotel e que não precisava levar nenhuma roupa. A reserva já estava confirmada. E acrescentou que ele avisaria a minha família sobre o nosso casamento horas antes de ele acontecer.

Entrei em pânico. Não tinha menor ideia do que iria falar para eles, porque esse namoro já era uma situação do passado.

Com essa proposta inesperada, visualizava-me morando numa mansão de propriedade da família dele com todas as mordomias que têm os milionários com muitos empregados e você não tem necessidade de fazer nada a não ser usufruir tudo ao seu redor. E, ainda, ao lado de um marido apaixonado por mim. Seria verdade tudo isso? Não seria um sonho inatingível? Não tinha resposta às minhas dúvidas.

No dia marcado fui experimentar o vestido. Era de um bom gosto insuperável. A costureira me falou que a escolha do modelo e dos complementos havia sido feita pelo Gustavo.

Na manhã do casamento, conforme combinado, levantei-me cedinho e após tomar café com a minha família fui para o hotel. Levei apenas uma bolsa com objetos pessoais e documentos. Na portaria, identifiquei-me, assinei um formulário e subi ao apartamento. Lá encontrei o meu vestido de noiva, roupas íntimas terrivelmente provocantes, dois vestidos, duas camisolas e um par de chinelos. Nesse instante ocorreu-me uma dúvida que me deixou solta no espaço e sentindo o meu corpo dando cambalhotas numa sensação terrível de sufoco. Onde seria o local da cerimônia? Quem iria celebrar o casamento? Um pastor ou um padre? Esses detalhes ele não tinha deixado claro.

Também, agora era muito tarde para questionar. Tinha que enfrentar o que aconteceria.

Fiquei durante horas numa expectativa ilimitada e cercada de muitas dúvidas. Por volta das 14h ele chegou, avisando-me que comunicara para a minha família que o nosso casamento aconteceria às 18h, na capela de uma das fazendas da família dele, em local próximo à cidade. Seria oficializado por um pastor protestante e a festa seria no mesmo local. Tudo estava devidamente providenciado e arrumado. Senti os meus pés se deslocando do chão e o meu corpo levitando numa sensação de leveza com características de algo que nunca sentira antes. Não me ocorreu imaginar o que os meus pais e irmãos pensaram e decidiram em relação a essa notícia tão inesperada e chocante.

Como já era maior de idade, próximo de completar 26 anos, formada em Arquitetura e dona absoluta da minha vida, não dependia da aprovação dos familiares para me casar. Era um assunto único e exclusivo de minha decisão, embora eu ainda, até aquela data, dependesse deles para sobreviver.

Voltou ao meu pensar sobre o quanto tinha sido apaixonada por Gustavo quando o conheci. O tempo incumbe-se de modificar os nossos sentimentos por situações alheias a nossa vontade. Havia, ainda, um sentimento de admiração e alguns resquícios de amor. Talvez, o que pesava era o seu poder econômico e este, a meu ver, está acima de qualquer sentimento amoroso. Ter o privilégio de comprar tudo o que se deseja, fazer as mais extraordinárias viagens com muita mordomia, ter serviçais espalhados em casa para tudo que necessitamos, enfim, sentir-se poderosa, é uma situação destinada a poucos mortais.

Nunca experimentei um estado de pobreza. Quando nasci, a minha família já dispunha de muitos bens. Pertencíamos a uma classe média alta. Todavia, a do meu namorado era considerada de milionários, na qual se vive em muitas gerações futuras gastando tudo que é permitido e o dinheiro não acaba. Não me passava pela mente que somos mortais. Lembro-me de um livro que li há muito tempo, da escritora francesa Françoise Sagan, *Bom dia, tristeza*, em que, em determinado momento, ela afirma que é melhor chorar dentro de um Rolls Royce do que num ônibus. Seria verdade? Será que sentimentos bons ou ruins se modificam em cenários diferentes? Fiquei na dúvida.

Deixando de lado os devaneios e encarando a realidade que em alguns momentos iria vivenciar, preferi fixar as minhas emoções nos momentos que me aguardavam. Estava à minha disposição uma cabeleireira e um maquiador para me deixar perfeita, bem ao gosto de um noivo milionário. Sei que sou uma mulher bela. Tive consciência disso ainda criança. Algumas pessoas chamavam-me de princesinha. Tenho uma altura acima da média, olhos verdes translúcidos, pernas bem torneadas, cintura fininha, seios médios e atrativos e ancas bem ao gosto do homem brasileiro. E ainda pertenço a uma elite por ser uma arquiteta e ter estudado em uma das melhores universidades deste país. Estava, portanto, à altura de uma convivência com os Almeidas.

Ele me esperava no saguão do hotel. O carro da família com o motorista nos levaria até o local da cerimônia. Tudo perfeito. Desci pelo elevador na companhia dos profissionais responsáveis pela minha transformação e ao chegar naquele grande salão encontrei-o vestido a caráter e com uma fisionomia que não me pareceu de um noivo feliz. Sempre que vivemos uma situação colocamos o nosso pensar e as nossas conclusões como se fosse um espelho em que vemos o nosso rosto projetado no do outro. Talvez, quem não estava feliz era eu.

Ao me avistar não esboçou nenhum comentário se eu estava bonita ou outra palavra que nesses momentos a noiva deveria ouvir. Mas isso não era importante. Teríamos muitos outros momentos a sós para ser elogiada como fora nos primórdios do nosso namoro. Agora era outra realidade e, como tal, deveria ser encarada de maneira formal.

O motorista abriu a porta traseira do veículo e entramos sem esboçar uma só palavra. Éramos três mentes cada uma fazendo as suas conjecturas distintamente.

Aquele caminho que eu conhecia cada palmo quando no início do nosso namoro se tornou irreconhecível. As árvores pareciam murchas, o céu sem o brilho do sol ao entardecer, dando lugar a nuvens dispersas, e pessoas andando como se não soubessem para onde se dirigiam. Parecia um filme de terror. Tinha sobre o meu corpo um vestido caríssimo, um cabelo bem arrumado, uma maquiagem que tinha a finalidade de ressaltar a beleza do meu rosto, o homem amado e rico ao meu lado, mas a atmosfera, que deveria ser festiva, era de uma profunda melancolia.

Faltou-me coragem para pedir ao motorista que parasse o carro e forças para eu sair dali correndo. É nesses momentos que o dinheiro exerce o seu poderio máximo.

Finalmente, chegamos ao local onde se efetivariam as bodas. Havia pessoas conhecidas e desconhecidas. As vestimentas de todos num contraste de simplicidade e outras pomposamente vestidas. Os meus pais, quando me viram entrar, foram ao meu encontro, abraçaram-me e nada falaram. Eles tinham o comportamento de quem estava em estado de choque. Qualquer palavra que eu proferisse naquele momento não iria surtir nenhum efeito positivo ou negativo. É nesses instantes que o silêncio é a melhor arma com que se pode contar.

O pastor estava no altar nos esperando. Entramos juntos na capela ao som de uma música por mim desconhecida. Diante do reverendo iniciou-se a cerimônia, que durou menos de meia hora. Então, um de frente ao outro, aconteceu o tradicional beijo dos recém-casados. O cumprimento de todos se fez presente, sempre nos desejando uma vida cheia de felicidade. Os meus pais se aproximaram de mim e desejaram-me uma vida feliz. A minha mãe chorava e eu não pude conter as lágrimas. O meu pai, com a fisionomia fechada, nada falou. Apenas bateu levemente no meu ombro, como querendo me acolher em seus braços, e em seguida foram embora sem participar da festa.

Notei a falta dos familiares dele e depois fui informada que eles estavam em viagem à Europa.

Ao lado da capela havia fartura de comidas diversas e bebidas e um grande bolo do qual os garçons serviam uma porção para cada convidado. Tudo no melhor estilo que o dinheiro pode comprar. Champanhe em profusão, na temperatura certa, enchia as taças dos apreciadores desse drinque.

Eu circulava em meio aos convidados sem ter a noção exata do que eu fazia ali. Era como se o meu corpo estivesse presente e a minha mente em algum lugar que não me era possível identificar.

A hora avançava e cada convidado saía na certeza de ter participado de uma grande festa.

Gustavo segurou o meu braço e nos dirigimos ao seu carro, que estava nas proximidades. Não nos despedimos de nenhum convidado que ainda insistia em continuar usufruindo daquelas variedades de iguarias.

Ao entrar no carro eu lhe perguntei:

– Para onde iremos agora?

– Segredo! Esta noite você terá a maior surpresa. Ela será inesquecível enquanto você viver neste mundo.

Lembrei-me das roupas que havia deixado no hotel onde me hospedara por algumas horas e ele falou:

– Não se preocupe. O meu motorista já colocou tudo no porta-malas do carro.

E sem nenhum monólogo ou diálogo, pegamos uma estrada e, após uma hora e meia de viagem, chegamos a um hotel fazenda. Ele desceu do carro, encaminhou-se à portaria, pegou as chaves, entrou novamente no carro e fomos até um chalé bem distante. Ao chegar nesse lugar, ele estacionou, saímos e entramos no chalé. Ele abriu a porta e me mandou entrar. Em seguida, voltou ao carro para pegar os meus pertences.

– Enfim, sós! – falou o meu marido.

E desviando o olhar me perguntou se eu estava feliz e se a festa estava dentro do que eu imaginava. Não tinha condições de responder às suas questões porque a minha mente ainda estava confusa, dentro de um misto de surpresa e dúvidas.

Ele sentou-se em uma cadeira e pediu que eu me sentasse em outra ao seu lado.

– Querida, agora vamos assistir a um filme que um grande amigo preparou para a nossa noite de núpcias. Os atores e as atrizes você certamente conhece e o enredo desafia os mais famosos filmes feitos por Hollywood.

A curiosidade deixou os meus olhos arregalados e um frio estranho tomou conta do meu corpo. Apareceram as primeiras cenas: três mulheres entram em um quarto em que havia três homens esperando-as. Elas estavam vestidas com roupas longas e o rosto coberto por um véu. De início não as reconheci, mas os homens, por estarem despidos, identifiquei de imediato. Eram os meus parceiros de orgias, com os quais, durante alguns anos, tinha encontros regulares em motéis, casas de campo de alguns ou mesmo em suas casas, quando os seus pais se ausentavam. Tudo estava terrivelmente explícito, como acontecera. Vivenciar essa situação me deixou perplexa e sem forças para contradizer a realidade ali contida.

Foram mais de duas horas de uma situação surreal. Ao término, ele se voltou para mim e falou:

– Isso começou quando ainda namorávamos. Muitas vezes, eu a deixava em sua casa e momentos depois eles pegavam você e a levavam para o local onde aconteciam esses encontros de noites vergonhosas e despudoradas. Não conheço nenhuma palavra em todos os idiomas que possa retratar o que você é. Todas que existem são brandas para qualificá-la.

–Quando me contaram esses ocorridos, contratei um profissional, que se infiltrou nesses encontros, e eu paguei um preço altíssimo para ter esses filmes hoje, aqui.

O nosso casamento foi uma farsa. Aquele reverendo não é pastor. É um bancário amigo meu, de uma cidade vizinha que, mediante um valor que paguei, fingiu ser alguém que podia celebrar o matrimônio com toda a pompa que você vivenciou.

– Confesso que ainda a amei muito e comecei a usar drogas e beber para esquecer que você é pior dos que todas as prostitutas e garotas de programa juntas, porque muitas delas agem dessa maneira por uma questão de sobrevivência e você agia assim sem necessidade financeira, apenas para divertir-se de maneira suja e promíscua. Você não tem caráter, pudor e nem compostura. Nada. É uma mulher desprovida de sentimentos e de uma alma manchada pela concupiscência. Repito. É uma concupiscente em potencial.

Não tive nenhuma reação diante dos fatos. As lágrimas não vieram porque não estava arrependida de tudo que vivenciara. Pelo contrário, eu era tudo o que ele falou e muito mais. Talvez tenha nascido dessa forma.

Quando ele me propôs casamento, imaginava apenas ser milionária e usufruir dessa situação que muitos mortais anseiam. Era uma oportunidade que me chegava bem ao gosto dos meus sonhos de ser rica e poderosa.

Estava, ali, sujeita às reações de um homem ferido no seu brio, em suas condições de macho e na impotência de ter tido controle sobre os meus atos no decorrer de nosso namoro. O medo apoderou-se de mim e eu me sentia numa situação de desconforto pelo que ainda poderia acontecer depois de ouvir tão duras palavras. E de maneira desconcertante pensei: "Há uma diferença entre ser e alguém nos dizer quem somos". Sentia-me numa realidade que até então não assimilava. Vivia ao sabor dos acontecimentos sem saber que estava sendo observada, filmada e repudiada. Como algumas situações da vida são perversas!

Ele se levantou da cadeira, pegou uma tesoura e falou com tom determinado, que me deixou assustada:

– Tire esse vestido e corte-o em pedaços. E também toda a roupa que lhe dei quando você chegou ao hotel.

Obedeci. Tudo cortado e amontoado, ele pegou um saco de lixo e me ordenou que colocasse toda aquela roupa dentro dele.

Em seguida, pegou em meu braço e num supetão, encostou-me na parede e, olhando dentro dos meus olhos, disse:

– Eu não vou te bater e nem te matar. Não vou estragar a minha vida. Tenho ainda muito para viver. Um dia espero encontrar uma mulher decente que me faça feliz.

Vestida com a minha roupa de quando cheguei ao hotel, saímos dali, entramos no carro, e quando alcançamos a estrada que nos levaria de volta à cidade, ele parou o carro e ordenou que eu saísse, carregando aquele saco de lixo.

Ali, sozinha, carregando aquele fardo, sentei-me à beira da estrada e um mundo de ideias se apossou de mim. Pela primeira vez compreendi que as palavras são, por vezes, mais cruéis do que um ferimento em nosso corpo. As feridas se curam com o tempo, mais as palavras ficarão eternamente em nossa alma. Às vezes, temos um comportamento fora dos padrões e não assimilamos essa forma de agir porque ela está tão enraizada em nosso ser que é como se fosse parte integrante de nós mesmos. O "prazer" que sentimos em muitos atos praticados estão num patamar que transcende o nosso pensar. É difícil livrar-nos deles facilmente. E, ainda, a cada momento há uma vontade descontrolada para continuar nesse proceder porque ela se sobrepõe num contexto difícil de ser esquecido. As drogas, as bebidas e o sexo são forças poderosas que, se não controladas, podem levar a nossa existência a um caos sem precedente.

Sentia-me derrotada, triste e abandonada por um homem que tinha todas as condições para me fazer feliz. O arrependimento chegou tarde.

Ao amanhecer, levantei-me e comecei a pedir carona aos carros que passavam pela estrada. Assim fiquei por mais de duas horas. Até que uma caminhonete parou e o motorista, ao olhar para mim, perguntou de supetão:

– Você não é a filha do Procópio que se casou ontem com Gustavo Almeida?

– Sim – respondi.

– O que aconteceu?

– A história é longa. Você pode me dar uma carona até a cidade?

– Claro. Entre! – respondeu o senhor.

Esse percurso foi o pior que tive em toda a minha vida. Não sabia para onde ir.

Ele se apresentou como Cláudio Sampaio. Nada mais falou sobre o que fazia, onde morava. Eu estava com a alma em choque e nessas ocasiões falar para alguém os nossos dramas nos ajuda a diminuir o peso medonho de uma situação vivenciada há apenas algumas horas.

E assim relatei para ele toda a história da minha vida nos anos anteriores e a noite, que era para ter sido uma de lua de mel, mas que foi de fel e amarguras. Ele ouviu a tudo calado, sem opinar ou me interromper. Ao chegar à cidade me perguntou onde eu queria ficar. Indiquei o local e, ao sair do seu carro, ele me disse:

– Leve com você o seu saco de lixo.

– Ok.

Acomodei-me em um banco de um jardim próximo a minha casa com aquele saco de lixo ao meu lado. Não sabia que atitude tomar. Estava sem direção e com a alma amargurada. Por vezes, pensei entrar dentro daquelas roupas cortadas e ficar ali, esperando que o caminhão do lixo levasse tudo para algum aterro sanitário. O sol estava forte e o calor insuportável. Não tinha condições de tomar uma atitude. Sentia-me cercada por uma muralha de ferro tão alta e poderosa que me impedia de sair dali sem os arranhões que a escalada poderia fazer.

Tudo ao meu redor era irreconhecível. Via pessoas andando, ouvia sons de algumas que conversavam, mas não entendia o que falavam. Estava perdida no mundo, sem o apoio ou ajuda de ninguém. Estava sozinha, envolvida numa situação frustrante e vivenciando cada palavra ouvida na noite anterior, sem condições de contestar ou me defender. As evidências eram reais.

Não tinha fome, não tinha sede. Não tinha nada de um sentir dos humanos. O tempo passava sem pressa, sem dar um mínimo de atenção ao meu sofrimento. Pode-se viver um dia como se fosse100 anos ou 100 anos como se fosse apenas um dia.

Todos nós temos as nossas verdades e, na maior parte das vezes, não são as mesmas das outras pessoas. Todos nós temos o nosso próprio caminho, a noção do certo e do errado segundo a nossa forma de ver o mundo, as escolhas que fazemos para nossas vidas, o direito de escolher de que forma viver e o livre arbítrio para agir dessa ou daquela maneira. Todos somos únicos nesta vida e, portanto, deveríamos ser livres para sermos o que a nossa mente determinar. Mas não é bem assim que acontece. O ser humano é um animal gregário e nós dependemos uns dos outros para viver.

A noite se aproximava e alguém veio até mim e perguntou:

-O que está acontecendo com você? Por que você está aqui sozinha? Onde está o seu marido? – Era o meu pai, que soube por um amigo que eu me encontrava naquele lugar.

Ele segurou o meu braço e antes de entrarmos no carro me perguntou o que continha naquele saco de lixo.

– O meu vestido de noiva e outros pertences cortados em pequenos pedaços – respondi.

– O que aconteceu, minha filha? Vamos para casa.

Durante o caminho, percebi a aflição do meu pai e uma situação desconcertante de me fazer perguntas. O silêncio apareceu sem ser chamado e por alguns minutos ele nos acompanhou como uma solução naquele percurso de volta para casa.

A minha família estava a minha espera. Quando nos avistaram, correram ao nosso encontro. A minha mãe me abraçou e, chorando, perguntou o que tinha acontecido. Não respondi. As palavras decidiram me abandonar também. Tampouco chorei. O líquido que poderia alimentá-las decidiu acomodar-se nos olhos de alguém que tivesse sentimentos. Eu tinha raiva. Muita raiva!

Entrei e dirigi-me ao meu antigo aposento. Eu o tinha abandonado na esperança de viver em outro patamar de vida, uma vida de luxo e riqueza. Conformei-me em estar ali. Naquele momento era o único lugar que poderia me acolher.

Movidos pela curiosidade, a minha família abriu aquele saco de lixo e, perplexos, conferiram ser o meu vestido de noiva e outras roupas cortadas em pequenos pedaços. Juntaram tudo e colocaram na lixeira. Certamente, o caminhão do lixo levaria na manhã seguinte.

O cansaço, as agruras e os desencontros vividos na noite passada decidiram me abandonar por algumas horas e dormi de verdade. Ao amanhecer, deparei-me com outra realidade que não aquela que sonhara uma semana antes. Esperava ser cravada de perguntas por todos os familiares sobre as ocorrências desde o dia em que saí de casa até aquele momento.

Ainda deitada, ouvi comentários que me deixaram curiosa, mas faltava-me energia para levantar. A impressão que eu tinha era que o meu corpo tinha todo o peso do mundo, que me impedia de sair daquela situação de terrível desconforto. Era um estado de letargia total.

De repente, o meu pai abriu a porta do meu quarto, entrou com um jornal nas mãos e falou de maneira dura:

– Veja o que o jornal do Cláudio Sampaio publicou sobre você hoje!

Levantei-me de sobressalto e comecei a ler aquela notícia. Aquele homem que me dera carona era jornalista. Eu não sabia. Havia feito confidências à pessoa errada! Ele escrevera tudo em pormenores, como se fosse uma sombra invisível a presenciar os fatos nos momentos em que eles aconteceram. Agora eu não sentia apenas raiva. Sentia ódio do mundo, das pessoas, do Gustavo e de mim mesma.

A minha mãe se aproximou de mim e tentou me consolar afirmando que nesta vida nem tudo está perdido. Sempre há outras soluções. Lamentava apenas que toda a cidade agora tinha conhecimento de tudo o que acontecera comigo com detalhes íntimos, colocando-me numa situação de extremo desconforto.

Foi uma situação que deixou a todos sem "chão debaixo dos pés", como diz o ditado popular.

Fiquei algum tempo sem sair de casa. O meu pai, que era um dos mais ricos comerciantes daquela pequena cidade, começou a ter problemas e ouvir indiretas de pessoas que frequentavam o seu comércio.

O que os indivíduos não entendem é que todos estão sujeitos a tudo neste mundo. Uma coisa acontece a uma pessoa hoje e amanhã poderá acontecer com outras, às vezes com maiores proporções. É como se toda a humanidade estivesse dentro de um barco na iminência de uma catástrofe. Alguém poderia até se salvar, mas teriam em suas mentes os traumas daquele acidente. Desgraças não escolhem esse ou aquele. Talvez, os mais precavidos e atentos tenham menos chance de serem tragados pelos momentos intempestivos da vida.

Eu precisava trabalhar. Já estava cansada de ficar presa dentro de casa, mas não tinha coragem de enfrentar a opinião pública.

Um dia decidi sair às ruas. As pessoas me olhavam e desenhavam em suas mentes toda a minha vida pregressa e desnudavam-me sem dor ou piedade. Talvez, tudo isso fosse produto da minha mente. Eu não sabia ao certo como me livrar daquela situação constrangedora.

O acabrunhamento que cercou a minha família e em especial o meu pai ensejava um retrocesso em seus negócios, e a cada dia ele descia num despenhadeiro no qual não era possível medir as consequências que poderiam vir.

Um dos meus irmãos mudou-se para bem longe. Ele estava cansado dos comentários à boca pequena ou em alto som de tudo o que ocorrera comigo. A minha irmã casou-se com um milionário e foi embora da cidade. Agora, segundo comentários, tinham ficado apenas as "ovelhas negras" da família: o meu irmão mais novo, ainda envolvido com drogas, e eu, sem condições de me livrar de toda aquela atmosfera de mal-estar.

O que eu realmente não conseguia entender era o porquê de tanto alarde por um acontecimento em que não houve outros prejudicados, apenas as duas famílias envolvidas. Será que situações semelhantes não aconteciam também aos pobres? Os ricos estariam proibidos de terem mazelas em suas vidas? O dinheiro os pouparia de vivenciar situações desse tipo. Era uma confusão nefasta de interrogações que assaltava a minha mente todo o tempo.

Um dia, chovia muito. O entardecer chegara antes da hora marcada. O tempo dava sinais de tristeza derramando suas lágrimas sobre a cidade. Pesadas nuvens escuras se espalhavam no céu nos tirando a possibilidade de vermos as estrelas. A lua estava escondida em algum lugar no infinito, recusando-se aparecer com receio de que fosse malvista pelos habitantes daquela cidade. E assim, nesse clima de profunda melancolia e terror, o meu pai entrou em casa transtornado, avisando-me que contraíra uma dívida com um agiota e que eu embarcaria para Portugal na semana seguinte.

Era mais um pesadelo a me desafiar. Certamente, comigo iriam todos os problemas que vivenciei em todos aqueles anos ao sair da adolescência. Clamei pela mocinha que tem o nome de "esperança" e ela se apresentou toda saltitante e disposta a me fazer companhia. Resolvi tomar uma atitude e segurá-la com todas as forças da minha mente para que ela não escapasse das minhas mãos.

No dia marcado saí daquela cidade e embarquei rumo a um lugar desconhecido. Despedi-me dos meus pais e do meu irmão, e por telefone dos outros membros da minha família. Ouvi alguns conselhos e coloquei-os numa caixinha transparente para não perder de vista aquelas palavras. Partia com alguns propósitos e se a coragem estivesse disposta a me ajudar, eu os cumpriria para que eu pudesse renascer para um viver diferente. Sabia que tudo isso eram projetos. Realizá-los ainda iria depender de determinação, fé e uma dose elevada de renúncia. A sorte estava lançada e esta também poderia apiedar-se de mim e seguir ao meu lado até a concretização dos desejos que a minha alma estava imbuída.

Na vida de uma pessoa, as mudanças só acontecem quando ela toma consciência de que aquela estrada em que estava a levaria a grandes dissabores e, possivelmente, à morte. Errar é uma condição precípua dos humanos. Reconhecer os erros já é uma forma de repará-los para uma nova vida. Ainda, as experiências contribuem como um alerta para um novo proceder.

Despedi-me apenas da minha família. Não havia um só amigo a me desejar felicidade. Eles devem ter fugido para algum lugar no espaço onde seria impossível encontrá-los. É em situações assim que sabemos que "amigos" são, por vezes, uma farsa a nos acompanhar. Quando estamos bem, eles nos rodeiam, fazem-nos mesuras, acolhem-nos. Quando os maus momentos acontecem, todos fogem com medo de serem contaminados pelos nossos feitos. A vida foi e será sempre assim. Portanto, precisamos ficar antenados e vigiando os nossos passos, evitando tropeços a fim de que possamos viver, pelo menos, sendo aceitos por uma comunidade. O mundo não nos perdoa quando erramos. Mas eu pergunto: quem está livre de cometer erros?

Munida de documentos, duas malas e um endereço em Lisboa, que meu pai conseguiu com um amigo português, entrei no avião na tentativa de deixar para trás tudo de bom e de ruim que a vida houve por bem me oferecer em todos os anos em que ali vivi.

Muitas vezes, o desconhecido é temeroso e enfrentá-lo torna-se um grande desafio. Às vezes, pensamos que "há males que vêm para o bem". Esse ditado pode trazer um conforto momentâneo a uma alma ferida, mas o ideal é viver dentro das normas que todos conhecemos para uma vida feliz. Infelizmente, as circunstâncias e os envolvimentos levam-nos a situações que fogem ao nosso controle pelo prazer que elas nos proporcionam. Há indivíduos que se escravizam e se tornam presas fáceis de mentes poderosas de convencimento.

A viagem foi tranquila. Depois da tramitação legal na alfândega, peguei a minha bagagem e me dirigi àquele endereço. Era uma pensão destinada a moças de outros países. Identifiquei-me, mostrei o meu passaporte, paguei a primeira mensalidade e tive pousada naquele lugar.

Ao chegar ao apartamento faltou-me coragem para abrir as malas e colocar os meus pertences nos lugares que me eram destinados. Deitei-me na cama e fiquei algum tempo imaginando o que fazer. O cansaço da viagem e os pensamentos que povoavam a minha mente não me davam sossego para dormir. Agora, era dona absoluta de minha vida, sem a proteção da família e nem mesmo do país onde nasci. Tinha a minha frente o maior de todos os desafios. Era uma situação difícil de ser encarada porque não tinha objetivos ou planos de vida. Sentia-me perdida num labirinto sem conhecer a trajetória para uma saída.

A noite caminhava lenta, de forma angustiante. Respirava um ar tenso e pesado. Olhava aquele teto escuro de madeira desgastada pelo tempo, tirando as minhas conclusões sobre a vida e como e por que estava ali, desprotegida e sozinha. Os sonhos que me foram dados sonhar se foram sem deixar nenhum rastro, sem me dizer, ao menos, onde eu os encontraria se quisesse mudar de ideia. Estava, agora, abandonada a minha própria sorte. As oportunidades que me foram oferecidas para vivenciar uma vida feliz, de luxo e riqueza, tornaram-se algo de um passado distante. Um turbilhão de dúvidas mergulhava na minha alma numa profunda tristeza.

Finalmente, o dia surgiu e o sol apareceu numa fresta da janela, avisando-me que eu deveria tomar uma atitude. Mas qual? Como? Até a coragem de me levantar dali resolveu dar um passeio em algum lugar inacessível que eu não conseguia encontrar.

De súbito, alguém bateu à porta avisando-me de que o almoço estava sendo servido. Concluí de imediato que como eu não tomara café da manhã, alguém, preocupado com a minha ausência até aquela hora, decidiu me chamar, talvez imaginando que eu estivesse morta. Aliás, seria até um alívio para a minha alma se eu tivesse morrido. Infelizmente, essa hora não tinha chegado e eu ainda viveria outros momentos de felicidade ou sofrimento. O caminhar de nossas vidas é complexo e nunca sabemos o que o futuro nos aguarda. É uma incógnita que está acima do nosso pensar.

Será que realmente construímos as nossas vidas? Não é o acaso que nos leva a viver dessa ou daquela maneira independentemente de nossas decisões? São dúvidas que nos cercam quando nos sentimos perdidos. O viver é agora. O passado é um molequinho travesso que nos trapaceia desafiando o que planejamos para o futuro. Mas como se comportará o futuro se não tivermos uma direção a seguir? Ele também tem as suas normas, ou tudo acontece ao seu bel-prazer? Esses questionamentos nos deixam vulneráveis diante da vida e nos impossibilitam de tomar uma decisão.

Por outro lado, ficar sentado em algum lugar esperando por alguma coisa que não temos certeza é estarmos sujeitos a tempestades, trovões ou até mesmo um raio nos partir pelo meio. Nesse momento, uma atitude, seja ela qual for, é necessária para que a vida continue neste mundo de tantas turbulências e desencontros.

Cheguei ao refeitório, cumprimentei as pessoas que ali estavam e sentei-me em uma mesa esperando que alguém trouxesse o meu almoço. Olhando em volta percebi que eu mesma deveria me servir dos alimentos que estavam sobre uma grande mesa ao lado. Dirigi-me àquele lugar, peguei um prato e não sabia o que comer. Até a fome me abandonara.

Depois de algum tempo voltei à mesa com o prato vazio e fiquei observando o movimento das demais pessoas. Algumas comiam aquelas iguarias com uma sensação de prazer, outras com gula e outras degustavam cada porção como se fosse a melhor comida do mundo.

Então se aproximou de mim uma empregada da pensão e me perguntou se eu gostaria de comer alguma coisa diferente do que estavam sendo servido. Respondi que gostaria de tomar apenas um café. Ela me indicou onde encontrar. Enchi uma caneca, voltei à mesa e comecei a tomar aquela bebida sentindo uma sensação de profunda tristeza em cada gole. Era exatamente como a minha alma se sentia: obscura, sofrida e de gosto amargo.

Voltei aos meus aposentos. Ao entrar vi a minha cama arrumada e os meus pertences em seus devidos lugares. Percebi, naquele instante, estar hospedada em um lugar diferenciado. Essa surpresa me fez refletir que eu deveria ter um comportamento diferente, mesmo porque ninguém dali tinha culpa dos meus transtornos mentais e da minha inusitada vida no meu país de origem.

Tomei um banho. Vesti uma roupa confortável e liguei a televisão. Um capítulo de uma novela brasileira estava sendo transmitido. Troquei de canal. Não queria, por enquanto, ter lembranças de um passado que ficara para trás.

Os dias passavam numa lentidão exasperante. Nos horários das refeições comparecia ao restaurante, comia alguma coisa e voltava para os meus aposentos para dormir. Por vezes o sono fugia, obrigando-me a vivenciar as razões que tinham me levado a um país tão distante. Sentirmo-nos culpados é assumir os nossos erros e tentar uma mudança visando a uma vida melhor ou, pelo menos, diferente.

Se, por um lado, sentia saudade da minha família, por outro, sentia um ódio mortal de colegas, dos amigos, e uma falta terrível quase descontrolada das drogas e de bebidas. Era um viver perverso e real. Em alguns momentos em que me era dado o direito de pensar, eu achava que meu pai deveria ter me mandado para um hospital psiquiátrico e nunca para onde eu estava.

Um dia, decidi sair para caminhar e conhecer a cidade. Tinha medo de que as minhas pernas se atrofiassem e não mais atendessem ao comando do meu cérebro. Depois de ver algumas ruas, igrejas, casas antigas, calçadas irregulares e vendedores ambulantes pelas ruas, parei numa praça e sentei-me em um banco. Tudo era desconhecido. Durante o tempo em que ali permaneci, não vi passar uma só pessoa conhecida. Estar em um país diferente é a pior sensação que se pode enfrentar. Não ouvir um "bom dia", um "boa tarde", ou não ver um único sorriso amigo nos faz sentir um aperto dolorido no coração por estarmos longe do que nos é familiar.

A noite se aproximava e o medo de imprevistos me impôs voltar àquela moradia provisória. Ao chegar à portaria, a funcionária, com um sorriso largo, entregou-me uma carta dizendo ser do Brasil. Peguei-a avidamente e subi aos meus aposentos para lê-la. Rasguei o envelope com tal desespero que quase rasgo a carta também. Ela, humildemente, deve ter pensado: "Não me destrua. As notícias são amenas".

"Querida filha,

Em primeiro lugar, gostaria que você soubesse que estamos com muitas saudades de você. Desde a sua partida a casa está envolta em um grande vazio. O seu quarto continua arrumadinho e sempre na certeza de que um dia você voltará a dormir nele. Tenho tentado conter as lágrimas para não envolver os demais com a minha tristeza.

Percebo que a angústia que o seu pai está sentindo está num limite insuportável. O seu irmão continua gastando o dinheiro do seu pai com drogas e sem estudar ou trabalhar. É um suplício que me atinge sem nada poder fazer. Na segunda-feira passada, ele foi novamente preso por uma confusão que ele armou em um bar da cidade. O advogado foi chamado e este exigiu um valor altíssimo para tirá-lo da cadeia. Os negócios vão de mal a pior. As dívidas se avolumam e as vendas estão abaixo do previsto.

Desculpe ter necessidade de lhe passar essas notícias. Eu nem tenho mais com quem conversar. Os amigos estão fugindo com receio de serem levados de roldão para o precipício que nos acerca.

E você, filha? Como chegou e como estão os seus dias nesse lugar? Estou ansiosa para receber as suas notícias. Tenho rezado todos os dias para que você descubra uma nova linha de conduta que a leve à felicidade ou, pelo menos, a dias mais suaves. Tenha cuidado ao fazer amizades. No mundo de hoje não é mais possível confiar em ninguém em nenhum lugar do mundo.

O Cláudio Sampaio, aquele jornalista, noticiou a sua ida para Lisboa. Toda a cidade soube de sua viagem. Em tom jocoso escreveu: "Procópio Araújo manda a filha para outro continente na tentativa de livrá-la dos comentários de seus munícipes". Não tenho notícias do Gustavo e nem de sua família. Parece que o chão se abriu e todos entraram com vergonha do ocorrido ou para se livrar de percalços imprevistos. A população nunca fica toda junta ao lado de um fato. Ela se divide conforme a consciência de cada um. E cada um reconhece também os seus desvios e problemas.

Que Deus a abençoe. Aguardo as suas notícias em breve.

Beijos de sua mãe, Maria Araújo".

Coloquei a carta sobre uma mesa ao lado e refleti que as coisas no Brasil estavam distantes de um final feliz. O dinheiro de que dispunha era suficiente para apenas seis meses em Lisboa, mas isso fazendo economia, pagando e comprando apenas o indispensável.

Levei o meu pensar para algum lugar bem longe do universo. Precisava encontrar outra galáxia onde pudesse me esconder ou procurar um caminho no planeta Terra e começar uma jornada diferente. Coloquei essas alternativas em algum compartimento do meu cérebro e fiquei aguardando algum milagre dentro de um cerco que se fechava na proporção direta do passar dos dias.

Era imperiosa a necessidade de responder a carta de minha mãe pelo menos para diminuir o seu sofrimento ao saber que estou sofrendo, mas viva.

"Querida mãezinha,

Recebi a sua carta e gostaria de lhe dizer que, dentro do possível, estou bem. A saudade também não se desgruda de mim um só momento. Nunca imaginei que viver em um país estranho seria tão difícil. Não se encontra conhecidos, não se respira aquele ar a que estávamos acostumados e não se tem nenhuma perspectiva de vida. Sinto-me como se o tempo tivesse parado, não me dando a menor chance de uma mudança em curto e longo prazo. De vez em quando caminho pelas ruas de Lisboa procurando alguma coisa que não sei ao certo o que é. Há muitos casarões antigos que não me dão inspiração para o que aprendi na faculdade. A impressão que tenho é que o mundo parou neste lugar há séculos. É deprimente viver aqui.

Por outro lado, acredito que o meu estado de espírito veja tudo de forma negra e sem brilho e que essa realidade esteja somente envolta nos pesadelos que me acompanharam na viagem e que teimam em não se afastar de mim. Não é fácil me livrar das angústias pelas quais passei. Ainda mais porque não tenho ninguém para compartilhar do meu sofrimento.

Espero que amanhã seja um novo dia e que aquela amiguinha que veio comigo, que se chama "esperança", acorde e me faça companhia. Acredito que nem tudo está perdido. Nunca sabemos o que o futuro nos reserva neste mundo hostil. De qualquer maneira, vou dar uma sacudida no tempo e esperar que algo aconteça.

Cuide do meu pai e do meu irmão. Você ainda é um esteio para a sobrevivência deles.

Beijos e abraços para todos.

Esmeralda".

No dia seguinte fui ao correio para enviar a carta para o Brasil. Entrei em uma fila e pela primeira vez encontrei brasileiros, que estava ali com o mesmo propósito que eu.

Logo atrás de mim havia um senhor que aparentava ter 40 anos. Quando me virei os nossos olhares se trocaram e instintivamente começamos a conversar. Ele estendeu a mão e nos cumprimentamos: que estava na Europa em busca de inspiração para construir um condomínio de alto luxo em terras herdadas de seu avô. Ele já tinha viajado por cinco países e Lisboa era o último. A curiosidade invadiu a minha alma e foi nesse exato momento que "esperança" acordou.

Contei-lhe que estava em Lisboa em viagem de férias e que, possivelmente, ficaria por seis meses. Em seguida, ele me convidou para almoçar e de pronto aceitei. Naquela situação em que me encontrava, qualquer caminho diferente me levaria a descortinar outros cenários, para sair da rotina em que vivia há alguns meses.

O restaurante era chique. O garçom nos levou a uma mesa de cuja janela se via uma longa avenida com um movimento intenso de carros e pessoas. Tentei concentrar-me no que ele falava e fui mais ouvinte do que tagarela. Foi-nos dado o cardápio e enquanto pensava no que comer, ele me olhava tirando as suas conclusões sobre o meu físico e, talvez, tentando desvendar o que se passava em minha mente.

Olhava os escritos do cardápio, mas a minha atenção estava pousada nele. Acredito que por ter me demorado na escolha, ele sugeriu que começássemos com um caldo verde e um prato de bacalhau ao forno.

– E para beber? O que você gostaria?

– Apenas água – respondi.

Percebi na fisionomia dele um leve espanto. Ele pediu vinho e eu me conformei com a água. Eu até poderia lhe fazer companhia no vinho, mas o medo de perder o controle fez-me ser prudente. As experiências da vida são obtidas somente depois que passamos por momentos difíceis.

Enquanto esperávamos nossa comida, ele segurou as minhas mãos e falou:

– Seu nome é Esmeralda, certo?

– Sim.

– Você sabia que esmeralda é o nome de uma pedra preciosa que propicia ao usuário equilíbrio físico, emocional e mental? E além de tudo, é uma pedra feminina. Certamente, quando seus pais escolheram esse nome, eles queriam que você fosse assim.

Olhei-o surpresa e ele percebeu meu gesto de espanto. Em seguida, acrescentou:

– Você tem olhos belíssimos, numa tonalidade diferente do verde da esmeralda, mas há uma combinação perfeita de tonalidades. Por acaso você tem alguma joia dessa pedra?

– Não.

– Quando terminarmos o nosso almoço gostaria de levá-la a uma joalheria aqui perto para você ver algumas.

Essa era a primeira vez, em muitos anos, que ouvia elogios de um homem que, embora desconhecido, levava a minha alma sofrida a um alto patamar de elevação. E ele acrescentou:

– Quando eu cheguei à fila do correio, corri os olhos pelas pessoas que ali estavam e quando vi você, fiquei extasiado com a sua beleza. Até pensei que você fosse de origem francesa.

– Não. Sou brasileira, do interior do estado de São Paulo.

Nesse instante, ele me interrompeu e perguntou o que eu estava fazendo em Lisboa. Parei por alguns minutos, fixei o meu olhar dentro dos olhos dele e falei:

– Sou arquiteta formada pela Universidade de Campinas (Unicamp) e estou visitando esta cidade para admirar a arquitetura de séculos passados e também para formular ideias para os meus projetos futuros.

– Admirável! Você é arquiteta? Fantástico! Desta vez eu vim para a Europa com as mesmas intenções. Sou engenheiro civil e pretendo construir, em terras que herdei do meu avô, um condomínio de alto luxo na minha cidade, no nordeste do Brasil.

Estendemos as nossas mãos e as apertamos num pacto enlevante que aquele momento exigiu.

O nosso almoço chegou à mesa. O caldo verde estava delicioso. Há muito tempo eu não saboreava um alimento sentindo a minha alma leve. Comer para matar a fome é diferente quando nos alimentamos na companhia da "esperança" e, ainda, ao lado de um homem que, pelo menos à primeira vista, demonstrava ser especial.

O bacalhau tinha sabor incomparável. Em cada garfada o prazer de comer me deixava leve e confiante em algo que não era palpável. O meu subconsciente me avisava que, naquele momento, estava entrando numa estrada e me deixando ver uma paisagem que iluminava o meu olhar e me transformava numa criatura diferente de até então. Eram os mistérios da vida que não temos condições de entender, de imediato, de forma consciente.

Aquele encontro se prolongou por toda a tarde. Não tínhamos vontade de abandonar um ao outro. A sobremesa tipicamente portuguesa selou o almoço com a doçura da atmosfera que nos cercava.

De supetão, ele me pediu para falar da minha família e como eu vivia no Brasil. Essa foi uma tarefa difícil. Não tinha como fugir. Invoquei os anjos que poderiam estar passeando a nossa volta e pedi para que eles iluminassem o meu pensar para não tropeçar nas verdades que vivi durante muitos anos da minha vida. Iniciei a minha fala afirmando que quando ainda era criança gostava de desenhar e todas as pessoas afirmavam que eu seria artista plástica ou arquiteta. Os seus olhos começaram a ganhar um brilho e percebi que esse começo o agradou. Optei pela Arquitetura e estudei na Unicamp. Havia me graduado há pouco mais de um ano.

Disse que meu pai era um comerciante bem-sucedido e a minha mãe era "do lar". Falei dos meus irmãos e onde eles moravam, e que éramos uma família pequena, mas que, com o casamento do meu irmão e da minha irmã, certamente a família ganhará outros membros.

Também falei que nunca havia trabalhado, porque durante o meu curso eu me dedicava inteiramente aos estudos. Para obter a minha graduação, havia feito estágio em um escritório de arquitetos e tinha feito alguns projetos. Agora, com o meu diploma, gostaria de enfrentar o mundo nesse tipo de trabalho, no qual sinto muito prazer.

– Qual o seu estado civil? – perguntou ele com curiosidade, esperando uma resposta imediata.

– Solteira e sem compromisso afetivo.

Percebi que a mente dele condensara as minhas afirmativas, recusando-se acreditar.

– Você é uma mulher jovem, bela e dona de um diploma de uma das maiores Universidades do Brasil. Onde estão os homens do seu lugar que não souberam admirar o quão fascinante você é?

Sorri. Essa foi a primeira vez em pelo menos dois anos que o sorriso aflorou em meus lábios vindo do meu interior. Ficamos por algum tempo sem falar. Cada um, em seu pensar, tinha interrogações difíceis de serem decifradas.

Esse assunto não teve continuidade, no meu entender, porque um dia ele, talvez, descobriria a razão de eu ser sozinha, sem vinculações a um namorado, companheiro ou admirador.

Interrompendo o silêncio, perguntei:

– E o seu estado civil?

– Solteiro, à procura de uma mulher que tenha outros atributos além da beleza para me fazer feliz. Possuo muitos bens herdados do meu avô e pretendo, em futuro próximo, construir um grande condomínio na minha cidade, no Nordeste do Brasil. Sou engenheiro civil e trabalho com o meu pai desde adolescente. Sempre tive uma ocupação e estudos simultaneamente. O meu pai tem uma empresa imobiliária de grande sucesso. A minha mãe é professora e tenho uma irmã que é casada com um comerciante do ramo de construção. Está aí a minha vida, que lhe ofereço para as suas conclusões.

A tarde já dava sinais de sua partida quando saímos do restaurante. Ele segurou a minha mão e fomos a uma joalheria, nas proximidades, para que ele me mostrasse algumas joias com pedras de esmeralda, conforme prometera. Ainda, acrescentou que da última vez em que estivera em Lisboa, comprara um anel nesse lugar e presenteou a sua genitora.

Entramos na loja e fomos atendidos por uma funcionária. Ele, em tom de brincadeira, diz para a vendedora:

– Mostre-me, por favor, algumas peças com esmeraldas na tonalidade dos olhos da minha acompanhante!

Ela olhou para os meus olhos, sentindo uma responsabilidade muito grande em cumprir o que ele queria. Sentados a uma mesa com tampo de vidro, ela nos mostrou anéis, colares, broches e até um relógio. Fiquei sem palavras e surpresa com as joias que via e manuseava. Ele agradeceu a vendedora afirmando que voltaria outro dia para decidir o que comprar.

Nesse instante e já andando pela calçada, ele parou, olhou para mim e perguntou:

– Onde você está hospedada?

– No Hotel Santa Cruz, situado à Rua do Arsenal. É um lugar destinado a moças que vêm de outros países. Continuamos o nosso caminhar e quando chegamos à frente da pensão ele me perguntou quando poderia desfrutar da minha companhia novamente. As palavras fugiram e eu não conseguia responder.

– Já que você não tem resposta, eu tomo a liberdade de lhe dizer que amanhã, por volta das 11h, estarei aqui a sua espera.

– Combinado – respondi.

Ele beijou levemente o meu rosto e se foi.

Entrei em meu apartamento, deitei-me na cama e tive a sensação de que estava sonhando. Vivenciei cada segundo desde o momento em que o conheci e a sensação que tinha era que, embora fosse real, ainda não tinha condições de acreditar. Levantei-me, olhei o meu rosto diante de um espelho e tive uma conversa séria comigo mesma. Precisava, urgentemente, juntar todo o meu passado, colocar numa caixa e despachar para outro planeta onde jamais eu tivesse notícias de onde ela estaria. Era emergencial essa providência.

Não consegui dormir. O sono, querendo dar a sua contribuição para essa possível mudança, desapareceu, para que eu pudesse analisar friamente que uma porta estava se abrindo e que eu deveria entrar revestida de outro caráter e de uma nova forma de proceder. Em seguida, pensei: "Todos temos o direito a uma nova chance na vida!".

Não é tão simples uma transformação dessas. As marcas que ficam em nossa alma são difíceis de serem extintas e, certamente, esquecê-las leva algum tempo e um esforço sobrenatural. Será que eu conseguiria? Pelo menos iria tentar. No meu entender há duas formas de se aprender a viver: uma, é observar o comportamento das pessoas e tirar lições proveitosas e, a outra, é passar por transtornos e entender que o sofrimento é, por vezes, muito cruel.

Por volta das 11h estava no saguão da minha pensão, esperando-o. Ele foi pontual. Ao se aproximar de mim beijou o meu rosto, segurou a minha mão e saímos para viver mais um dia cheio de esperança e bem-estar. Disso eu tinha certeza.

Ele tinha alugado um carro e, quando entramos, ele me perguntou onde eu gostaria de ir.

– Deixo ao seu encargo a escolha do lugar – respondi, e percebi que ele gostou dessa afirmativa.

– Você já visitou a Torre de Belém.

– Não – respondi.

Durante o trajeto, ele me falou desse ponto turístico afirmando ser uma obra de arte da engenharia utilizada há séculos pelos portugueses. Certamente, por eu ser arquiteta, eu iria gostar.

Chegamos ao local. Achei um deslumbramento. Ao lado, o Rio Tejo dava um ar de perenidade àquele monumento. Nós nos sentamos nas proximidades, ele segurou as minhas mãos e declamou uma poesia de Fernando Pessoa, escritor português, sobre o rio, dizendo ser essa a primeira declaração de amor que me fazia.

– Certamente, outras virão – ele afirmou.

"O Rio de Minha Aldeia

O Tejo é mais belo que o rio que corre pela minha aldeia.

Mas o Tejo não mais belo que o rio que corre pela minha aldeia

Porque o Tejo não é o rio que corre pela minha aldeia,

O Tejo tem grandes navios

E navega nele ainda,

Para aqueles que veem em tudo o que lá não está,

A memória das naus.

O Tejo desce de Espanha

E o Tejo entra no mar em Portugal.

Toda a gente sabe isso.

Mas poucos sabem qual é o rio da minha aldeia

E para onde ele vai

E donde ele vem.

E por isso, porque pertence a menos gente,

É mais livre e maior o rio da minha aldeia

Pelo Tejo vai-se para o mundo.

Para além do Tejo há a América

E a fortuna daqueles que a encontram.

Ninguém nunca pensou no que há para além

Do rio da minha aldeia

O rio da minha aldeia não faz pensar em nada.

Quem está ao pé dele está só ao pé dele".

E, então, ele acrescentou:

– Estou aos seus pés. Quero descobrir tudo o que você tem atrás desse par de olhos verdes, desse belo corpo, e também a razão de estar aqui sozinha, em Lisboa. Pelo que percebi, para ele era um mistério intrigante a minha situação em Lisboa. Havia muitas interrogações em seu pensar.

A emoção invadiu aminha alma e trouxe à tona sentimentos que estavam adormecidos.

As lágrimas pediram licença para brotar nos meus olhos. Deixei-as desfilando pela minha face e dando a minha pequena contribuição para aumentar as águas do Rio Tejo. Durante algum tempo ele nada falou. Apenas me olhava, como querendo adivinhar o que a minha mente pensava.

Senti-me valorizada por esse ainda desconhecido homem que, casualmente, conhecera havia muito pouco tempo, e pensei: "Nem tudo nesta vida está perdido". E invocando o velho ditado: "Onde há vida, há esperança".

As surpresas podem chegar a qualquer momento ou lugar. Às vezes, estamos preparados ou não. O importante é ter noção de que elas existem e reservar um lugar para recebê-las com honras quando aportarem em nossas vidas.

Sei que, por algum tempo, fui manipulada por pessoas que me despertaram ao prazer perigoso do sexo e das drogas. Mas estava ressurgindo das cinzas, como a legendária lenda grega da Fênix. Estava descobrindo que há um mundo diferente e homens também, e que viver de forma consciente e dentro dos preceitos normais pode nos levar a uma vida feliz. A danadinha da esperança, que eu trouxera na viagem comigo, estava me dando força e coragem.

A tarde avançava e eu me sentia acolhida por ele. Visitamos aquele ponto turístico e tiramos muitas fotografias. Tentava sorrir não apenas com os lábios, mas com o coração. A companhia dele ensejava-me um comportamento dentro de suas expectativas: estar feliz.

Caminhamos por algum tempo de mãos dadas e eu sentia que uma energia positiva se apossava da minha alma. Paramos um momento, ele segurou o meu rosto e beijou os meus lábios. Um frio de emoção me deixou arrepiada, como se eu fosse uma adolescente recebendo o primeiro beijo do namorado. Descobri que, nesse momento, eu estava me tornando uma mulher diferente e sonhadora.

Acredito que aquela mala que despachei para o universo com todas as mazelas que assolaram a minha vida nos últimos anos deve ter encontrado um lugar tão distante que, certamente, nunca mais voltará ao meu convívio. Viver em outros termos e sentir outras emoções é uma premissa que estava disposta a assumir. Empenhava-me, agora, numa mudança radical de vida. Faria uma varredura total dos percalços anteriores e buscaria novos horizontes que me conduzissem à felicidade. Se nesse caminhar ainda não fosse esse homem, certamente, eu teria outras oportunidades. O importante mesmo era que eu me sentia livre para escolher uma nova estrada e com muita motivação para seguir em frente.

Em poucos dias surgiu na minha frente esse homem, trazendo-me novas perspectivas de vida. Parei para pensar e concluí que eu não era realmente tudo o que o Gustavo falou naquela noite tenebrosa. Eu estava à mercê de situações que, quando aconteceram, eu não tive forças para repudiar. Na vida há prazeres que são deveras torturantes e que por algumas circunstâncias mudam o nosso viver de forma radical.

Enquanto a minha mente vagava buscando uma razão para aquele passado que teimava em não se afastar de mim, Francisco me convidou para jantar no restaurante do seu hotel. A dúvida apareceu apressadinha e me falou ao pé do meu ouvido: "Sugira outro lugar. Esse pode ter você como sobremesa".

– Por que não vamos ao restaurante Feitoria? Um amigo do meu pai me recomendou esse lugar.

– Quem manda é você! – E lá fomos nós, dessa vez, jantar juntos.

A noite estava com uma temperatura amena e o lugar era realmente acolhedor. Durante aqueles momentos conversamos sobre assuntos diversos e ele estava muito empolgado com seus projetos de construção do condomínio de luxo.

– Veja a coincidência–falou ele. – Eu sou engenheiro, você arquiteta e o meu cunhado tem uma loja de material de construção, onde podemos comprar com preços especiais para construir os imóveis. Você quer me acompanhar nesse projeto?

A surpresa dessa proposta me conduziu a um lugar desconhecido, mas de uma amplitude que me deixou visualizar um mundo que até pouco tempo antes não estava nos meus planos. Os meus olhos ganharam um verde de esperança e a minha mente se abriu num leque de um tamanho tal que não sabia o que responder.

Segurei as mãos dele e perguntei:

– Você fala de verdade? Você quer realmente que eu seja a arquiteta dos seus projetos?

– Sim.

Um clarão se abriu na minha frente e vivenciei, pelo que parecia uma eternidade, o bem-estar dessa afirmativa

Aproximava-se do horário de encerramento das atividades do restaurante. Saímos e já dentro do carro, ele me perguntou:

– Onde você quer ir agora?

– Para a minha pensão. Preciso refletir sobre a sua proposta.

E ele insistiu:

– Você aceita ou não?

– Aceito. Negócio fechado!

Ele parou o carro, abriu a porta do meu lado e, quando eu saí, ele me deu um abraço selando o nosso compromisso. O seu corpo encostado ao meu, numa troca de calor, deu-me a certeza de que tudo era de uma seriedade em que não cabia nenhuma dúvida.

Assumi, naquele momento, um compromisso que me levaria a um lugar sem saber ao certo o que encontraria. Mas pensei: "Quando se está perdida, qualquer estrada é caminho", e aquele poderia ser o porvir que ansiava.

Despedimo-nos à porta da pensão com outro abraço, dessa vez mais caloroso e até um pouco sensual. Ele segurou o meu rosto com ternura e afeto e nos beijamos. Como é diferente o início de um relacionamento em que os sonhos gotejam cercados de previsões animadoras e cheias de mistérios!

Sentei-me a uma mesa em meus aposentos e escrevi uma carta para a minha mãe contando as novidades sobre Francisco. No dia seguinte, fui cedinho ao correio e enviei aquela missiva.

A ansiedade ficou de plantão, aguardando uma resposta da minha mãe sobre esse homem que estava entrando em minha vida com características e oportunidades inéditas.

O telefone tocou e era Francisco, convidando-me para visitar outro ponto turístico de Lisboa.

Aceitei de pronto e lembrei-me: quando se conhece uma nova pessoa, vamos descobrindo coisas interessantes sobre o seu caráter, suas atitudes diante da vida, seus sonhos, seus desejos, e tudo isso vai se condensando em nossa mente, levando-nos a conclusões boas ou ruins. Nesse caso, eu tinha muito a aplaudir, os momentos que vivenciamos, embora saibamos que as aparências podem nos enganar. Eu ainda não tinha experiências amplas na vida. Até então havia vivido cercada e amparada pela família e com algumas companhias que só tinham me dado problemas e desencantos.

Estava descobrindo um novo viver e sentia o brilho do sol e um calor que aquecia a minha alma. A minha intuição me revelou que encontrei a pessoa certa na hora exata. Agora, tinha obrigação de me transformar de lagarta em borboleta, passando pelos traumas comuns da metamorfose. E, ainda, eu ansiava ser feliz. A infelicidade é tenebrosa e cruel.

Ele chegou com uma fisionomia encantadora. Abraçou-me e me beijou levemente. Ao entrar no carro, ele falou:

– O passeio de hoje é uma surpresa para você.

Em seguida, perguntou-me como havia passado a noite e se havia sonhado com ele. Dei uma gargalhada sincera e falei:

– Eu estou sonhando com você desde o primeiro momento que o conheci.

As nossas mãos se encontraram numa certeza de que ambos sentíamos o mesmo.

Fomos ao Convento do Carmo, um lugar fantástico que, conforme ele me falou, foi construído em 1389 e é um dos grandes símbolos da riqueza arquitetônica dos portugueses. Ficamos lá até o anoitecer para admirar a beleza do pôr do sol, numa mudança de tonalidade de cores que torna esse monumento um dos únicos no mundo.

Estávamos sempre de mãos dadas e nessa troca de energia sentia que as influências negativas que tinham se apoderado de mim havia algum tempo estavam se despedindo sem me revelarem para onde iriam. Era muito importante essa limpeza profunda para que eu pudesse ter um novo e promissor horizonte. Era uma ajuda do Criador, certamente, como resultado das orações de minha mãe e do desejo da minha família. Sentia-me leve como uma pluma voando sob o olhar e a supervisão de Francisco Negrini.

Fomos jantar novamente, dessa vez em um lugar de escolha dele, Cantinho do Avillez.

Acompanhei-o em um vinho verde com aquela saborosa comida. Eu levava o cálice aos lábios e molhava-os apenas, só para lhe fazer companhia. Ainda me assustava o terror que o álcool me causou. Cautela era uma palavrinha mágica que deveria me acompanhar sempre para não cometer desatinos. A noite caminhava e as nossas conversas recheadas de sonhos iam dando espaço para a concretização em um futuro próximo.

Já passava da meia-noite quando ele me convidou para voltar ao Brasil em sua companhia. Segundo ele, a vida se tornaria insossa sem a minha presença em seu viver. Confessou-me, ainda, que embora me conhecesse superficialmente, o seu "feeling" lhe dizia que eu era a pessoa com quem ele gostaria de viver por toda a vida. Era um pedido formal de casamento carregado de muita emoção.

Ao ouvir essa segunda declaração de amor, a minha alma elevou-se ao infinito e em frações de segundos visitei as estrelas mais brilhantes, fiz pousada na lua e deixei que o sol me desse o calor de seus raios para ser possível, ao voltar à Terra, estar pronta para assimilar essa confissão provinda de um homem que não conhecia o meu passado, mas que confiava em mim. Era uma responsabilidade que me obrigava a corresponder a sua expectativa.

Por "um século" fiquei muda. As palavras e os pensamentos se misturaram e assim como faz um computador, recebi todas as informações, embaralhei tudo e, no final, deu um resultado exato e absolutamente correto. Aceitei. Em seguida, falei que precisava telefonar para os meus pais para comunica-los dessa decisão.

– Vamos conversar juntos. Eu falo com eles.

Saímos do restaurante e fomos para uma cabine de telefone no hotel dele. Durante esse trajeto eu me senti andando sobre as nuvens, como se fosse um terreno firme sem nenhum receio de uma queda.

Discamos o número de casa. Naquele momento os meus pais deveriam estar em casa, pela diferença do fuso horário entre os dois países. Alguém atende.

– Alô, quem fala?

– Procópio.

– O senhor é o pai de Esmeralda Araújo?

– Sim. Quem fala?

– O seu futuro genro.

– Como? Quem é o senhor?

– Sou Francisco Negrini, nordestino, brasileiro, estou visitando a Europa e conheci a sua filha Esmeralda, aqui em Lisboa. Estou encantado por ela e acredito que isso é recíproco. Prazer em falar com o senhor.

– O prazer foi meu. Por favor, eu posso falar com ela?

– Sim.

Com o telefone nas mãos e com uma emoção exageradamente à flor da pele, falei:

– Alô, pai.

– Você está bem?

– Sim. Estou ótima e conhecendo lugares maravilhosos na companhia dele. Eu lhe enviei uma carta há dias contando como o conheci. Eu acredito que já deve estar chegando.

– Ok, filha. Por favor, tome cuidado. Espero que você tenha realmente encontrado uma pessoa decente e de bom caráter.

– Eu acredito que sim, pai.

– A sua mãe lhe manda um abraço e tenha certeza de que estaremos aqui orando a Deus para que o seu caminho seja na direção de sua felicidade.

– Um beijo, pai. Para a mãe também.

Já estava em Lisboa há quase três meses e os últimos dois ao lado de Francisco, conhecendo lugares fantásticos e tendo atenção e carinho que ele me proporcionava.

À noite fomos jantar em outro belíssimo restaurante e quando sentados, aguardando as iguarias, ele me convidou para, no dia seguinte, irmos passar um fim de semana numa cidade próxima de nome Cascais. Falou-me que ficaríamos num famoso hotel em frente ao mar. Foi um instante de surpresa, bem-estar, dúvidas e curiosidade. Rezei para todos os santos do universo para que eles me dessem uma postura de "lady". Iria experimentar agora uma prova de fogo no meu proceder. Na certeza de que tinha enviado aquele meu passado para algum ponto do infinito, agora iria vivenciar um grande desafio. Ele segurava as minhas mãos olhando dentro dos meus olhos à espera da minha concordância.

– Sim, iremos – falei.

Por volta das dez horas do dia seguinte, ele chegou à porta da minha pensão com uma fisionomia de intensa felicidade. Na minha mala tinha tudo que iria precisar e dentro da minha mente uma lembrança de tempos idos, quando eu sonhava, um dia, conhecer um homem que pudesse me fazer feliz. Vesti-me de uma armadura de pureza e com a alma livre da contaminação de que fui alvo parti ao lado de Francisco.

Durante a viagem pouco falamos. Ele, preocupado, na direção do veículo, e eu concatenando ideias para fazê-lo feliz e me sentir também.

Chegamos ao hotel. Um luxo. Acredito que todos os apartamentos tinham vista para o mar. A praia, ao alcance dos nossos pés, bastando apenas dar um passo fora da porta.

Depois das exigências de praxe e de posse das chaves, dirigimo-nos ao quarto acompanhados do funcionário que transportava as nossas malas. Ao entrar, o meu coração fez alguns disparos. A minha mente, ainda relutando em acreditar que aquele momento era real, produziu um profundo respirar e a minha alma fez-me uma confissão: este é um desafio e, dependendo do sucesso do seu comportamento, poderá lhe levar a uma vida de felicidade. A única alternativa de que dispunha no momento era acreditar que tudo sairia perfeito.

O meu nervosismo era aparente. Ele me abraçou e perguntou:

– Você já esteve assim, sozinha, num quarto de hotel ou em outro lugar com um homem?

Não sabia o que responder. As evidências me denunciariam dentro de algum tempo. Ele, percebendo que eu me recusava a prolongar esse assunto, fingiu entender ou preferiu ignorar a resposta que eu daria. Ele me abraçou, beijou o meu rosto e me perguntou se eu estava feliz ali ao lado dele.

– Sim. Estou muito feliz.

E, assim, ele continuou o seu discurso:

– Fique tranquila. Só iremos fazer o que você permitir. Não quero lhe causar nenhum constrangimento. Fique à vontade, relaxe, respire e eu ficarei esperando até quando você sentir que tem vontade de me abraçar. Sentou-se em uma poltrona ao lado da minha, juntamos as nossas mãos e nessa troca de energia vivenciamos os momentos mais sublimes de um primeiro encontro amoroso.

Levantei-me devagarzinho e fui até a janela onde se descortinava um mar imenso que, naquele momento, tinha as águas calmas e de um azul profundo. Em seguida, ele se levantou, abraçou-me pela cintura e começou a beijar a minha nuca. Desfilou as suas mãos em meus cabelos, descendo-as pelo meu corpo. Nesse momento senti uma explosão do querer e do sentir em seu grau mais elevado do prazer. Virei-me e trocamos beijos e abraços.

Sugeri que precisava tomar banho.

– Vamos fazer juntos?

– Sim.

Entramos naquele banheiro e com o cuidado e a parcimônia de quem não tem pressa, ele foi tirando a minha roupa simultaneamente com a dele. Enfim, nus. Os nossos corpos se encontraram debaixo do chuveiro e ele deslizava o sabonete em meu corpo sentindo cada toque num estado de alucinação e prazer. Em seguida, pediu-me que fizesse o mesmo com ele. Ele tinha um corpo atlético, músculos perfeitos e um tesão que me deixou fora deste mundo. Beijou cada poro do meu corpo e numa situação irresistível vivenciei momentos que a minha mente nunca havia sonhado.

De posse de uma grande toalha, ele secou o meu corpo e eu o dele. Ele me segurou em seus braços e me colocou na cama. Eu nunca havia sentido o prazer que ele me proporcionou. Estava consciente de estar descobrindo pela primeira vez um encontro sexual dos mais prazerosos e num clima de amor, ternura e bem-estar. Dormimos embalados pelo cansaço e o dia despontou dizendo que aquele momento seria o início de uma longa vida cheia de encantos. Ao acordar, ele jurou que nunca mais se afastaria de mim. Estava selado o nosso destino.

Ele sugeriu que tomássemos o café da manhã em nosso apartamento porque ele tinha uma surpresa para mim. Junto às iguarias servidas veio um pequeno vaso com flores fresquinhas.

Sentamo-nos e antes de começar a degustar todas as delícias que estavam ali, ele tirou uma caixinha de um pequeno lugar em sua mala, abriu e, dentro dela, havia um esplendoroso anel com uma pedra de esmeralda e diamantes em volta.

Ele colocou o anel em meu dedo e fez o pedido de casamento.

– Quero você hoje e por toda a eternidade.

Então retirou as flores do vaso e me entregou com um beijo em meu rosto. Nesse instante, a emoção subiu ao pódio diante de uma grande plateia e ouvimos todos os aplausos do mundo. A felicidade compartilhou desse momento, deixando-nos leves e confiantes. E a esperança, aquela, que veio comigo do Brasil, dançou uma valsa de Strauss, tornando a atmosfera alegre e cheia de entusiasmo.

O sol invadiu o nosso espaço para aquecer as nossas almas, para que o calor emanado dele deixasse as nossas vidas numa temperatura de conforto e bem-estar. A lua prometeu que logo que o sol descesse no ocaso surgiria para deixar as nossas noites prateadas e cheias de romantismo.

O mar, que estava mais distante, também participou desse evento. As ondas quebravam na praia numa musicalidade como se fosse uma orquestra em que todos os músicos estão conscientes do que executar. As gaivotas que sobrevoavam, naquela manhã, um céu límpido e azul, davam-nos a certeza de que voaríamos ao infinito na realização de todos os nossos sonhos.

Ficamos abraçados e nos beijando por um tempo que não foi possível medir. O calor dos nossos corpos jurou que por toda a vida essa fogueira jamais se apagaria, mesmo com os problemas comuns que acontecem a todas as pessoas pelo caminhar da vida. E nesse enlevo de profunda felicidade tomamos aquele primeiro café da manhã na certeza de que todos os demais aconteceriam em qualquer lugar em que estivéssemos.

Havíamos planejado passar um fim de semana e ficamos uma semana planejando o nosso futuro e traçando objetivos a serem executados quando de volta ao Brasil.

Conforme a proposta dele, nessa volta ao nosso país, havia alguns pontos que eu concordava e outros que me deixaram assustada. Ele sugeriu que fôssemos primeiro para a minha cidade de origem. Lá ele conheceria a minha família, casaríamos no civil e, em seguida, já compromissados viajaríamos para a cidade dele, no Nordeste, e lá faríamos um casamento numa igreja, ressaltando que os seus pais eram católicos praticantes, e ainda uma grande festa.

Não tive a oportunidade de contestar alguns detalhes. Ele falava de maneira firme e consciente, não me dando chances de mudança nesses planos. Era um homem apaixonado, que não queria se separar de mim em nenhum momento. A única solução que me restava era pedir para a minha amiguinha "esperança" que não se afastasse de mim e que as pessoas do meu lugar não criassem nenhum problema na realização dessas decisões. Nunca sabemos o que as pessoas são capazes de fazer quando elas têm a certeza de que nos destruíram e, de repente, surgimos no cenário em um patamar diferente e cercado de muita felicidade.

Saímos do hotel, passamos pela pensão, peguei toda a minha bagagem, paguei o que era devido e me fui com Francisco Negrini para o hotel em que ele estava. Agora, a minha estrada tinha nuances de bem-estar, acompanhada por um homem sensível, inteligente, viril, apaixonado, rico e cheio de sonhos.

Em vista de tudo isso conclui que as oportunidades podem surgir em nossas vidas mais de uma vez. Precisamos aproveitar o que elas nos propõem e, por outro lado, ter um comportamento condizente com esse novo panorama que se abre a nossa frente. É importante abandonar todos os resquícios do passado e viver dentro de uma nova realidade, que poderá nos conduzir a uma vida diferente e cheia de devaneios. São as agradáveis surpresas que o infinito conspira a nosso favor, perdoando-nos de percalços que aportaram em nosso viver. É um renascer da alma, dos sentimentos, da mente e do proceder.

Eu ainda não me sentia apaixonada por ele. Os traumas que relutavam em se afastar do meu pensar diziam que eu fosse prudente. Talvez, o meu maior sentimento por ele fosse o de gratidão. Mas já era meio caminho andado. A confiança absoluta de todos esses devaneios que ele tentava me convencer viria com o tempo, numa convivência ao seu lado, descobrindo o material usado para alicerçar a nossa estrada. Estava pronta e disposta a enfrentar esses desafios.

No dia seguinte, ao acordarmos, ele, percebendo que eu também estava na mesma situação, falou: precisamos telefonar para as nossas famílias para falar sobre os nossos planos, para que eles não sejam pegos de surpresa quando chegarmos ao Brasil. Concordei e de um pulo levantei-me. Senti a minha alma levantando voo numa sensação de vitória e a certeza de estar caminhando num terreno firme cercado por uma vegetação verdinha, muitas flores, cânticos dos pássaros e um riacho de água puríssima banhando os nossos pés. Como é bom ter a sensação da realização dos nossos sonhos!

Os momentos que antecederam essa conversa me deixaram pensativa sobre o que os meus pais sentiriam ao saber que, chegando ao Brasil, eu me casaria em seguida com um homem que mal conhecia. Também, como seria recebida pela família dele na cidade de sua residência. Agora não tinha alternativas. Teria que aceitar o desafio e rezar por um bom desfecho final de tudo que combinamos.

Primeiro, ele falou com os pais e contou como me conheceu. Em tom de brincadeira falou: "Saí de Salvador sozinho e agora chegarei com a minha esposa, uma encantadora mulher, arquiteta e dotada de uma doçura incomparável". Ao ouvir essas palavras, conscientizei-me desse meu perfil visto por um homem apaixonado. Pela sua fisionomia, seus genitores devem ter concordado com as suas afirmativas. Ele me beijou e concluiu:

– A minha família nos aguarda e vão planejar uma grande festa para nos receber.

Com o coração batendo fora do seu ritmo normal, falei primeiro com a minha mãe. Ela me falou que recebeu a minha última carta e que estava ciente de tudo que me aconteceu em Portugal. Estava ansiosa para conhecer esse homem que operou um milagre que, pela sua experiência, só acontece às pessoas a cada cem anos. Estava feliz e confiante de que ninguém naquela cidade criaria problemas para mim. Precisávamos ser discretos e agir com parcimônia porque, normalmente, algumas pessoas não esperam um final feliz depois de tantos contratempos que vivenciei e que foram do conhecimento de todos.

O meu pai ainda se sentia cético com esse envolvimento, todavia garantiu-me que tudo faria para ver os meus sonhos realizados.

E assim, numa tarde em que o sol devagarzinho ia se retirando para que as estrelas, junto ao luar, espalhassem sobre a terra a sua luminosidade, embarcamos em direção ao Brasil.

Durante aquela viagem refleti: saí do Brasil há quatro meses, em direção a Lisboa, acompanhada de todas as amarguras que uma pessoa poderia sentir e, agora, volto com a alma leve e confiante em um futuro ao lado de um homem que me fez renascer e me trouxe muitas esperanças.

Aquela "esperança" que viajou comigo agora voltava feliz e com a certeza de ter desempenhado a sua missão de maneira satisfatória. Convido todas as pessoas do planeta para aplaudi-la de pé.

Os meus pais nos aguardavam no aeroporto e quando nos encontramos apresentei-lhes o Francisco e de lá viajamos em direção a minha casa, no interior do estado.

Durante a viagem contei alguns detalhes para eles de como conheci o meu namorado e, sem omitir opiniões, certamente, eles levavam aquelas informações para os seus pensamentos, vislumbrando como a minha vida havia se modificado, para melhor, numa rapidez instantânea.

Ao chegar a minha casa havia uma atmosfera festiva. Toda a família nos aguardava. Depois da apresentação, os meus pais externaram para Francisco: esta casa também é sua, fique à vontade. Os nossos pertences foram colocados em meu quarto, que agora não era mais de solteiro. Havia uma cama de casal.

Ao entrar senti uma sensação de vitória e a certeza absoluta de estar vivendo um sonho dentro de uma realidade palpável. Como é bom se sentir feliz!

O primeiro jantar em família foi surpreendente. Percebi que todos me olhavam como se eu fosse outra mulher. Havia muitas interrogações em seus pensamentos e muita vontade de entender como esse milagre havia acontecido.

São os mistérios que por mais que relutemos e questionemos, não encontramos uma resposta de imediato. É preciso esperar que o nosso amiguinho que se chama Tempo seja benevolente e nos mostre que tudo nesta vida pode acontecer. Basta tão somente acreditar e, numa meia-volta do caminhar daquela estrada de antes, tenhamos consciência de que o viver desfrutando de felicidade é bem melhor.

Após esses momentos prazerosos, sentamo-nos na ampla sala de nossa casa e todos, curiosos, queriam saber os detalhes de como nos conhecemos. Conforme relatávamos os nossos dias vividos em Lisboa havia em suas fisionomias uma alegria ímpar. Esse foi um momento em que me senti amada não apenas pelo meu futuro marido, mas, também, pela minha família. Senti uma sensação de incrível bem-estar.

Após uma primeira noite no aconchego do meu lar, acordei com uma sensação de vitória e com uma força sobrenatural que me impulsionava a sair pelas ruas daquela cidade, ao lado de Francisco, confiante para as providências da realização do nosso casamento.

Fomos ao cartório civil e cumprimos as normas requeridas. Enquanto aguardávamos a tramitação legal, a minha família sugeriu, de bom alvitre, que fôssemos visitar familiares em outras cidades para que não acontecesse nenhum transtorno advindo de inimigos, do Gustavo ou mesmo do Cláudio Sampaio, o jornalista. Nunca sabemos o que certas pessoas são capazes de fazer quando nos veem em uma situação privilegiada.

Voltamos a nossa cidade um dia antes do evento. A minha família providenciou tudo que foi necessário para uma cerimônia simples, que aconteceu no jardim de nossa casa e com a presença de alguns amigos.

Enfim, estávamos casados. Agora um novo caminho se abria a nossa frente e a certeza de uma felicidade que duraria até a eternidade. O nosso relacionamento era o encontro de duas almas, de dois corpos unidos pelas bênçãos de Deus.

Três dias depois partimos em direção a Salvador, onde moraríamos e colocaríamos os nossos sonhos numa realidade planejada e decidida.

A família do Francisco nos aguardava no aeroporto. Nesse encontro ouvi os mais efusivos elogios a minha beleza e muitos desejos de felicidade perene. O mundo ficou pequeno para o tamanho dos nossos devaneios.

Instalamo-nos na residência de Francisco conforme havíamos planejado e sentia-me confortável num ambiente acolhedor. A mansão situava-se no alto de uma montanha, de onde se avistava o mar até perder-se de vista. Um lugar encantador.

A mãe dele, a senhora Diva, o pai, Eduardo Negrini, e a irmã, Joana, fizeram-me acreditar que essa era também a minha família e ficaram exultantes ao saber do nosso casamento no civil e que dentro de alguns dias celebraríamos o nosso enlace em sua igreja.

Fomos providenciar o vestido que aquela ocasião exigia. Confesso que quando entramos em uma loja e vi diversos modelos, brancos e suntuosos, eclodiu em minha mente aquela noite trágica que vivenciei antes. As lágrimas brotaram dos meus olhos e eu não conseguia disfarçar aquele mal-estar repentino. A genitora de Francisco atribuiu as minhas lágrimas à emoção que é comum as noivas sentirem nesse momento tão importante. Somente eu sabia o trauma que ainda me acompanhava. Como é difícil nos livrar dos momentos terríveis que tivemos em nossas vidas! Eles ficam escondidos, disfarçados e camuflados em nossa mente, e teimosamente aparecem sem nos avisar e sem serem convidados. Por mais que queiramos colocá-los no esquecimento, agem como uma maldição a nos perturbar. Num ímpeto, levantei a cabeça, enxuguei as lágrimas e numa atitude desafiadora, mirei-os e disse: "Fiquem longe! Eu agora sou outra Esmeralda, aliás, sou a senhora Francisco Negrini!".

Munida de coragem e decisão, comprei um daqueles vestidos e todos os apetrechos necessários. A minha sogra e a minha cunhada também escolheram as suas roupas para a ocasião. Saí daquela loja pisando firme, subindo uma escada que me levaria ao meu casamento em poucos dias, e quando percebi ter atingido o último degrau, descortinou-se ao meu redor um cenário de um céu azul sem nuvens, e todo o universo ouvindo a marcha nupcial de Haendel numa apoteose de felicidade. Misturei-me àquela atmosfera de prazer e dispensei os traumas dizendo-lhes que a minha vida tomara outro rumo. E falei duramente: "Desapareçam! O meu pensar não tem mais o mínimo espaço para vocês se alojarem". Fechei aquela porta e tranquei-a com uma poderosa chave, e joguei-a em um lugar onde ninguém a encontrará pelos próximos mil anos.

O nosso casamento foi um grande acontecimento na cidade de Salvador - Bahia. Milionários, políticos e todas as classes sociais distintas fizeram-se presentes. A igreja, que tinha as paredes revestidas em ouro, contrastava com as flores alvas espalhadas em arranjos feitos especialmente para essa ocasião. Foi deslumbrante entrar segurando o braço do meu pai e o meu noivo à minha espera no altar ao lado das famílias. A marcha nupcial de Haendel ficou a cargo do organista da igreja. Cada nota musical acompanhava os meus passos num verdadeiro delírio de felicidade. Esse foi um enlace com todos os detalhes de uma solenidade verdadeira.

O jornalista Cláudio Sampaio estava acompanhando todo o desenrolar da minha vida quando de volta ao Brasil. Esses profissionais são matreiros e competentes quando querem dar um furo de reportagem que lhes pode render uma compensação monetária altíssima. Dois dias após o meu casamento na capital, o jornal da minha cidade estampou fotos de todo o evento e comentários dos mais audaciosos. "Esmeralda Araújo conhece um milionário baiano em Lisboa e casa-se com ele em uma suntuosa festa na capital da Bahia".

Felizmente, eu só tomei conhecimento dessa notícia cinco anos depois. Os meus pais guardaram a sete chaves esse jornal, talvez por precaução. Sobre o meu torturador, Gustavo Almeida, nada se comentou. Acredito que a terra se abriu e ele foi tragado e enterrado vivo. Nunca mais se falou ou comentou nada a respeito. Passados tantos anos fico imaginando a decepção de alguns moradores ao saberem dessa volta por cima que a vida me proporcionou. Surpresas são surpresas e hoje, certamente, fiquei no ostracismo porque outros fatos e outras situações semelhantes devem ter ocorrido com outros moradores. A vida não poupa ninguém!

Adaptei-me à nova vida cercada pelo carinho de todos. Numa noite, depois de momentos de sexo, prazer e emoção, o meu marido me falou:

– Amanhã vamos pegar o helicóptero e sobrevoar as terras onde iremos construir o condomínio de luxo. – Beijou-me e, roçando os seus lábios em meu rosto, afirmou: – A minha arquiteta terá toda a inspiração para desenhar o melhor para deixar o nosso projeto um dos mais belos desta cidade. – Concordei.

A emoção inundou a minha alma de felicidade quando sobrevoei aquelas terras num relevo irregular perfeito para serem construídas mansões com características próprias. Trabalhávamos, em média, 10 horas por dia. A primeira mansão a ser construída foi a nossa. Fizemos também um escritório ao lado, como ponto de venda das demais que construímos. Por vezes, sentava-me na varanda e deixava o meu olhar se perder naquela imensidão de terras, tendo como cenário o mar numa distância razoável. Em noites de lua cheia, ela surgia devagarzinho, deixando aquele lugar numa atmosfera de puro romantismo.

O meu marido era um homem perfeito no trato, nas decisões, no trabalho e também na cama. O nosso namoro se prolongava por toda a vida. A cada dia ficávamos mais apaixonados um pelo outro. O entendimento nos negócios era sempre de comum acordo. O nosso viver era cercado de muito amor e paixão. Nós merecíamos um ao outro. Não tivemos filhos. Ele era estéril. Em tudo nesta vida há sempre uma falha para que não tenhamos o privilégio de ter o mundo debaixo dos nossos pés. Nada tem perfeição absoluta. Todavia, no contexto do viver, compensávamos essa situação com muitas viagens e uma dedicação aos negócios que se avolumavam, dando-nos muita satisfação e alegria. Finalmente, concluí: Deus existe.

Conto 04

ELISABETE RIBEIRO – O recomeço de uma vida aos 60 anos de idade

Quem a vê caminhando com passadas firmes e corpo ereto não imagina que ela já está beirando os cem anos. Teve diversas profissões durante a vida, viajou por muitos continentes e fala três idiomas fluentemente. Teve grandes amores, que coloriram a sua vida e lhe deram ânimo para prosseguir no viver confiante de que, a cada ano vivido, um novo panorama de muitas realizações aconteceria. Estava certa.

Quando a maioria das pessoas, ao chegar aos 60 anos, está se aposentando e se esquecendo de que ainda há uma longa estrada a ser percorrida, ela estava apenas recomeçando uma nova vida cheia de entusiasmo e de muitos sucessos. Você é o que o seu pensar determinar. Descobriu que ser independente lhe dava o direito de conduzir o seu viver dentro de suas expectativas e, ainda, poderia escolher as companhias e deixá-las quando não mais lhe conviesse. Trabalhava, pagava suas contas e olhava o mundo de frente.

Depois dessa idade ficamos livres de todos os atropelos próprios da juventude e começo da maturidade. Enxergamos o mundo de forma diferente e temos o privilégio de tomar as nossas próprias decisões baseadas nas experiências vividas. É nesse momento que a sabedoria deve nortear as nossas escolhas, embora saibamos que, em muitas ocasiões, os gritos do coração podem superar os da razão. Em vista disso, todo o cuidado é pouco para não naufragar no mar tempestuoso do viver.

O coração pode bater no seu ritmo normal ou de forma acelerada, igualzinho quando tínhamos vinte anos e estávamos iniciando a nossa escalada pela vida. Os sentimentos e as expectativas são semelhantes e com uma grande vantagem porque, agora, eles estão acobertados com um fator importantíssimo: experiência! Essa palavra, que soa de forma suave, é o alicerce que tornará forte a nossa forma de ver o mundo e a confiança de um pisar firme na certeza do sucesso de um relacionamento amoroso nesse patamar da vida.

Observar o proceder, as palavras e pensamentos dos pretendentes é de suma importância para uma análise que nos conduzirá a aceitar ou não aquela companhia. É preciso enxergar o que fica escondido atrás da aparência. Por vezes, é de difícil acesso essa visualização porque a inteligência e o poder de convencimento de alguns podem invadir o nosso pensar e deixar suas ideias marcadas dentro de nossa alma. Nesse instante, mande o coração dar uma voltinha pelo universo e avise para ele que só volte ao seu convívio quando for chamado. Assim, você fica apenas com a razão, para solucionar esse impasse, porque a frieza de sua reação fugirá do calor do sentir.

Para uma longa vida faz-se necessário ter hábitos sadios. Ninguém chega a essa idade cercada de muita felicidade se não tiver observado um detalhe imprescindível: cuidados com a saúde. O mais curioso é que descobrimos que todas as nossas faculdades estão em perfeito estado: o ouvir, perfeito; o paladar não reclama do que comemos; os olhos veem naturalmente; os músculos ainda são fortes; a textura da pele não reclama da idade; o pensar concatena ideias; a postura se mantém sem desvios e, o mais importante, os prazeres do sexo são saboreados e degustados da mesma forma de quando se era jovem. Este último tem conotações surpreendentes. É necessário, todavia, que a química se enquadre de forma perfeita para termos o paraíso à nossa disposição.

Duas coisas importantes para usufruir de uma tranquilidade absoluta nessa idade é ter uma situação financeira estável, amigos e uma família, para o equilíbrio da alma. Morar sozinhos e não nos sentir desamparados dá-nos um alívio permanente de felicidade e a oportunidade de que, quando essa pessoa chegar, encontrar o espaço livre para se acomodar ao seu lado e viver todo o encantamento que lhes for proporcionado. É, também, de bom alvitre, ter ao nosso alcance aquela mocinha primorosa que chamamos de "esperança". Esta deve estar numa caixinha transparente para não a perdemos de vista um só momento. Ela é poderosa e deixa a nossa alma sonhando e visualizando a estrada que iremos percorrer, num cenário colorido, iluminado pelo sol, e nas noites de luar, num romantismo inigualável.

Todos gostam de ser mimados, valorizados, acariciados, respeitados, desejados, amados e olhados dentro de um contexto em que a alma se une ao pensar numa simbiose perfeita para uma vida cheia de encantamento e prazer.

E se tudo isso acontecer mutuamente, merecerá todos os aplausos dos seres vivos do mundo, todos os sons diferentes de tudo que compõem a natureza, num regozijo uníssono de felicidade.

Os contratempos que podem surgir devem ser solucionados com um suporte que tivemos durante a vida e que se chama "experiência". Ela nos deixa permanentemente com a certeza de que tudo tem solução e o amanhã sempre será um novo dia ou um novo recomeço.

Outro fator importante nesse período da vida é a retomada de muitos sonhos que ficaram à espera de uma oportunidade para se realizarem. Agora é o momento certo. Catalogue-os, relembre-os e viva-os com toda a intensidade que lhe for possível. Ainda é tempo para aprender um novo idioma ou outra atividade. Não deixar o corpo inerte é contribuir para uma vida saudável.

Há determinados hábitos que se tornam necessários para quem já passou dos 60 anos: a prática de exercícios é um deles. Os músculos precisam de alongamento para se manterem flexíveis e fortes. O nosso coração agradece o respirar de forma correta para que o oxigênio o abasteça, deixando-o apto para um trabalho diário e, ainda, o cuidado permanente com a postura no sentar e no caminhar. Contrair os músculos do abdômen em diversos momentos deixa o nosso ventre com a pele lisinha e evita que gorduras façam morada nessa região do corpo. Evite bebidas alcoólicas e as drogas. A digestão agradece se não se beber muito líquido enquanto faz suas refeições.

É notório que não existe uma regra igual para todos porque cada pessoa tem as suas necessidades e sua forma de vida que a deixa feliz. O bem-estar de cada um está centrado em suas escolhas e isso deve ser respeitado. Eu acredito que ninguém é feliz doente ou carregando dores em seu cotidiano.

Ter uma atividade ou várias depois dos 60 anos é imprescindível para o perfeito funcionamento do cérebro. Tudo em nosso corpo se atrofia se não for exercitado. Um grande passatempo, a meu ver, é cozinhar. A nossa atenção precisa ficar focada em todos os detalhes para não se exagerar no sal ou no açúcar. O nosso pensar agradece essa atitude. Aliás, já foi comprovado que cada indivíduo deve utilizar cada compartimento da massa cinzenta um por vez. Fazer uma atividade pensando em outra nos tira a concentração necessária para o êxito de cada tarefa.

Os cuidados da aparência nessa idade devem ser observados para contribuir na elevação de nossa autoestima. Não é necessário tingir os cabelos para esconder os brancos porque o que se intitula velhice não está na cor dos fios, mas na postura e determinação que se tem diante da vida. Assumir as rugas que, inevitavelmente, marcarão a nossa face é uma atitude normal. Atualmente, a indústria de cosméticos tem muitos recursos para suavizá-las.

Tudo o que nos acontece durante a vida está no centro do nosso pensar. Somos o que pensamos e, nessa idade, a nossa alma precisa estar inundada dos grandes momentos vividos durante a vida e os ruins, devemos despachar para algum lugar do planeta, onde jamais os encontraremos. Passado é passado e fazer com que a nossa mente os esqueça é uma atitude que nos traz benefícios compensadores.

Aprendemos com os erros e, portanto, estes devem estar fora do nosso alcance para se desfrutar de uma vida prazerosa. A compreensão que devemos ter em muitas situações da vida com as pessoas que nos cercam é de suma importância para um convívio salutar.

Maturidade é viver uma realidade dentro de um mundo de fantasia.

Maturidade é vivenciar cada segundo da vida consciente do seu posicionamento no mundo.

Maturidade é ver o mundo e desfrutar de tudo que nos cerca imbuídos de todos os prazeres que nos são oferecidos pela natureza, pelas pessoas, pelas situações, e saber que estamos vivos e felizes.

Maturidade é recolher todos os sonhos que ficaram pela estrada e realizá-los.

Maturidade é olhar o homem amado com ternura e uma dose altíssima de tesão.

Maturidade é saborear cada toque em nosso corpo, cada beijo, cada carinho e numa atmosfera de encantamento saber que ainda somos aquela fêmea dos tempos idos.

Maturidade é ter saúde perfeita e agradecer pelos bons hábitos que nortearam as nossas vidas por toda a nossa existência.

Maturidade é relembrar as grandes viagens que fizemos pelo mundo ao lado de um grande amor e reviver longas conversas com pessoas que encheram a nossa alma de emoções.

Maturidade é a certeza de estarmos no lugar certo com todas as garantias de nossas realizações.

Maturidade é o beneplácito de nunca ter maltratado alguém propositadamente e de nunca se excluir de seus compromissos.

Maturidade é poder olhar as pessoas de frente sem nenhum constrangimento.

Maturidade é ter a certeza de que a sua estrada foi de sua própria escolha e quem adentrou nela para lhe fazer companhia foram aquelas que tinham algo em comum, deixando a sua vida cheia de encantamento.

Maturidade é se sentir feliz.

Maturidade é continuar sonhando até o último suspiro de nossa existência.

Maturidade é viver cada dia como se fosse o último com todas as honras do mundo.

Maturidade é olhar o nosso rosto no espelho e ter a certeza de que embora muitos anos já tenham se passado em nossas vidas há, ainda, muito para viver.

Maturidade é agradecer a Deus por tudo que nos foi proporcionado e pelo privilégio de chegar a esse estágio da vida com a alma leve e o coração esperançoso.

Maturidade é poder dormir tranquila, livre de todos os traumas que decidiram nos abandonar há séculos.

Maturidade é desfrutar do sucesso de seus descendentes.

Maturidade é ter consciência de que os seus ascendentes lhe deram todas as ferramentas para um viver dentro das normas da ética e da normalidade e que elas foram utilizadas no momento certo com inteligência e sensatez.

Maturidade é saber que cada ser humano é único, respeitar e aceitar essa individualidade.

Maturidade é calar-se em determinadas situações e refletir sobre o que se ouviu.

Maturidade é ouvir ofensas e saber que elas não lhe atingirão porque quem as profere não merece crédito.

Maturidade é saber esperar o desenrolar de muitas situações com calma e parcimônia.

Maturidade é ouvir elogios e não se envaidecer.

Maturidade é, finalmente, estar de bem com a vida e vivê-la em todos os segundos com entusiasmo e vigor.

Elisabete, desde a mais terna idade, fazia os seus desenhos e pintava-os com aquela porção de lápis coloridos. Imaginava que um dia mostraria seu trabalho para o mundo. A vida cheia de afazeres e responsabilidades lhe furtou desse prazer durante grande parte do seu viver. Ela tinha sonhos e, por vezes, imaginava que um dia poderia realizá-los mesmo que já estivesse às vésperas de se despedir deste mundo. Sonhar e acalentar esses devaneios deixavam a sua alma na expectativa deque um dia esse seu desejo se tornasse realidade.

Naquela noite, a bordo de um avião em direção a Paris e levando muitas aquarelas para uma exposição, revisou o seu caminhar e sentia que agora era uma realidade que precisava encarar com seriedade. Havia muitas interrogações: será que os franceses entenderão as minhas pinturas? Será que terei sucesso nessa empreitada? Não importava as respostas que poderiam permear a sua mente. O mais curioso é que tudo que havia em sua bagagem fora realizado depois dos 60 anos, quando já aposentada. A sensação que ela tinha era a de ter recolhido e juntado tudo o que sonhara durante a sua trajetória de vida, sem se esquecer de cada detalhe. As suas telas tinham temas diferentes e todas eram paisagens que foram guardadas no seu pensar por anos a fio.

O convite para expor seu trabalho na cidade Luz foi feito por Monsier Maurice Simon, quando ele viu as suas pinturas em uma exposição individual em São Paulo. Ele é proprietário de uma galeria famosa em Paris. Ele tinha certeza de que estava diante de uma grande artista provida de uma alma sensível e muita criatividade. O cartão de visitas que ele lhe entregou foi guardado em lugar especial e cada vez que olhava aquele nome e endereço sonhava estar naquele lugar como uma predestinação natural do viver. E as palavras daquele homem ao se despedirem naquela noite acomodaram-se em sua mente e ela as repetia muitas vezes para ter certeza de que era verdade: "Aguardo-a em Paris em breve. Au revoir".

Para ser possível uma comunicação mais efetiva com os franceses ela contratou uma professora de língua francesa e durante algum tempo vivenciou aquele idioma, sorvendo-o com garra e disposição. Já era possível assimilar e articular as palavras e expressões do jeitinho como falam os franceses. Aprendeu que a França tem uma cultura soberana, uma arquitetura deslumbrante e um luxo sem igual no mundo.

Quando temos um grande objetivo a alcançar, a força do pensar e a determinação caminham juntas para atingir essa meta.

Sobrevoando Paris sentiu que a sua vida se transformaria. Muitas pessoas têm o privilégio de prelibar os acontecimentos antes de eles se tornarem realidade. É uma sensação de prazer indescritível. Respirou fundo para ser possível alimentar o seu coração e a sua mente para os grandes momentos que iria saborear.

Nos contatos efetivados com aquele francês, ele sugeriu o nome de um hotel nas proximidades de uma famosa galeria, que é um centro de comércio dos mais variados. Assim, ela teria facilidade de caminhar pelas ruas e chegar em poucos minutos a sua loja.

O hotel tinha acomodações razoáveis: não era simples nem luxuoso. O importante era que ficava nas proximidades de tudo que precisaria para desfrutar de muitas coisas que Paris pode oferecer.

Já instalada naquela suíte do hotel, Elisabete deitou-se na cama e deu asas a sua imaginação, sentindo-se feliz sob o céu que cobria grandes atores do cinema, artistas plásticos e um lugar que por séculos foi o berço da civilização do mundo na moda, nas artes e no glamour. Era uma referência que a deixava feliz e a surpresa de, agora, estar vivenciando de forma real um novo mundo que fora trazida pela sua arte. Deveria, portanto, aproveitar ao máximo tudo o que lhe era oferecido.

No dia seguinte, telefonou para Monsier Maurice Simon. Identificou-se e falou:

– Monsier, se lembra de mim? Sou Elisabete Ribeiro, a brasileira, artista plástica, que o senhor conheceu em São Paulo.

– Como poderia eu me esquecer de uma bela e talentosa mulher! Onde você está hospedada?

– No hotel que o senhor me indicou.

No dia seguinte, quando os raios solares surgiram iluminando a Terra e espalhando o seu brilho sobre o Rio Sena a Torre Eiffel e toda aquela cidade glamorosa, ele chega ao seu hotel. Depois dos cumprimentos, eles se dirigem a um lugar naquele imenso saguão do hotel e por algumas horas conversam sobre todos os planos de exposição que fariam em sua galeria de arte.

O dia da exposição foi marcado por uma grande ansiedade. Elisabete sentia-se feliz e brotou em sua imaginação um mundo diferente do que estava acostumada. De vez em quando repetia para si mesma: "Será que tudo isso é verdadeiro?". Tinha medo de estar sonhando. Mas era verdade. Os seus pés estavam em Paris e a sua alma também.

O convite que o Monsier Maurice Simon enviou às pessoas tinha o seguinte teor: "Convido-os para a grande 'vernissage' da artista plástica Elisabete Ribeiro, no dia 13 de março, a partir das 18h. Ela é brasileira e veio especialmente a Paris para expor os seus quadros em nossa galeria. Conto com a sua presença. Tenho certeza de que os meus amigos ficarão encantados com o trabalho dessa grande artista. Monsier Maurice Simon".

À proporção que os convidados adentravam na galeria, ela os cumprimentava e falava o seu francês com o sotaque próprio de uma estrangeira. Apresentava as suas telas e percebia nas fisionomias das pessoas uma grande satisfação em conhecer o seu trabalho. Os elogios eram unânimes. Foi servido um coquetel com petiscos e champanhe. Um luxo!

Todas as aquarelas foram vendidas naquela memorável noite. A surpresa do sucesso elevou a sua alma ao infinito e do alto olhava Paris e o mundo com uma felicidade nunca antes sentida. A vitória estava de mãos dadas com a esperança e nessa atmosfera estonteante concluiu que embora tivesse tido a oportunidade de somente após os sessenta anos de idade ter realizado o seu sonho de pintar, valera a pena.

Nunca é tarde para tornar realidade um sonho acalentado desde a juventude. É importante nunca perder de vista o que queremos e no caminhar da nossa estrada visualizar o que iremos viver no futuro. Assim, a confiança segue no compasso firme dos nossos desejos.

As dificuldades encontradas no palmilhar de nossa trajetória não devem nunca tirar o nosso ânimo na realização do que queremos. A força do pensar deve sobrepor os impasses que, por vezes, tentam solapar os nossos ideais. A determinação deve estar presente em todos os momentos e segurá-la para que ela não fuja.

E sentindo o seu corpo dançando levemente ao som dos ritmos da música francesa foi jantar num luxuoso restaurante, nas proximidades, com o seu amigo que lhe proporcionara esse grande acontecimento em seu viver. Aquelas iguarias servidas e o champanhe faziam uma combinação perfeita para um bem-estar acima de suas expectativas. "Como é bom desfrutar de momentos como esses!", gritava a sua alma e o eco era ouvido em todos os rincões do universo.

Há momentos, em nossas vidas, que a felicidade é tão grande, tão cheia de nuances coloridas, que ficamos inebriados e nos sentimos encharcados de poder.

Resolveu ficar em Paris por seis meses. O dinheiro da venda de seus quadros era suficiente para todas as despesas que teria. A família que ficara no Brasil eram apenas irmãos. Não tinha filhos, namorado, amante, marido ou companheiro. Estava leve e solta no mundo para usufruir de toda a liberdade que aquela situação lhe daria em todos os momentos.

Era dona absoluta de sua vida e dispunha do privilégio de comandar o seu viver em seus próprios termos.

Matriculou-se em um curso de Francês e pela manhã frequentava as aulas buscando uma comunicação melhor com as pessoas naquele país. Sentia-se exultante de felicidade. Por sugestão do seu amigo, comprou um cavalete, telas e tintas, e retratava paisagens encantadoras que a cidade lhe oferecia. Vivia um sonho dentro de uma realidade palpável.

Para imbuir-se de mais inspiração, duas vezes por semana visitava museus e, assim, condensava em seu pensar criações de muitos pintores famosos que deram à humanidade a sua arte da mais poderosa criatividade. Descobria, a cada dia, que há indivíduos dotados de características próprias do sentir e que dentro de uma realidade veem um mundo diferente da maioria dos mortais. A sensibilidade que transmuta em suas almas eleva-os ao pódio mais alto e de lá se avista um horizonte diferenciado. Somente eles são capazes de ver, sentir e transmitir o mundo exclusivo da criação artística.

Numa tarde, estava às margens do Rio Sena, pintando uma aquarela, quando o seu amigo aproximou-se dela e falou:

– Se você quiser, neste fim de semana vou levá-la para conhecer a Riviera Francesa e a minha casa, em Nice.

Os seus olhos se abriram, a sua boca não conseguia fechar, o seu coração disparou e a sua mente tentava assimilar o que ouvira, com um contentamento indescritível. A única coisa que pode falar foi:

– Verdade?

Ele respondeu:

– Verdade. Quero que você se inspire nas grandes paisagens da Côte d'Azur, nas águas azuis do Mar Mediterrâneo. Tenho certeza de que fará quadros belíssimos.

Na manhã seguinte, numa sexta-feira, ele a pegou no hotel e foram em direção àquela cidade. A rodovia era de tirar o fôlego. Alguns despenhadeiros davam a sensação de perigo e um desafio estava à frente deles para vivenciarem aqueles dias ao lado de um homem que estava mudando o curso de sua vida. Não sabia o que falar ou perguntar. Não sabia o que iria encontrar naquela cidade e nem mesmo em sua casa. Nada se falou a respeito. A única coisa de que tinha certeza, e segundo ele afirmara, era de que havia cenários deslumbrantes para ela produzir telas fantásticas.

A viagem foi tranquila. Ao chegar a sua casa ele estacionou o carro nos fundos, abriu a porta para Elisabete, segurou a sua mão e a convidou para ver a casa, que ficava em frente ao mar. Tirou os sapatos e por algum tempo caminharam na praia sentindo a areia se moldando em seus pés numa sensação de total felicidade.

Voltando a casa, ele a levou até uma suíte e lhe disse que ficasse à vontade. Ela desfez as malas e arrumou os seus pertences nos lugares devidos. A expectativa e a emoção de estar ali lhe posicionavam um desafio ilimitado. Os acontecimentos que se seguiriam deixavam-na com uma sensação de felicidade e apreensão. Afinal, quem era esse homem e como deveria agir! Lembrou-se, repentinamente, de um ditado popular: "Quem sai na chuva quer se molhar". Ponderou que nada neste mundo nos chega por acaso. Há sempre um motivo e uma preparação para os acontecimentos. E, ainda, as surpresas que se investem em nosso caminhar nos fazem sonhar e nos elevam a um lugar desconhecido, tornando a vida com características únicas.

Tomou um banho, vestiu uma roupa comportada e sentou-se em uma poltrona à espera de chamado dele. Ele bateu levemente a porta, ela levantou-se e quando de frente um ao outro, ele a abraçou e perguntou se tudo estava bem.

– Sim, estou ótima.

Aquele primeiro contato com o seu corpo deixou-a suspensa no ar. Em seguida, segurou a sua mão e se dirigiram para um imenso salão onde, para sua surpresa, havia um quadro na parede de sua autoria. Com os olhos arregalados e sem condições de falar, ele disse:

– Este lugar agora está perfeito e valorizado com a sua tela.

Ela percebeu de imediato o quanto ele era distinto e empolgado com o seu trabalho. Ao lado havia outros quadros de pintores famosos. Ter o seu quadro naquele lugar encheu a sua alma de júbilo e, instintivamente, agarrou-o e beijou a sua face. Ele aproveitou a ocasião e cobriu-a de beijos. A sensação que sentia era a de ter voltado à juventude, quando se descobre o prazer de estar ao lado de uma pessoa que lhe desperta desejo com os arrepios da emoção, elevando-a ao paraíso. E com ele havia outro fator importante: gratidão. Esse sentimento é, por vezes, superior a qualquer outro.

Pela porta imensa via-se o mar que, nesse dia, estava azul, o céu sem nenhuma nuvem, e o sol brilhando para festejar com eles aqueles momentos preciosos de encantamento.

Nunca sabemos ao certo o que a vida nos reserva. Não importa a idade que tenhamos, os sentimentos não mudam com o passar dos anos. E, ainda, as experiências adquiridas juntam-se ao prazer dessas vivências e, dessa forma, sorvemos em profundidade sensações de envolvimento e bem-estar. Dentro da sua mente e com o coração pulsando mais forte, ela desfrutava daquele momento com a certeza da juventude de sua alma. Havia uma vontade de gritar a plenos pulmões para toda a humanidade: "Como é bom viver! Como é bom se sentir viva! Como é bom sonhar! Como é bom ter a oportunidade de ter um homem ao seu lado lhe proporcionando esse enlevo transcendente de felicidade!".

Sentados naquela majestosa sala, ouvindo músicas de Edith Piaf, com nuances marcantes de uma voz única: "La vie en rose", "Hymne à L'amoure" outras. Havia uma atmosfera de expectativa e uma ansiedade própria de algo que se tem consciência de que irá acontecer sem, porém, ter a certeza de como e quando.

Saíram para jantar. Do restaurante via-se o mar e muitos barcos ancorados nas marinhas próximas. Aqueles pontos branquinhos dançando ao sabor do vento lhe davam uma agradável sensação de estar próxima às águas do mar mediterrâneo. Lembrou-se do mar de sua cidade e percebeu que não importa onde estejamos, o mundo é igual em todo o planeta Terra. As pessoas também são iguais. Diferentes são as motivações que as levam a vivenciar em um determinado momento, um prazer acima do seu pensar. A sua alma desfrutava da presença daquele homem em um lugar diferente, acobertada por um sentir misto de curiosidade e expectativa.

A música que se ouvia, a comida e a bebida que degustavam, naquele ambiente cercado de pessoas de diversas nacionalidades, diziam para ela que aquela noite seria memorável. E foi.

De volta à casa pouco foi falado. Seus pensamentos rodopiavam e se encontravam, tornando comum o pensar sobre o que poderia acontecer a partir daquele momento de sublimação extrema. O calor que emanava dos seus corpos estava numa temperatura suportável, evitando-se que se tornassem cinzas. Precisavam estar vivos e conscientes das emoções que os aguardariam no desenrolar daquela noite.

O tempo, dando a sua contribuição, recuou alguns anos de sua existência para fazê-los sentir que, em determinadas situações, somos aqueles jovens sonhadores e cheios de vigor, para desfrutar de um envolvimento próprio da juventude e, ainda, com uma dose sábia de experiências que viverão pela vida. Tudo lhes era favorável.

Ao estacionar o carro em sua casa, ele lhe pediu que esperasse um pouco porque ele queria abrir a porta do seu lado. Ao sair, seus corpos se encontraram, suas almas se identificaram, e de mãos dadas eles entraram, extasiados de um desejo que lhes foi ofertado por todas as pessoas da face da Terra. Ali começou um relacionamento amoroso e vivencial, que durou por todo o tempo de suas vidas e pela eternidade.

Em pouco tempo circulava pelas ruas de Paris com a desenvoltura de ter conquistado aquela cidade, um homem acima do seu pensar e a sua arte admirada por muitos que tinham o privilégio de conhecer o seu trabalho. Dividia o seu tempo entre buscar conhecimento, pintar aquarelas, cuidar e vivenciar grandes e exultantes momentos ao lado de Maurice. Ele era um homem que acontece na vida de uma mulher a cada mil anos. Ela teve a sorte de encontrá-lo e sentia as doçuras de um amor que a cada dia trazia novas descobertas e tornava o nosso viver com nuances de eterna felicidade. Já tinham passado dos setenta anos e se sentiam como dois adolescentes que a cada dia descobrem um novo amanhecer permeado de expectativas de sentir que a vida estava apenas começando.

Por vezes, gostaria de subir ao ponto mais alto do infinito e ser ouvida por todas as pessoas que já passaram dos sessenta anos para dizer que a vida pode recomeçar em qualquer idade.

Ficamos velhos quando perdemos o entusiasmo pela vida e a capacidade de amar as pessoas.

Ficamos velhos quando não temos mais sonhos.

Ficamos velhos quando imaginamos que os cabelos brancos, as rugas e a flacidez de nossa pele deterioram a nossa alma.

Ficamos velhos quando nos sentimos abandonados pela família porque eles nos veem com um fardo que deve ser descartado e, diante desse descaso, não reagimos.

Ficamos velhos quando esquecemos que respiramos e que o coração continua batendo.

Ficamos velhos quando o calor do sol já não faz sentido para iluminar as nossas vidas.

Ficamos velhos quando as noites de luar não significam mais nada em nosso viver.

Ficamos velhos quando nos recusamos a sentir o sabor dos alimentos que antes nos dava prazer.

Ficamos velhos quando ignoramos a as belezas de um amanhecer ou de um pôr do sol.

Ficamos velhos quando colocamos os sentimentos fora do nosso sentir.

Ficamos velhos quando não mais nos permitimos ouvir música e nos sentimos enlevados com a harmonia e dizeres.

Ficamos velhos quando o interesse pela vida amorosa acaba.

Ficamos velhos quando descobrimos que muitos dos nossos amigos se foram, deixando em nossa alma um vazio e sem condições de conquistar outros.

Ficamos velhos quando nos sentimos estar no outono da vida sem a perspectiva de aguardar um renascer na próxima primavera.

Ficamos velhos quando a esperança não está ao nosso alcance.

Ficamos velhos quando não nos dispomos a iniciar uma atividade qualquer.

Ficamos velhos quando vemos o mundo cinzento e sem nenhuma possibilidade de mudança.

Ficamos velhos quando não temos vontade de viajar ou até mesmo de fazer uma caminhada numa praia olhando o mar.

Ficamos velhos quando a capacidade de se exercitar não mais faz sentido.

Ficamos velhos quando pensamos que a morte se avizinha sem pedir licença para chegar.

Ficamos velhos quando as ambições dão lugar ao desânimo.

Ficamos velhos quando a vida perde o sentido de viver.

Portanto, amigos idosos, acordem. Lembrem-se daquela famosa música: "Levanta, sacode a poeira e dê a volta por cima". Isso é urgente. Renasça. Relembre os grandes momentos de sua vida. Traga-os de volta e vivencie com garra e paixão. Quem gosta de nós somos nós mesmos. A felicidade ainda pode estar ao seu alcance. Ponha uma música e dance como se ninguém estivesse vendo. Volte a se amar e, nessa atmosfera, poderá conquistar o amor de alguém. Cante como se ninguém estivesse te ouvindo. O som invadirá a sua alma e lhe trará um bem-estar incrível. Viva na Terra como se estivesse vagando sobre as nuvens e observando o mundo do alto, na certeza de quando do seu retorno tudo será diferente. E o mais importante: volte a sonhar e os sonhos lhe darão o respaldo para iniciar uma nova vida. Os sonhos têm o poder de transformar o nosso "modus vivendi" num direcionamento para alcançarmos a felicidade. Às vezes, eles estão pertinho de nós. É só esticar as mãos e trazê-los ao nosso convívio.

Ele parecia ter rodinha nos pés e asas poderosas e eles estavam sempre viajando. Como ele tinha funcionários de confiança em sua galeria, isso o possibilitava afastar-se do trabalho sem maiores consequências. Todos os meses havia sempre um lugar diferente para conhecer. A Riviera Francesa, no sul da França, era o seu lugar preferido. Ela teve a oportunidade de conhecer todas as cidades ao redor. Ele era um aventureiro nato. Passaram um fim de semana na Côte d'Azur, recanto onde morava a famosa Brigitte Bardot. De longe e de barco puderam visualizar a sua casa naquela praia exclusiva. Lembrou-se dos filmes que assistiu ainda na adolescência e as recordações voltaram a um passado no qual os sonhos estavam apenas começando.

Mônaco estava sempre em seus roteiros porque costumavam frequentar o cassino. Numa dessas ocasiões, ganharam um valor tão alto que os possibilitou viajar durante quinze dias pelo Leste europeu com todas as despesas pagas. O mais curioso era que, em muitas ocasiões, ele ficava quietinho ao seu lado, olhando as pinturas que fazia e, quando prontas, ele aplaudia como se ela estivesse elaborando aquelas aquarelas para um público seleto e conhecedor profundo da arte de pintar. Ele era essa plateia e os seus aplausos significavam para ela o reconhecimento de todos os seres viventes. Ele sabia o porquê daquela atitude.

De volta a Paris, os quadros eram expostos e tinham convidados especiais para ver e comprar suas obras. A vida era uma continuidade de afetos, reconhecimento, amor e uma intensa vida social.

Em alguns momentos, ela lembrava-se da sua vida no Brasil, vivendo uma solidão cujo refúgio era atenuado pelo prazer de pintar seus quadros. Agora, além de tudo, tinha o mundo a sua disposição ao lado de um homem que lhe fez descobrir que ainda era uma fêmea perfeita para os grandes momentos de amor. Maurice tinha a capacidade de tocar o seu corpo e trazer à tona todos os pontos que estavam adormecidos, assim como se ele usasse as teclas de um piano e, em cada nota musical, são ouvidos os acordes do sentir em sua mais profunda essência. A sensação do prazer e da felicidade deixava-os embevecidos e fora deste mundo por um tempo que não tinham como medir. A química era perfeita e o sexo era vivenciado como se estivessem no começo da maturidade: intenso, sublime, fantástico e profundamente prazeroso. E nessa situação se sentiam seres privilegiados para vivenciar uma vida que é assimilada apenas pelos que já viveram situações semelhantes.

Não tiveram filhos de outros casamentos. A vida era desfrutada pelos dois numa atmosfera única do viver e do sentir. Viviam todo o tempo entrelaçados de corpo e alma e a cada segundo tinham a impressão de que toda a humanidade desaparecera do planeta, deixando-os sozinhos para terem o mundo somente para eles. Era uma sensação indescritível de utopias e prazer.

Os irmãos de Elisabete que moravam no Brasil de vez em quando lhe enviavam cartas e era nesse momento que sentia ter deixado familiares naquele país. Nunca teve uma convivência mais estreita, principalmente quando eles se casaram e se foram com suas famílias. Ignoravam a sua presença até nos acontecimentos familiares. Ela era para eles uma senhora que talvez estivesse morta para a vida. Ela não se sentia morta, mas desprezada por quem deveria pelo menos lhe dar um pouco de atenção. Como tinha inspiração e criatividade para pintar, recolheu-se em sua casa e produziu quadros, não pensando em um dia fazer sucesso; era mais como um passatempo para aliviar os momentos de solidão.

Recomeçar uma nova vida em um país estranho e ter um companheiro ao seu lado, desfrutando de viagens, sexo, amor e muito sucesso com suas pinturas era como um renascer cheio de surpresas. Por vezes, refletia: "Nada neste mundo está totalmente perdido. Tudo o que a vida guardou para nós acontecerá mesmo que o nosso pensamento jamais se dê conta dessa possibilidade".

Suas aquarelas eram vendidas a preços altíssimos e com esses valores ela desfrutava de sua independência financeira. Não dependia exclusivamente dele para pagar as suas despesas. Era um viver que a colocava em pé de igualdade e isso a deixava feliz. Durante a vida sempre trabalhou e desde muito cedo tinha o suficiente para pagar as suas contas.

Em Paris, moravam no apartamento dele e, em Nice, tinham uma casa destinada aos fins de semana e feriados. Normalmente, viajavam para outros lugares e, nessas ocasiões, deleitava-se em produzir novas pinturas. A vida é diferente quando se tem alguém ao seu lado que lhe dá entusiasmo e amor. Ele, além de ser um macho perfeito na cama, era um "gentleman" fora dela. Sabia de cada detalhe para fazer uma mulher feliz. Tinha toda a sabedoria do mundo em despertar na mulher amada o desejo de tornar a vida prazerosa. Sentia-se protegida e amada e, em suas criações, esse fator era importante para produzir quadros cheios de vigor e emoção.

Naquele fim de semana decidiram voltar ao Principado de Mônaco para participar dos festejos que lá se realizariam. Ficariam o tempo suficiente vivenciando todo o encantamento das festas que somente os ricos e poderosos sabem fazer. Também planejavam fazer as suas apostas no Cassino. Colocaram as suas malas no carro e foram em direção àquele lugar.

Chovia muito e em algum lugar resolveram parar o carro e aguardar que o tempo melhorasse. Os ventos eram fortíssimos. Quando imaginaram que não havia perigo seguiram viagem. Ao chegarem a um determinado ponto da estrada, o carro derrapou no asfalto molhado e voou, caindo num despenhadeiro de mais de trinta metros de altura. Maurice morreu esmagado pelo carro, que caíra sobre o seu corpo, e ela foi salva por milagre. O seu corpo caiu no começo do precipício porque a porta se abriu e o seu assento deslocou-se com o cinto de segurança e ficou pendurada em uma árvore que havia no caminho.

Recuperou os sentidos no hospital em que fui levada. Aflita, perguntou aos médicos e enfermeiros por Maurice e todos tentavam acalmá-la afirmando que tudo estava bem. A sua alma, em desespero, desconfiava de que algo cruel lhe acontecera. Calmantes foram-lhe aplicados e, mesmo assim, recusava-se dormir. Tinha alguns ferimentos: uma perna quebrada, duas costelas deslocadas e outros de menor importância. Dois dias depois soube que ele morrera. A dor da sua alma era maior que a dos ferimentos. Chorou por dias seguidos. A tristeza decidiu ficar ao seu lado e ela não conseguia afastá-la de sua presença.

Agora se sentia sozinha e desamparada. Aquele homem, que a tirou da solidão, deixava-a, novamente, exposta ao mundo, sem a sua companhia, sem o seu olhar, sem o seu convívio, sem aqueles momentos de muito sexo e paixão, sem o seu calor, sem aquele companheirismo que os acompanhava no dia a dia, sem os aplausos quando concluía uma pintura. Porquê? Era uma pergunta que se fazia sem obter uma resposta plausível. Em situações assim é que se percebe o quão frágil é a vida.

Infelizmente, embora tenhamos de carregar os sofrimentos da alma com a perda de um ente querido, a vida exige que continuemos em nosso caminhar mesmo carregando a saudade que leva muito tempo para se dissipar. Quando estamos no auge da felicidade nunca nos ocorre pensar que a qualquer momento tudo pode se modificar. Pensamos que será eterno o nosso viver neste mundo. Pensamos que a felicidade é algo que podemos manipular ao nosso bel-prazer. Mas, infelizmente, não é bem assim. Com essa perda ela aprendeu que em cada segundo da vida deve-se viver degustando cada momento com todo o empenho que o seu coração é capaz de suportar. Somente assim, quando temos que enfrentar as vicissitudes da vida, recordamos que usufruímos de cada instante como se fosse o último.

O telefone toca e alguém se identifica como Monsier Laurence Bernard. Ele precisava conversar com ela sobre a legalidade dos bens deixados pelo seu companheiro. Marcaram um encontro na galeria. No horário marcado, ele entra, identifica-se e diz que precisavam conversar a sós. Era o advogado de Maurice que, então, apresentou-lhe o testamento deixado por ele. O mais curioso foi que esse documento fora elaborado uma semana antes do acidente fatal.

Maurice não tinha família. Os pais dele morreram durante a Segunda Guerra Mundial, num campo de concentração na Áustria. Ele sobrevivera por milagre, com a ajuda de alguns corajosos que o levaram a Paris ainda criança.

Revendo toda a sua vida juntos, ela percebeu o quanto ele era carente de afeto. Todo o envolvimento de que ele a cercou era, talvez, para sentir uma retribuição no mesmo patamar. Ele também tinha os seus traumas e, juntos, tinham vivido dentro de um mundo de fantasia, onde a realidade procura uma brecha para entrar e não consegue. Era um viver mútuo de dedicação, de afeto, de sexo e de cumplicidade, num envolvimento recheado de muita felicidade. Certamente, ele estará esperando-a em algum lugar quando ela deixar este mundo. As suas almas irão se encontrar para darem continuidade a um viver por toda a eternidade. Tinha consciência disso e aguardava esse grande e esplendoroso reencontro.

Monsier Laurence Bernard leu aquele documento e de vez em quando interrompia a leitura e perguntava se ela estava entendo o que ele lia. Ele perguntou porque sabia que ela era brasileira e que estava morando na França há apenas 10 anos. Mas como ela havia começado a estudar a língua francesa assim que chegara a Paris, ela entendia tudo o que ele fala.

– Sim– respondeu ela.

A surpresa dos termos contidos no testamento a deixaram com a certeza do amor que ele sentia por ela e o quanto ele se preocupava com o seu futuro em um país que não era o dela. Ela era herdeira absoluta de todos os seus bens. Para a sua secretária de longa data deveria ser dado, além do seu salário, dez por cento de todas as vendas de sua galeria. Havia uma soma altíssima de valores em bancos e ações que renderiam um bom montante, imprevisível, anualmente.

Se fosse possível fazer uma escolha, ela preferia que ele estivesse vivo, ao seu lado, proporcionando-lhe aquele mundo maravilhoso de atenção e companheirismo. Mas entendeu que a vida é como é e não como queremos que ela seja.

Depois da tramitação legal daquele documento, ela tomou posse de seus bens e, então, era possuidora de uma fortuna que, no seu pensar, ainda a deixava sem noção dos valores exatos de tudo.

É incrível como a vida nos leva para determinadas situações que por mais fértil que seja a nossa mente, não somos capazes de assimilar uma situação como essa.

Restava-lhe, agora, conscientizar-se de tudo e recomeçar a vida carregando uma saudade das mais profundas que a sua alma podia sentir. Ela o via em todos os lugares e em todos os momentos. Por vezes, olhava cada roupa, cada objeto no apartamento e na casa em Nice, e se lembrava de cada detalhe vivido ao lado dele. Era um sofrimento medonho e incontrolável. Precisava chorar – e chorar muito – para que o seu coração não sofresse uma explosão.

Não conseguia desenhar e nem pintar. A sua inspiração se fora com ele. Por vezes, lembrava-se dos seus aplausos ao terminar uma pintura e isso a deixava desolada. As razões dos acontecimentos da vida são, às vezes, inexplicáveis. Ela não entendia porque essas mudanças acontecem de forma tão drástica! Ela se recusava a assimilar e entender certos acontecimentos da vida. O mais cruel é saber que situações análogas acontecem a qualquer um de nós. Mas porque ela tinha que ser a escolhida para vivenciar tamanho drama? E uma voz ecoava em seus ouvidos afirmando que a escolha é aleatória.

Ainda não sabia o que fazer para comunicar aos parentes no Brasil sobre esses fatos. Deteve-se por algum tempo e deixou que o seu pensamento deslizasse solto e livre sobre as providências que tomaria. Como eles entenderiam ter saído de um estado de extrema felicidade para vivenciar uma situação tão desalentadora? Desde que havia se mudado para a França, ela e sua família tiveram um relacionamento muito superficial e pouquíssimas vezes trocaram cartas sobre como viviam. Sentia-se abandonada por eles. Era como se tivessem a enviado em um caixão para algum cemitério sem direito a visitas periódicas ou o seu tivesse corpo desaparecido em algum lugar onde nunca seria encontrado.

Em meio a tantas dúvidas, decidiu pegar um avião e pessoalmente encará-los para contar toda a história em seus pormenores e sentir a reação deles diante dos acontecimentos. Preferiu não os avisar de sua chegada. A surpresa iria deixá-los desarmados de atitudes premeditadas. E assim fez.

Chegando ao Rio de Janeiro hospedou-se no melhor e mais caro hotel da cidade. Refeita das horas de voo, telefonou para Alzira, sua irmã mais velha, que, ao ouvir a sua voz, perguntou-lhe onde ela estava.

– Aqui no Rio. – E lhe disse o nome do hotel.

– Como? Esse é o hotel mais luxuoso da cidade. Você ganhou na loteria ou assaltou um banco em Paris?

– Nenhum dos dois. Tenho muitas surpresas para todos.

– Quando e onde podemos nos encontrar? – Perguntou a querida irmãzinha de Elisabete.

– Aqui mesmo. Por favor, fale com os demais e vamos marcar um encontro.

No dia seguinte, no horário combinado, todos chegaram movidos por uma curiosidade como Elisabete nunca havia presenciado em alguém antes. Após os abraços que se costuma dar nos familiares depois de uma longa ausência, dirigiram-se a um dos salões do hotel e lá ficaram conversando durante longas horas.

Trajava-se com um modelo de alta costura francesa. Portava joias verdadeiras e mandou servir champanhe e muitas iguarias escolhidas pelo chefe do hotel para a ocasião especial. Confessou que não tinha nenhuma intenção de ostentar o seu novo estilo de vida, apenas queria que eles aprendessem uma lição:

– A vida pode dar muitas voltas e muitas surpresas podem acontecer quando menos esperamos.

Todos eles a humilhavam e a desprezavam por eu ser idosa e sozinha. Tinham se afastado dela por vontade própria e nem a convidavam para os acontecimentos normais de família, como batizados, formatura de filhos, aniversários e outros. Ela vivia abandonada por todos. A sensação que ela tinha era de não pertencer àquela família.

Passados os primeiros sustos e notando a avidez de saber o que acontecera em Paris naqueles dez anos, ela começou o seu discurso, pausadamente, com a cautela necessária para deixá-los surpresos e evitar que alguém pudesse sofrer um ataque do coração. Era cinematográfica a atmosfera reinante naquele momento. Sentia-se como uma estrela de Hollywood num filme de grande sucesso. Aliás, se alguém pudesse analisar friamente as emoções de todos e se fosse possível vasculhar o que se passava em suas mentes, veria um tumultuado de pensamentos, muitas interrogações e, talvez, algum arrependimento.

Todos emudeceram diante da sua narrativa. Alguns, comovidos, deixavam escapar uma lágrima fortuita. Outros tinham olhos esbugalhados e as pálpebras indiferentes ao piscar. As bocas mantinham-se abertas num esquecimento próprio de quem ouve algo sobrenatural. E, assim, a noite avançava e ninguém percebia que o tempo caminhava indiferente ao seu relato.

Já era madrugada quando o seu cunhado Rodrigo tomou a palavra e, tentando transmitir o que todos pensavam, falou:

– Nós nunca esquecemos de você. Os problemas que enfrentávamos diariamente nos tirava a chance de lhe escrever uma carta. Não sabíamos o número do seu telefone e nem o seu endereço. Também tínhamos a quase certeza de que você estava bem, mesmo porque, se algo trágico lhe acontecesse e sendo você brasileira, os noticiários nos meios de comunicação dariam a notícia.

Isabel, sua irmã, contestou e afirmou:

– Foi você quem se afastou de todos nós. Só ficamos sabendo de sua viagem a Paris depois de muito tempo, pela proprietária da galeria onde você fez uma exposição.

E, assim, cada um tentava convencer Elisabete de que ela não tinha sido abandonada por eles.

O seu cunhado Francisco conclui todo aquele falatório afirmando:

– Vamos começar a viver uma nova etapa de nossas vidas. Seja bem-vinda ao Brasil, minha querida cunhada. Amanhã vamos fazer um churrasco em nossa casa para recebê-la com todas as honras que você merece.

Agora, um novo amanhecer, cercado de reconhecimento e surpresas, tinha lugar para justificar o tempo perdido com incertezas e descuidos. Era, sem dúvida, o poder monetário que superava tudo. Ela se sentia sentada em um lugar tendo como cenário uma plateia com criaturas desconcertadas e sem argumentos convincentes, embora algumas tivessem em suas veias o mesmo DNA que o dela.

À medida que vivemos, vamos modificando o nosso comportamento, alimentado por situações que são introduzidas em nosso pensar por outras criaturas do nosso relacionamento. É uma palavrinha hoje, outra amanhã e, assim, a nossa maneira de agir adquiri novas nuances e, num dia qualquer, temos outra forma de pensar a respeito de alguém. Nada acontece de repente. Por vezes, é um longo caminhar sem nos darmos conta de que estamos sendo catequizados e manipulados. Assim é a vida e será sempre assim.

Neste mundo, qualquer pessoa pode ter atitudes mesquinhas e indiferentes. Basta, apenas, que nos convençamos de que determinada pessoa está numa situação humilhante sem a mínima possibilidade de se soerguer e encontrar um alvo a alcançar. É nesse momento que grandes surpresas podem acontecer. É nesse momento que o sol pode voltar a brilhar e trazer o calor de muitas realizações. Como diz o ditado popular: "Nem tudo está perdido". E não está mesmo!

Enquanto vivemos, o impossível pode se tornar possível e acontecer a qualquer pessoa na face da Terra. Tudo aquilo que nos foi destinado, quando chegamos a este mundo, alcançaremos. Muitas vezes, as incógnitas do desconhecido nos deixam descrentes e é preciso sempre levantar as nossas asas no mundo da imaginação e vivenciar cada situação, desfrutando de um panorama que, às vezes, somente nós sabemos que ele existe.

O mundo é grande, diverso e tem conotações de um olhar único. As cores e os aromas podem ser iguais, mas para cada indivíduo há uma reação diferente. As primeiras podem nos dar alegrias, espanto, tristeza. Os segundos podem nos trazer lembranças, enchendo a nossa vida de um bem-estar indescritível ou uma repulsa que vivenciamos em algum momento de nossas vidas. Nada neste mundo é igual para todos. E são exatamente essas situações não convencionais que envolvem a nossa alma, tornando o nosso viver revestido de múltiplas emoções.

Aflorou na mente de Elisabete a vontade de voltar a morar no Brasil, mas também moraria na França por algum tempo. Assim, usufruiria as suas raízes e o lugar onde o mundo lhe abriu as portas da fortuna e da felicidade.

Após conversar com seu cunhado, que era advogado, ele sugeriu que ela contratasse um profissional que entendesse de Direito Internacional para lhe orientar como trazer parte dos meus bens para o Brasil. No dia seguinte, ele lhe deu um cartão de visitas do Dr. Flávio Bezerra e ela marcou um encontro em seu escritório, em Ipanema. Ao vê-lo, sofreu um impacto surpreendente. A impressão que teve era a de ter conhecido esse senhor em algum momento de sua vida.

A conversa inicial foi um relato de tudo que havia acontecido na França. Às vezes, ele a olhava, tentando descobrir se a conhecia, pois a fisionomia dela também não lhe era estranha. Por fim, falou:

– Você, em algum momento de sua vida, estudou no colégio Amando Ribeiro, em Cascadura?

– Sim. Nessa época éramos adolescentes e nunca poderíamos imaginar esse reencontro hoje.

Aquele encontro de negócios, que deveria durar algumas horas, prolongou-se por um tempo que não foi possível medir. Por fim, foram jantar no restaurante do hotel em que ela estava hospedada, porque tinham muito para relembrar e muito mais para decidir.

Marcaram outro encontro para o dia seguinte e, por fim, decidiram juntos viajar a Paris para as providências que se faziam necessárias. Ele falava francês, inglês e espanhol. E era um advogado com doutorado em Direito Internacional. Sentia-se segura na solução que pretendia.

Numa noite, soltou as rédeas da imaginação e ficou absorta com esse reencontro com o Dr. Flávio Bezerra. Era muita coincidência tê-lo reencontrado num momento em que precisava de alguém de confiança para as soluções que pretendia. “A vida sempre nos reserva surpresas!”, pensou.

Chegaram a Paris num amanhecer. O céu estava límpido e o sol surgia devagarzinho, iluminando a cidade luz. O Rio Sena refletia o brilho dos raios solares e ali pertinho estava um dos museus mais famosos do mundo, o Louvre. A Torre Eiffel sorvia os olhares dos dois, com toda sua imponência e grandeza, enquanto a maioria dos habitantes ainda dormia.

Quando desceram do avião e estavam recolhendo as bagagens, ele lhe falou, de supetão:

– Eu me esqueci de fazer reserva num hotel.

– Não se preocupe, eu o acomodarei em meu apartamento até que você tenha um lugar para ficar pelo tempo necessário em que irei precisar de seus serviços profissionais.

E assim chegaram. O apartamento de Elisabete tinha uma vista estupenda, de onde se descortinava a monumental Champs Elysées. Por algum momento, ele postou-se na janela para respirar e ter certeza de que estava em Paris, na companhia daquela menina que um dia for a sua colega em uma escola de Cascadura, no subúrbio do Rio de Janeiro. Tudo se revestia de um sonho que estava longe de ser realidade. O seu pensamento ainda se recusava acreditar. Mas era verdade.

Sentados à mesa, degustaram um café da manhã tipicamente parisiense, com direito a croissant e queijos diversos. As conversas foram diminutas. Naquele momento, a atmosfera levava seus pensamentos a refletir como a vida pode nos proporcionar surpresas imprevisíveis e inexplicáveis.

A bagagem do Dr. Flávio Bezerra foi acomodada em uma suíte majestosa devido aos móveis e quadros ali expostos. Havia muitos com a assinatura de sua amiga. Mal podia acreditar!

Não importa onde tenhamos nascido e em que condições. Cada pessoa tem a sua própria estrada acobertada de glórias ou infortúnios. Podemos escolher o nosso futuro ou ele é uma incógnita que depende de situações alheias a nossa vontade? Será que alguém tem uma resposta satisfatória e convincente para essa situação? Talvez! Ele ainda não estava convencido de estar em Paris, ao lado de uma amiga de infância, cercado de todo o conforto próprio dos milionários parisienses. Sentia, por vezes, que estava sonhando.

A noite surgia e da janela via-se um espetáculo de luzes e pessoas circulando pelas ruas com propósitos e pensares diferentes. Enquanto ele admirava aquele cenário, ela preparava o jantar.

Depois se sentaram na ampla e luxuosa sala de estar, e por algum tempo ele ficou imaginando como deve ter sido a adaptação de sua amiga, e agora cliente, naquele lugar suntuoso, com tapetes persas, quadros de autores famosos e uma atmosfera das mais acolhedoras.

A conversa no aconchego do lar, embalada de músicas de cantores franceses, deixava aquele ambiente sonhador. Agora, realmente, estavam um diante do outro num diálogo revestido de situações curiosas e difíceis de serem assimiladas.

Elisabete falava um francês fluente e preferiram conversar nesse idioma. De repente, ela perguntou sobre a família dele. O Dr. Flávio, então, contou toda a sua vida desde que saiu de Cascadura, no Rio de Janeiro, e como chegou a ser um advogado famoso de Direito Internacional. Sentada a sua frente, ela cruzava as pernas e, de vez em quando, via-se em seus olhos a curiosidade própria das mulheres de saber em qual momento ele a tocaria. A conversa se prolongou por horas a fio e, de repente, o relógio os avisou que já passava da meia-noite.

Aproximou-se dela, pegou em sua mão e ela sentiu uma troca de energia que lhe deu certeza de que naquela noite se iniciaria um romance sem previsão de quanto tempo duraria. Tinham quase a mesma idade e muita experiência de vida. Ele era divorciado, com dois filhos, e ela viúva sem nenhum herdeiro direto.

Um encontro entre um homem e uma mulher numa situação com essa é sentir como se estivessem sonhando e, ao acordar, gostariam de voltar a dormir para que ele tivesse continuidade. Mas tudo era verdadeiro e de uma realidade que o deixava atônito, surpreso e até mesmo sem saber o que fazer para despertar nela o interesse por ele. Em outras palavras, deixá-la apaixonada, querendo-o mais e mais, em todos os momentos, em todos os dias e noites.

Começou alisando os seus cabelos e roçando as suas mãos em seu pescoço. Escorregou pelas costas e percebeu que ela estava sem roupa íntima. Tinha apenas um vestido em cima de seu corpo. Levantou de leve a saia e deslizou as mãos nas coxas dela. Sentia que ela correspondia às suas carícias com suspiros profundos e de olhos fechados. Como ela estava sentada, ajoelhou-me aos seus pés e fez a maior declaração de amor para uma mulher que, a seu ver, merecia todo carinho e apreço. Ela já estava sozinha há alguns anos e durante esse tempo não teve outro amor em sua vida.

Um encontro amoroso entre um homem e uma mulher tem conotações diferentes no sentir. Ele precisa se sentir atraído por ela ao passo que a mulher é despertada pelas carícias que lhe forem oferecidas. Se essas corresponderem no toque e na sensibilidade, está aí o primeiro passo para um romance efetivo.

Nesse momento, é preciso ser habilidoso para sentir as suas reações e a certeza de que esses carinhos a estão deixando feliz e excitada. Cada pessoa tem as suas manhas e suas preferências, mas o que vale mesmo é a química do cheiro de cada um num entrosamento perfeito para se vivenciar uma relação sexual das mais sublimes. Quando isso acontece, subimos a um paraíso indescritível.

Aquela noite foi a primeira de um relacionamento que, com todos os requintes de uma vida financeira estável dos dois e os olhos voltados numa mesma direção, durou até que a morte os separou.

Conto 05

LUCIANA CARDOSO – O renascer de duas vidas

Naquela noite, a bordo de um avião da American Airlines, voava acompanhada do meu amigo em direção a Paris. Estive naquela cidade muitas vezes, mas essa viagem tinha um encantamento particular. Estávamos apaixonados. Os nossos corações batiam fora do compasso, imaginando o que nos aguardava na cidade luz. As nossas mentes prelibavam o gosto do sentir em sua infinita plenitude. Segurávamos as nossas mãos numa troca de energia. De vez em quando trocávamos olhares naquela penumbra e tínhamos a sensação de sermos duas pessoas de meia-idade vivendo instantes de extrema felicidade.

Ele é de origem italiana com raízes no Brasil, galhos frondosos nos Estados Unidos, empresário bem-sucedido e consciente do seu lugar no mundo dos negócios. Eu, escultora, com muitos trabalhos espalhados pelo mundo, carente de sexo e de companhia.

Escondi-me do mundo por mais de vinte anos depois que fiquei viúva. Vivia como uma eremita, sozinha, apenas fazendo esculturas e trabalhos rotineiros. Achava que na minha idade não mais haveria possibilidade de um homem se interessar por mim. Embora sentisse que de vez em quando uma energia brotava de dentro do meu corpo como um fogo a me consumir.

Praticava exercícios e fazia caminhada ao longo da praia que é próxima. Naquele longo caminho de uma hora, também corria para sentir estar bem com a minha saúde. A cada dois anos fazia um check-up para ter certeza de que tudo estava em ordem. Exercitava a minha mente com o meu trabalho criativo e alimentava o meu coração com situações vivenciadas ao longo da vida. Também prestava serviços comunitários à diretoria do condomínio onde moro. E, assim, a vida ia passando sem grandes acontecimentos e sem me importar com o mundo que me cercava.

De vez em quando assistia ao noticiário na televisão para saber que o mundo ainda existia lá fora.

A minha casa é rodeada de montanhas e sempre estava pronta para usufruir o nascer e o pôr do sol. Embora o meu condomínio tenha mais de 200 casas, moram apenas seis famílias e cada uma distante da outra por pelo menos 200 metros. Durante o dia ouve-se apenas o cântico dos pássaros e, à noite, o silêncio é absoluto. Nesses momentos, uma música clássica sempre me acompanhava, com preferência para Chopin, Bolero de Ravel e Bach. Em outros momentos vivenciava música popular americana, brasileira, francesa e italiana. E assim, fora do mundo real, o tempo passava.

Por vezes voltava o pensamento para as grandes viagens que fiz, os lugares em que morei fora do país, e sentia nostalgia que às vezes me deixava muito triste. Aquela tristeza profunda incontida na alma. Confesso que, em alguns instantes, também enchia a alma de esperança. Aquela sensação longínqua de que alguma coisa poderia mudar a qualquer momento. Como diz o ditado popular: "Enquanto há vida, há esperança".

Como eu adoro cozinhar, comer chocolate, queijos e tomar champanhe, esses deleites estavam sempre presentes em minha rotina diária. Caprichava nas iguarias com as quais me alimentava, não me descuidando de ter todos os nutrientes necessários para uma refeição balanceada.

Tive o privilégio de ter um pai de origem alemã e uma mãe tipicamente brasileira, e essa mistura de raças contribuiu para eu ter um caráter forte e decidido. Ainda na adolescência tinha consciência do que queria em todas as situações da vida. A determinação e a coragem sempre me acompanharam.

As minhas primeiras esculturas eram moldadas em barro, depois optei por madeira, e tinha em mente, um dia, fazer uma em bronze, de alguém muito especial. Apenas sonhava.

A cada dois anos recebia a família em férias, sempre por um período de 15 dias. Depois voltava a ficar sozinha. A saudade deles ia se dissipando até voltar a minha rotina.

Conservei alguns amigos e outros pela internet, e numa troca diária de mensagens tinha a certeza de que alguém se preocupava comigo, enviando-me mensagens.

Um desses amigos, tomando conhecimento de que iria participar de um evento de escultores em Miami, falou-me que tinha um amigo, de nome Gustavo Teixeira, que morava nas proximidades e decidiu me passar o contato dele. Um dia tomei coragem e lhe telefonei e, a partir desse dia, começamos a trocar mensagens quase que diariamente. Inicialmente, com a reserva que uma mulher deve ter com um desconhecido; devagarzinho nos descobrimos e em meio a tantas emoções, encontramo-nos no evento em Miami.

Cheguei atrasada cinco minutos e quando adentrei no salão ele me esperava, na companhia de sua filha, uma mulher lindíssima e com um par de olhos verdes como nunca vira antes.

Como eu já o conhecia por fotografia, aproximei-me dele, cumprimentei-o e também a sua filha. Trocamos um aperto de mãos e um leve abraço e ficamos ali conversando sobre diversos assuntos e também sobre as minhas esculturas. Foi um encontro que me deixou fora do prumo: primeiro, porque ele tem um sorriso iluminado e carismático, um olhar faiscante, estatura média, ombros largos e poderosos e uma simpatia estonteante. Senti-me completamente perdida. A emoção atravessou o meu corpo, aqueceu o meu coração e subiu a minha mente, deixando-me extasiada com a presença dele. Essas reações são comuns na juventude, acredito.

Mirei o seu corpo e imaginei que bela escultura faria dele. Guardei esse desejo como uma artista que vê em seus sonhos uma realização futura.

Estava às vésperas do meu aniversário e a minha família, que mora em Miami, preparou uma comemoração. Pensei em convidá-lo, mas a prudência me fez recuar. Afinal, ele era ainda um desconhecido.

Ainda tinha mais três dias em Miami e às vésperas da minha volta ao Brasil ele nos convidou para jantar em sua casa: minha nora, meu filho e eu. Aceitamos o convite de pronto. Afinal de contas, eu gostaria de conhecer o lugar que abrigava aquele homem de sorriso envolvente e de falar comedido. No dia do encontro fiquei nervosa e nem sabia que roupa usar. Gostaria de ter usado uma saia, mas como estava frio optei por uma calça preta, uma blusa branca e uma echarpe colorida.

Na estrada que nos levaria a casa dele estava com uma expectativa nunca antes sentida. Pelo endereço sabia que se tratava de um lugar onde residem pessoas de alto poder aquisitivo, mas a casa podia ser simples em meio a outras suntuosas. Esse fator não era importante. O que me deixava ávida para chegar àquele endereço era a vontade de revê-lo, estar ao lado dele, saborear a sua comida e, por algum tempo, ficar debaixo do mesmo teto que o abrigava.

Ele nos recebeu com um sorriso e um abraço. A casa era confortável e luxuosa e à beira de um canal havia um barco que, segundo ele, era usado em seus passeios pelo mar. Com intuição feminina, percebi que ele tentava ficar calmo, mas sabia que o coração dele estava descompassado assim como o meu.

O jantar foi feito por ele: pimentão recheado, macarrão com molho à bolonhesa e um camarão à francesa que estava delicioso. Iniciamos esse encontro com um vinho e eu vivenciava a presença dele como uma adolescente quando conhece o primeiro namorado. A comida foi servida e nos deliciamos num sabor incomparável.

Durante aqueles momentos ele falou sobre ele, alguns aspectos de sua família, sem grandes detalhes, deixando-me curiosa para saber mais a respeito de tudo: de sua vida, do que fazia e quem, na realidade, era aquele homem charmoso e dono de um poder impressionante de me envolver.

O meu filho e a minha nora foram arrumar a cozinha e ele me convidou para conhecer os demais cômodos da casa. Confesso que não me lembro do tipo dos móveis, nada mesmo. O meu olhar estava centrado nele: na sua postura, no seu caminhar e naquele sorriso que me deixava pairando nas nuvens.

Ao chegar ao seu escritório, sentamo-nos em duas cadeiras. Estávamos sozinhos, um de frente ao outro, sem saber o que falar. Ele me mostrou a estante com muitos livros, afirmando que lera todos, e as demais coisas daquele escritório estavam na ordem que lhe convinha.

Trocamos olhares e tive a impressão de ter atravessado a sua mente e descido até o seu coração. Virei a cadeira, fiquei de costas e, nesse momento, ele pegou em meus cabelos de maneira suave, mas o bastante para que o meu corpo ficasse arrepiado de emoção.

Em alguns momentos, a vida nos traz surpresas que a nossa imaginação não poderia prever. São esses encontros que ficam presos em nosso pensar e caminharão conosco para a eternidade. Relembrá-los nos deixa sentindo um sabor incomparável de prazer.

Saímos de sua casa quatro horas depois, levando comigo um buquê de rosas vermelhas com o qual ele me presenteou. Tiramos fotos e eu tinha a certeza absoluta de ter conhecido um homem adorável. Quando pensamos que já vivemos tudo nesta vida, inesperadamente, surgem outras emoções fantásticas no sentir e no conviver.

Voltei ao Brasil dois dias depois e trouxe comigo a esperança de continuar trocando mensagens com ele, para ser possível desvendar aquele homem enigmático e consciente de seu lugar no mundo.

Nas trocas de mensagens, agora diariamente, fui aos poucos, com a minha intuição, descobrindo a sua vida, como ele pensava e se sentia vivendo há muitos anos no melhor país do mundo, depois de chegar como imigrante e sem recursos.

Outras conclusões foram-se somando, baseadas em experiências, e, também, por já residir nos Estados Unidos há15 anos.

Ser honesto, trabalhador e cumpridor de seus compromissos é a primeira alavanca para se ter o respeito do americano. Ele foi e é assim, ainda tinha uma mente povoada de sonhos e caminhava nessa direção com a certeza de que um dia eles se realizariam.

Com uma atitude sensata, quando se estabilizou levou toda a família por saber que poderia contar com o apoio deles, e também porque fazer amigos em um país estranho é um desafio que pode durar anos. E, então, com o aconchego de um lar, tinha uma retaguarda segura de afetos e vivências para atingir os seus ideais.

Foi um sábio para discernir as diversas atitudes dos seres humanos e o reconhecimento do valor de cada um em seus negócios. Sempre esteve pronto para ajudar quem necessitava e essa atitude lhe proporcionou muitos êxitos e grandes retornos monetários. O respeito ao próximo era uma forma natural de viver, assim como ter uma atitude digna com todos ao seu redor.

Foi para escola estudar a língua inglesa e também fez cursos para se aprimorar no trabalho. Leu muitos livros da literatura americana para entender as histórias, como era o mundo dos americanos, e aprender como ter uma melhor convivência naquele país. Já é sabido que a vida nos dá lições diárias e nos livros temos a oportunidade de ter contato com muitas situações e experiências de muitas vidas e comportamentos em seus mais amplos aspectos.

Conquistou alguns amigos no mundo político e no empresarial por saber dispensar a atenção e a diplomacia em momentos oportunos. Seu trabalho era executado na melhor qualidade, não medindo esforços em busca da perfeição.

Um homem temente a Deus, com humildade caminhava diariamente a passos largos em direção ao sucesso. Em cada etapa alcançada vislumbrava um novo patamar e munido de coragem e determinação tinha certeza de que outros viriam por acreditar que a fé o levaria a outras conquistas.

Por ser muito pobre em sua infância e com encargos pesados no sustento de seus familiares, não teve a oportunidade de cursar uma Universidade, mas um dia se conscientizou de que o maior diploma que o indivíduo pode ter é a sabedoria do viver diário. Não basta ter um diploma para se alcançar o sucesso. Na escola se aprende as técnicas de uma profissão. A vida é o nosso grande ensinamento. É no mundo que aprendemos a viver da melhor forma, observando as pessoas, o seu proceder, os exemplos e tirando lições proveitosas.

Ele aprendeu que viver é passar por momentos difíceis e sair vitorioso. É encarar o mundo e ter a certeza de que se saiu ileso de situações que poderiam derrotá-lo.

Ele tem consciência de ser um homem bem-sucedido nos negócios por tudo que conquistou e nos relacionamentos e concluiu que isso não se aprende na escola, mas na própria vida.

Ele tem um tino especial para fazer negócio. Tem a amplitude de observar quando esse ou aquele negócio é bom para se ganhar ou perder dinheiro. Quem o conhece e quem teve a oportunidade de fazer negócios com ele têm um profundo respeito pelas suas orientações.

Outra coisa interessante é que ele é comedido no falar, mas se for necessário, ele age de maneira inversa para expor seus pensamentos de forma convincente.

É um observador nato da vida e das pessoas. Quando se conversa com ele, seja assunto de negócios ou não, ele tem a acuidade de interpretar o que ouve e imediatamente faz as suas conclusões e as guarda dentro de um cofre do qual somente ele sabe o segredo e tem as chaves. E quando necessário, num momento qualquer, ele busca essas informações para atinar na veracidade dos fatos. Tem uma inteligência surpreendente e uma sensibilidade incomparável.

Como nenhum ser humano tem perfeição absoluta, ele também tem as suas fraquezas, as quais lhe deram alguns desfechos desagradáveis. A sua energia ultrapassa os limites do seu controle e ele a usa como uma escapatória de sobrevivência. Sente um prazer imenso agindo dessa forma e, certamente, é um homem feliz. Assume os contratempos que advêm desse seu proceder considerando que, apesar dos pesares, é responsável pela sua vida.

Quando temos consciência que a nossa forma de agir é a correta não existe ninguém e nenhum argumento na face da Terra que o demova de pensar assim. Portanto, ou aceitamos as pessoas como elas são ou desistimos de sua amizade. Esse é, sem dúvida, um grande desafio para outras mulheres que tiverem coragem de entrar na vida dele de forma ocasional ou permanente. Ele será sempre aquele homem que imagina que cada mulher tem o seu encanto e para se ter a mulher ideal é preciso juntar as qualidades de cada uma e colocá-las numa única mulher. Impossível, caro amigo!

Ainda, se considerarmos que a vida é curta e que tudo neste mundo passa, usufruir da companhia do meu amigo Gustavo Teixeira é levar para a vida eterna o privilégio de ter convivido com o mais completo e adorável homem do mundo. Até as suas fraquezas podem ser aceitas como uma compensação por ele ser único e com características próprias de sua forma de ser.

Depois de tantas trocas de mensagens, era imperiosa a necessidade de conviver com esse homem, por algum tempo, porque ele me tirou do equilíbrio apenas nos pequenos momentos em que o vi.

E numa tarde, quando o sol pressentiu que alguma coisa de extraordinário iria acontecer e ficou na dúvida se ia embora ou não, abri meu celular e vi que havia uma mensagem de que ele viria ao Brasil. Olhei para aquele entardecer dos últimos raios se despedindo e me senti privilegiada e feliz.

Comprometi-me a ir esperá-lo no aeroporto. Queria degustar de sua presença ao pisar em solo brasileiro. As noites que antecederam o encontro foram de vigília. Não conseguia dormir. Então, além de tudo, ainda tive a preocupação de aparentar uma fisionomia de cansaço. Infelizmente, não tinha como evitar essa situação.

Ali, em frente à saída da ala internacional, postei-me à sua espera sentindo as batidas do coração descompassadas e os meus olhos ávidos por vê-lo. Ele apareceu deslizando a sua mala, carregando uma sacola e um pacote. Abracei-o e senti pela primeira vez, de fato, o calor do seu corpo. Um turbilhão de sensações maravilhosas sentia a minha mente, deixando-me prelibar a felicidade que sentiria nos dias a seguir.

Durante o trajeto até a cidade, conversamos sobre assuntos diversos, e como nos fazia companhia uma amiga com quem tinha quarenta anos de amizade, ela relatou a nossa convivência em todos esses anos e traçou o meu perfil de amiga ressaltando o quanto me amava e me respeitava.

Fomos deixar a minha amiga na casa dela e ela nos serviu pão de queijo com café. Ele comeu, já eu sentia que o meu estômago se recusava a comer qualquer coisa. A emoção de estar ao lado dele superava todas as outras necessidades.

Naquela manhã ensolarada, a exuberância das plantas e o colorido das flores da estação deixavam a estrada encantadora. Ele elogiava o cenário e eu percebia que ele estava feliz.

Eu tinha pressa para chegar em casa e o tempo, conhecedor da minha ansiedade, parecia não entender o que acontecia comigo.

Finalmente, chegamos ao condomínio onde moro. Eu lhe falava alguns detalhes desse lugar, como as pessoas que nele moram e outros detalhes de menor importância. Tinha pressa de chegar.

Indiquei a nossa casa ao motorista e quando ele parou em frente, recusei-me olhar para os olhos dele. Queria que meu consciente imaginasse se ele havia gostado da aparência exterior. Mas o melhor, tinha certeza, seria ele adentrar nesse lugar e descobrir tudo que fazia parte da minha vida e do meu viver.

Mostrei-lhe os seus aposentos e deixei-o à vontade. Instantes depois ele se encontrou comigo na cozinha, trazendo-me muitos presentes. "Exagerado!", pensei. Agradeci e guardei-os em seus lugares devidos.

Embora ele tivesse sugerido que gostaria de almoçar no centro de Ubatuba, em algum restaurante, convenci-o do contrário porque havia preparado uma comida especial. Ademais, gostaria de ficar sozinha com ele, sentindo a sua presença em nossa casa.

Tomamos vinho e servi camarão com macarrão com um molho especial de Teryaki sauce, com muito alho e queijo parmesão ralado na hora. Ele gostou e elogiou. Fiquei feliz.

Não parávamos de conversar sobre assuntos diversos. Em determinado momento, mostrei-lhe toda a casa e os meus mosaicos que tenho espalhados em todos os lugares. Acredito que de todos, o que mais lhe chamou atenção foi um painel de trinta e quatro mil peças de pastilhas de vidro que emoldura a hidromassagem. E ele ressaltou: "Vamos usufruir esse lugar em um momento especial!".

As horas passavam e a nossa conversa se estendia ao som das músicas de Julio Iglesias. De vez em quando trocávamos olhares cúmplices. Talvez, ele me imaginando como mulher e eu tendo o mesmo pensamento em relação a ele como homem. Como eu tenho o hábito de comer frutas ao entardecer, convidei-o a me acompanhar.

Estava curiosa para ver o corpo dele. Dias antes de sua chegada, pendurei em lugar de fácil acesso alguns diplomas de esteticista, porque pretendia lhe fazer uma massagem relaxante e não queria que ele me visse como uma curiosa nessa área, mas uma profissional. Em determinado momento, ele se aproximou dos diplomas e os leu.

A noite chegou e eu percebi que ele estava cansado. Viajar a noite inteira num avião não nos permiti dormir o necessário. Propus, então, fazer-lhe a massagem. Inicialmente, ele não queria, mas, em seguida, concordou. Fui até o quarto, peguei a maca e a montamos, juntos, ao lado da cama em que ele iria dormir.

Comprei o melhor creme para essa ocasião. Vesti o meu uniforme, coloquei uma toalha sobre a maca, cobri-o com outra e comecei a massagear aquele corpo poderoso e peludo. Notei seus músculos firmes e uma aparência de quarenta anos. Enquanto deslizava as minhas mãos sentia, diante de mim, um homem excitante, e imaginava quando estivesse ao lado dele, sentindo todos aqueles pelos roçando o meu corpo –morreria de tanto prazer. Ao terminar a massagem, ele se deitou na cama, dei-lhe um beijinho no rosto e fui dormir em meus aposentos.

Eu também estava com sono porque, nas noites anteriores, tive insônia e não consegui dormir. Estar pertinho de um homem terrivelmente charmoso, carismático, com um sorriso iluminador, em minha casa, depois de mais de 20 anos de solidão, era um castigo que eu não merecia. Mas nada podia fazer. Lembrei-me daquele ditado popular: "Quando um não, quer dois não brigam".

Imaginei que, em algum momento, ele viria ao meu quarto, mas isso não aconteceu. Às vezes é necessário ter autocontrole para depois vivenciar tudo o que se queria naquela ocasião e que, por alguma razão, não foi possível. Conclui que ele precisava descansar.

Quando o amanhecer surgiu, levantei-me, tomei um banho e fui à cozinha preparar o nosso café da manhã. Ele teceu elogios aos alimentos postos à mesa.

Depois de nos alimentarmos, levei-o para conhecer a praia que fica a cinco minutos de casa. Percebi que ele gostou daquele panorama belíssimo. O mar fica rodeado de montanhas e a água, naquele dia, tinha diversas tonalidades de azul. Caminhamos e, por vezes, eu o deixava, corria e voltava ao seu encontro. Nesse dia tinha comigo toda a felicidade do mundo porque há mais de vinte anos caminhava nessa praia todas as manhãs, mas sozinha. Foi um dia especial. E como desejei que outros instantes como esse pudessem se repetir! Havia redes captando peixes nas proximidades e ele, com curiosidade, aproximou-se de um pescador que vendia o peixe que, segundo ele, é o mais saboroso de todos: pescada. Certamente, na próxima vez que ele vier me visitar terá um almoço especial com essa iguaria.

A atitude dele de distância comigo começava a me preocupar. Inventei de fazer uma massagem relaxante em seus pés. Seria para ele mais uma noite de descanso, porque a primeira, segundo ele, dormiu as oito horas que precisava. Coloquei seus pés em um recipiente com água morna e depois de 15 minutos massageei-os com um creme esfoliante e, em seguida, com um hidratante. Percebi-o relaxado e, mais uma vez, acompanhei-o até a cama, dei um beijinho em seu rosto e fui para o meu quarto.

Relaxei, respirei e dormi. Não adiantava me preocupar com a forma de agir dele, e eu me conheço. Não me senti humilhada ou menosprezada. Tudo tem a sua hora para acontecer. É bem provável que ele quisesse se acostumar com a minha presença para ter condições de sentir tesão por mim.

No dia seguinte preparei um almoço delicioso de peixe com pirão. Enquanto comia, elogiava o tempero e a apresentação. Ele preparou uma caipirinha de maracujá e limão de sabor fantástico. Esses momentos foram realmente prazerosos. Não parávamos de conversar sobre os mais diversos assuntos. No final da tarde comemos frutas e ao anoitecer tomamos champanhe. Durante a minha vida, essa sempre foi a minha bebida preferida. E a que tomamos tinha um sabor incomparável.

Seguramos as nossas mãos, trocamos olhares maliciosos, sentimos as nossas presenças e em alguns segundos estávamos na cama. Eu me deitei primeiro e fiquei embaixo do lençol, aguardando-o. Vestia apenas uma calcinha branca. Ao se aproximar de mim, sentimos os nossos corpos se encontrando e desfrutando do maior prazer que um homem e uma mulher são capazes de sentir. A troca de carícias nos deixava loucos de prazer. Ele me amou como nunca fui amada em toda a minha vida. Sentia aquele homem forte e poderoso me abraçar com o seu corpo quente, cheiroso, deixando-me presa em seus braços. Foi uma noite inesquecível!

No dia seguinte, devido a compromissos de trabalho, ele se foi, mas deixou comigo a sensação de ter vivido uma grande e maravilhosa experiência de tesão e amor.

Dias depois comecei o trabalho de esculpir uma estátua em bronze em seu tamanho natural, vestido apenas com uma cueca, para ser erguida no mais alto ponto do universo para que todas as mulheres do mundo possam admirar a maior criação de Deus: o meu amigo Gustavo Teixeira.

O avião pousou suavemente no aeroporto Orli. Dirigimo-nos à imigração e depois de posse de nossas malas pegamos um táxi e fomos para o hotel em que já tínhamos reserva. Um lugar luxuoso, à altura de seus hóspedes famosos e de pessoas bem-sucedidas na vida.

Desfrutamos todo o tempo de um bem-estar e a atmosfera respirava amor, ternura e felicidade. Só quem já esteve apaixonado conhece o que sentíamos um ao lado do outro, numa simbiose perfeita de prazer e encantamento.

Jantamos em nossa suíte com direito a um champanhe Dom Pérignon, nossa favorita. Músicas românticas embalavam aquele momento, deixando-nos num mundo etéreo, onde o compasso das batidas do coração com as emoções vivenciadas deixava-nos absortos e alheios à realidade.

Aquela primeira noite em Paris foi a melhor e a mais profunda de sentimentos de nossas vidas. Temos uma química perfeita e nos entrosamos em carícias e sexo numa transmutação de felicidade completa.

Fizemos alguns passeios nos pontos turísticos de Paris e tudo se revestia de uma beleza incomparável. O mundo se apresenta diferente quando estamos felizes. Tudo é belo e agradável. A comida adquire um sabor diferente e nos dá prazer. De vez em quando trocávamos olhares cúmplices, imaginando o nosso retorno ao hotel para continuarmos os nossos momentos de intimidade absoluta.

E, assim, aquela viagem nos fez ter a certeza de que a vida já não mais será possível se não tivermos sempre a companhia um do outro em qualquer lugar.

Conclusão

Levantei-me daquele lugar e caminhando em direção a minha casa tive a certeza de ter vivenciado essas histórias em um curto período, tendo o mar a minha frente em sua extrema grandiosidade. A nossa mente é capaz de nos trazer fatos acontecidos há muito tempo de forma tão real que até temos a impressão de termos nos deslocado no tempo e no espaço para compartilhar os fatos, as histórias vividas por pessoas em ocasiões diferentes. Deixei a praia e o mar sozinhos para, continuadamente, entrelaçarem-se numa simbiose perfeita da natureza.

ANEXO – PENSAMENTOS EXTRAÍDOS DAS OBRAS *E ASSIM FOI A VIDA* E *CRÔNICAS DE UM TEMPO INFINITO*

01. Escrever é ter a felicidade a sua disposição e segurá-la para que ela não fuja.

02. O sucesso e as realizações de cada pessoa começam sempre com uma semente colocada em seu pensar. No caminhar lento do tempo ela vai sendo germinada com a visualização dos projetos sonhos e desejos que poderão se tornar realidade se houver persistência, coragem, luta e determinação.

03. Dois sexagenários decidiram se casar. O convite para o enlace tinha os dizeres: "Dois jovens apaixonados, não pela idade cronológica, mas pela do coração, decidiram juntar suas vidas para ser possível vivenciar todo o encantamento que Deus houve por bem lhes proporcionar. A nossa união ultrapassará os limites desta vida e caminhará pela outra na certeza da eternidade de nossas almas".

04. Tudo o que a vida decidiu lhe presentear um dia você recebe, mesmo que situações inexplicáveis tenham lhe acontecido. Estar atento às oportunidades e segurá-las com humildade, inteligência e criatividade são fatores importantes para encontrar o caminho do sucesso e da felicidade.

05. Não importa quando e como temos que tomar uma decisão. Esta acontecerá sempre se nos propusermos a persegui-la e ainda acreditar que tudo vai dar certo.

06. A natureza tem a sua própria dinâmica. Hoje, nascemos, crescemos e vamos caminhando sem notar pequenos detalhes que todos os dias acontecem em nosso físico e em nosso pensar. Também, as pessoas que convivem conosco acompanham esse fenômeno como algo natural. É como observar um botão de uma rosa que devagarzinho vai se abrindo e um dia explode em seu esplendor máximo. Nesse instante, tomamos conhecimento do poder mágico da transformação que se opera em todos nós, levando-nos para outros patamares da vida.

07. A vida é bela. Vamos amá-la com paixão.

08. Fazer o bem é o mais suave prazer que se pode experimentar.

09. O mundo pertence àqueles que sonham, lutam e persistem. A vitória inegavelmente chegará porque ela caminha ao lado de pessoas especiais para, no

final da jornada, receber os aplausos. O mais importante é que ela sabe a quem seguir. A sua sabedoria é incontestável.

10. Quando os sonhos se tornam realidade, a felicidade invade a nossa alma e fica por tempo indeterminado.

11. Quando se tem sonhos e projetos a realizar a saúde fica de plantão esperando para ser sentir feliz também.

12. Felicidade existe e eu conheço todos os caminhos dessa mocinha preciosa.

13. A gratidão é uma atitude nobre. Quem a pratica se sente feliz e quem a recebe, enaltecido.

14. A grandiosidade do ser humano reside, a meu ver, em três fatores: estudar, trabalhar e assumir a sua própria vida em seus termos respeitando sempre o espaço dos demais.

15. O trabalho nos deixa fortes, livres, independentes e responsáveis. Com ele fazemos as escolhas de nossas vidas dentro do que nos propomos.

16. Por mais acolhedora que se pareça uma situação vivida, nunca devemos jogar todas as nossas esperanças como solução para o futuro. As surpresas ficam à espreita e, quando menos esperamos, elas surgem como um desafio avassalador. Torna-se necessário ser forte, corajoso e destemido. A vida vai continuar estando eu triste ou alegre. Portanto é melhor afastar a tristeza e continuar a viver.

17. Quando se quer alguma coisa de verdade, em todos os segundos da vida, conseguimos, porque a força do nosso pensamento é maior do que qualquer obstáculo que se atreva a cruzar o nosso caminho.

18. A vida é um desafio constante. Estar à mercê dele nos enche a alma de coragem.

19. O sexo foi o maior presente que Deus concedeu aos seres vivos.

20. O sexo nos proporciona prazer, transporta-nos para um paraíso de sentimentos e nos faz sentir seres privilegiados numa simbiose de sonhos e realidade.

21. O sexo é despido de qualquer preconceito

22. O sexo ignora o certo ou errado porque ele tem suas próprias regras de conduta.

23. Sexo é vivenciar uma suprarrealidade num contexto real.

24. O sexo é impetuoso e desafiador.

25. Ser mãe é assumir responsabilidades por toda a vida.

26. Sexo é sentir que estamos vivos e com capacidade de vivenciar em nosso corpo e em nossa mente emoções que nos tiram da realidade.

27. Em todos os nossos momentos de glória e realizações não podemos nos esquecer de uma amiguinha preciosa que se chama humildade.

28. Há momentos em que os acontecimentos da vida transcendem tudo o que imaginamos. Nesses instantes, a felicidade tem o seu lugar garantido.

29. Sonhar é querer ter o controle de todas as emoções dentro da palma de nossas mãos.

30. Há soluções na vida que convergem para encaixes perfeitos, sem que nos seja dado o direito de premeditar.

31. Viver é observar o mundo e o comportamento das pessoas e tirar as próprias conclusões.

32. Tudo acaba com a morte porque a vida não é eterna. Eternos são, sem dúvida, os momentos vividos e degustados com toda a emoção que os nossos corações conseguiram suportar.

33. A alegria de viver deve estar acima de qualquer dificuldade porque ela nos dá ânimo na luta pela vida.

34. O mundo não oferece perdão para quem ultrapassa os limites de sua própria dor.

35. O livre arbítrio que temos para dirigir as nossas vidas nem sempre é uma força poderosa. Situações alheias a nossa vontade podem nos impedir de agir como gostaríamos

36. A vida é mutável. Todavia, quando grandes acontecimentos em nossas vidas se forem, as marcas ficarão gravadas em nossa alma e poderão durar para sempre.

37. O olhar de um homem apaixonado é cheio de mistério e é capaz de nos envolver de forma total e absoluta. Quantos desses olhares eu vi pela vida!

38. A vida não nos dá nada de graça. Às vezes, o preço a pagar é altíssimo.

39. Quando pensamos que já vivemos o melhor, a vida nos surpreende com outras situações ainda mais primorosas.

40. Quando sentimos que todas as portas estão fechadas qualquer abertura é caminho.

41. É maravilhoso e fantástico você decidir sobre os rumos de sua vida sem depender de conselhos ou ajuda de outras pessoas. Esse sempre foi um desafio que assumi por toda a vida.

42. Tudo na vida tem solução. Se não fosse assim, como teriam sido solucionados os problemas que todos enfrentamos em nosso cotidiano?

43. A vida é um palco onde cada um representa o seu papel de forma mais convincente.

44. A vida é um fogo dos mais ardentes, que se você não tiver uma roupa apropriada para se proteger, ela te consumirá.

45. A vida, em alguns momentos, não nos oferece alternativas. A única saída é encarar os acontecimentos de forma real e aguardar o desfecho seja ele qual for.

46. Em determinadas situações da vida morremos um pouquinho todos os dias sem perceber.

47. O tempo parece infinito quando queremos que ele seja breve. Ele também tem as suas manhas e os seus mistérios. É preciso respeitá-lo.

48. Nos grandes acontecimentos da vida, sejam eles bons ou ruins, o sono teima em desaparecer talvez porque ele queira que vivenciemos cada segundo desses momentos de forma real.

49. Os grandes acontecimentos da vida, aqueles em que a gente acha que triunfou, elevam a nossa alma ao infinito. É bom! É bom demais!

50. Cair e levantar são situações inerentes ao ser humano. O importante é que ao levantarmos tenhamos a coragem de prosseguir na luta.

51. Uma mulher, quando jovem, tem a beleza e o frescor da juventude; quando na maturidade, a beleza da experiência.

52. A vida é andar por uma estrada e quando esta nos entediar ter a coragem de mudar o caminho.

53. A vida é perseguir sempre a felicidade, e se esta se descuidar, agarre-a com todas as forças que tiver.

54. O mundo visto e sentido por cada um de nós é único e intransferível.

55. Às vezes, percebemos que situações aparentes nem sempre traduzem a realidade dos sentimentos.

56. Amigas, somos todas belas, somos todas únicas e, ainda, providas de intuição e poder. O mundo nos pertence! Tomemos posse dele.

57. Não confie em ninguém e nem mesmo em sua sombra. O sol também muda de posição.

58. A vida de cada um de nós daria uma crônica ou um romance, dependendo tão somente de como enxergamos as experiências vividas e os sentimentos que fazem explodi as emoções.

59. São excitantes as surpresas que a vida nos oferece em determinados momentos. Vivenciá-las é algo grandioso. Deixamos de sermos pessoas comuns para nos tornarmos especiais.

60. Há pessoas que nascem prontas para a vida. A questão é apenas a oportunidade que elas têm para mostrar ao mundo a sua verdadeira face.

61. Às vezes há um mundo só nosso e é preciso desfrutar como merecedores absolutos das circunstâncias.

62. O futuro é sempre uma incógnita. Por isso precisamos estar sempre antenados e receptivos aos acontecimentos que podem chegar sem avisar.

63. É importante saborear a vida, devagarzinho, no compasso lento do prazer.

64. A esperança é uma acompanhante que devemos ter sempre à nossa disposição.

65. A vida é frágil e cada dia vivido deve ser festejado com todas as honras do mundo.

66. Para o mundo somos o que temos. Infelizmente!

67. Cada um nos julga pelo mundo de suas próprias consciências, nunca pela realidade dos fatos.

68. Uma ambição desenfreada pode tornar a vida perigosa e sem consertos futuros.

69. Ninguém é deveras autossuficiente para não precisar de um favor de outro em algum momento.

70. É necessário acreditar sempre e nunca deixar perder de vista a direção dos nossos sonhos.

71. Sonhar é um direito que nos permitimos de vez em quando. Arquitetar planos é visualizar a realidade no contexto de nossos desejos.

72. Às vezes, torna-se difícil acreditar que a vida possa emergir e mudar para melhor em apenas um piscar de olhos.

73. A vida nos mostrou que quando somos abandonados por alguém haverá sempre outro que nos ajuda a levantar.

74. Um pequeno gesto ou atitude que alguém nos dispensa pode ficar dentro de nossa alma numa situação inesquecível.

75. Palmilhar pela vida acompanhados da solidão é uma vivência dificílima. Somente sobrevivem aqueles que têm uma visão ampla do mundo e estão com a alma cercada de muitas esperanças.

76. Não devemos nunca dar importância ao descaso dos seres humanos. As surpresas podem deixá-los boquiabertos e seus olhos esbugalhados.

77. Às vezes, sentimos que não estamos neste mundo, mas em outro, onde os devaneios fazem moradia eterna.

78. O amanhã poderá nos cercar de surpresas agradáveis e trazer-nos milagres sem prévio aviso. Todavia essas só acontecem se tivermos fé.

79. Na vida de todas as pessoas há ciclos diferentes. Saiba que cada um deles é importante para que tenhamos novas experiências.

80. As surpresas fazem parte da vida e precisamos apenas estar atentos quando elas resolvem nos visitar.

81. Há determinadas pessoas que têm características próprias e convincentes para envolver os outros sobre o que elas querem ou pretendem. Vão, sorrateiramente, construindo um lastro de material resistente e poderoso e, quando as vítimas se dão conta, estão presas numa armadilha sem condições de retorno. Cuidado!

82. A vida, por vezes, dá-nos muito, mas, por outro lado, o preço a ser pago pelas nossas ambições pode ultrapassar os limites do nosso pensar. Como seria bom se soubéssemos antecipadamente que a felicidade e o bem-estar independem do que possuímos em bens materiais!

83. Felicidade é admirar a natureza e pensar que todo este universo nos pertence e que somos parte dele.

84. Nesta vida há muitos prazeres que são deliciosamente torturantes. No momento, os meus são: escrever e sonhar. Quais são os seus?

85. As circunstâncias da vida mudam as pessoas. Somos seres mutáveis e influenciáveis. Para a consistência de um bom caráter precisamos ter um sentimento sólido e uma raiz de estrutura potente e profunda.

86. Quanto mais eu envelheço mais eu descubro que é fantástico viver e que a vida adquire sabores e prazeres ilimitados.

87. Hoje todos os habitantes do planeta Terra me ofereceram de presente os seus momentos felizes. Que privilégio!

88. O homem mais interessante e desejado pelas mulheres não é, necessariamente, belo, rico, jovem, famoso ou letrado. São as sutilezas no trato que nos deixa suspensas no ar, usufruindo uma atmosfera de bem-estar incomparável.

89. Há pessoas que conhecem o labirinto das emoções humanas e sabem perfeitamente onde encontrar a saída se por acaso houver imprevistos.

90. Há determinadas situações na vida que podemos comparar a um riacho de águas transparentes, que segue o seu caminho na certeza de que um dia encontrará o mar.

91. Às vezes, sentimo-nos voando pelo espaço em busca de tudo que nos é permitido vivenciar naquele momento e nos próximos.

92. A vida, por vezes, apresenta-nos transformações radicais. É preciso estar preparado para essas mudanças.

93. Os prazeres do sexo têm três fases distintas: a primeira, quando se preliba o que irá acontecer; a segunda, quando está acontecendo e, a terceira, nas lembranças dos momentos vividos. Haja coração!

94. Como seria maravilhosa a vida se pudéssemos ser livres para pensar, agir, decidir e viver cada minuto da vida como se fosse o último. Nessa situação não precisaríamos morrer para alcançar o paraíso porque ele já estaria entre nós diuturnamente.

95. A vida pode ser leve ou pesada. Tudo vai depender da sabedoria de suas escolhas.

96. Como é fantástico o início de um relacionamento amoroso quando os sonhos gotejam cercados de previsões animadoras e cheias de mistérios!

97. Todos os seres humanos têm uma aparência que todos veem e outra que fica guardada dentro de cada um. São os mistérios escondidos de nossas vidas.

98. Os sentimentos de cada indivíduo são situações próprias e únicas, impalpáveis aos demais. Mesmo quando confidenciamos algo para alguém, ainda assim é impossível transferir de maneira exata o que sentimos porque quem nos ouve vai jogar para o seu mundo aquelas informações e decantá-las a seu modo. Sentimentos não se transferem, são apenas sentidos.

99. O querer está acima de todas as dificuldades que se apresentam em seu caminho. O querer é uma força poderosa que o impulsiona na realização dos sonhos. O querer transpõe montanhas e os maiores obstáculos à nossa frente.

100. Há um instante na vida que, quando alguém se depara com uma solução aparentemente inatingível e tendo consciência de que ela está ao alcance de suas mãos, o viver ganha conotações extraordinárias de prazer

101. Em determinados momentos o silêncio diz o que sentimos de uma forma tão perfeita que as palavras não sabem como traduzi-lo.

102. Se você quiser descobrir se tem afinidades com alguém, converse, converse, converse muito. Exponha as suas opiniões, suas dúvidas, compartilhe os seus problemas. Coloque-se no lugar do outro. Ouça com atenção e opine o menos que puder. As surpresas podem ser avassaladoras!

103. A vida nos oferece surpresas inacreditáveis e, por vezes, acima de nossa capacidade de entendimento.

104. Na maturidade, a vida é agradecer a Deus por tudo que nos foi proporcionado e o privilégio de chegar a esse estágio da vida com a alma leve e o coração esperançoso.

105. Todos gostam de ser mimados, valorizados, acariciados, respeitados, desejados, amados e olhados dentro de um contexto em que a alma se une ao pensar numa simbiose perfeita para uma vida cheia de encantamento e prazer. E se tudo isso acontecer de forma mútua, merecerá todos os aplausos dos seres vivos do mundo, todos os sons diferentes de tudo que compõem a natureza, num regozijo uníssono de felicidade.

106. Na maturidade, avida é a capacidade de recolher todos os sonhos que ficaram pela estrada e tentar realizá-los.

107. Há acontecimentos na vida que são eternos. Por mais que queiramos esquecer, eles teimam em se fazer presentes independentemente da nossa vontade.

108. Quando o coração e o desejo estão intrinsecamente unidos e dispostos a vivenciar momentos que transcendem a nossa razão não há força capaz de deter esse caminhar.

109. Na vida há momentos fantásticos em que a nossa alma se sente privilegiada por entender que o tempo pode nos beneficiar numa dimensão superior de felicidade.

110. A vida vale pelas grandes emoções que vivemos.

111. O livre arbítrio tem limitações na decisão de nossos desejos. Quando fazemos escolhas nem sempre elas são independentes porque dependemos de condições biológicas, sociais e pessoais que o indivíduo não é capaz de determinar por si só.

112. Os sonhos não podem extravasar um sentimento acima de nossas emoções. Eles devem ter o equilíbrio perfeito para que as frustrações não ocorram, deixando-nos desalentados e sem a coragem necessária para seguir adiante.

113. Viver é amar e se sentir amado. Todavia, quando esse sentimento sofrer mutações, entender que a vida deve continuar.

114. Viver é, por vezes, sentir-se à beira de um precipício e encontrar asas para voar.

115. Nunca é tarde para tornar realidade um sonho acalentado desde a juventude. O importante é nunca perder de vista o que queremos e, no caminhar de nossa estrada, visualizar o que iremos viver no futuro. Assim, a confiança segue no compasso firme dos nossos desejos.

116. Há momentos, em nossas vidas, que a felicidade é tão grande, tão cheia de nuances coloridas, que ficamos inebriados e nos sentimos encharcados de poder.

117. Não sabemos ao certo o que a vida nos reserva. Não importa a idade que tenhamos, porque os sentimentos não mudam com o passar dos anos. E, ainda, as experiências adquiridas juntam-se ao prazer dessas vivências e, dessa forma, sorvemos em profundidade sensações de envolvimento e bem-estar.

118. Quando o fogo de uma paixão incendeia corpos e alma, o cheiro de queimado sobrepõe-se a um equilíbrio emocional, apagando a razão de forma total e absoluta. A inteligência apaga-se. A criatividade aflora porque é necessário dar continuidade àquele estado surreal comum aos apaixonados.

119. A vida começa a ter sentido quando ansiamos por mudanças. E estas, por vezes, podem vir recheadas de boas surpresas. O ser humano sempre quer que o melhor lhe aconteça, embora saibamos que as surpresas ruins também nos rodeiam. Tudo faz parte do viver.

120. Muitas vezes, ignorar os fatos é uma forma de sobrevivência quando o bem-estar sobrepõe-se à razão e o coração fica alheio às evidências ao seu redor.

121. A vida, em sua infinita trajetória, pode revestir-se de momentos inusitados que podem levar os seres humanos a mudanças em seu viver, por situações inesperadas, provenientes de um único gesto.

122. Há pessoas que só precisam de uma oportunidade para demonstrarem sua capacidade de amar, de serem honestas, de compartilharem a vida com ética e, ainda, fazer outras pessoas felizes. As experiências vividas, sentidas e observadas ensejam um comportamento altaneiro despido de todas as mazelas do passado.

123. O amor, se ele existiu em algum momento das nossas vidas e se foi verdadeiro, não morrerá nunca. Havendo condições, ele poderá ressurgir com uma força bem maior não importa o que tenha acontecido.

124. Não podemos nos esquecer nunca de que os nossos pés devem sempre estar apoiados e firmes no chão para que o enlevo dos acontecimentos não nos tire a realidade de forma total. Há os desejos e os sonhos. Os primeiros são determinados e realizados pela nossa maneira de encarar o mundo. Os sonhos são os devaneios que povoam nossa alma.

125. As mudanças acontecem mesmo que não as almejamos. O que vale nesta vida são as emoções e quanto mais fortes nos sentimos numa situação que ultrapassa o infinito. Viver é arriscar-se, alguém já afirmou.

126. O desconhecido enche a nossa alma de expectativa: o medo envergonhado pede licença para se retirar e o nosso pensamento fica a prelibar o que iremos viver.

127. Há determinados acontecimentos em nossas vidas que ficam em nossas mentes para sempre. Podemos viver outros melhores ou piores, mas aqueles persistem em nos acompanhar, como uma marca que jamais será apagada.

128. Por vezes, é preciso viver cada momento de nossas vidas em profundidade, porque cada segundo pode representar uma vida inteira.

129. Quando se tem fé, forças superiores nos ajudam a chegar ao lugar onde Deus houver por bem escolher para nós.

130. Os riscos também trazem emoções e, às vezes, colocam-nos à beira de um abismo, deixando-nos vulneráveis aos acontecimentos.

131. A vida continua independentemente do que sentimos ou vivemos. O tempo não nos dá o direito de voltar atrás. Quando ele passou, passou. O que foi feito foi feito. O que foi vivido foi vivido. Ele é implacável e segue o seu caminho, independentemente das nossas alegrias ou tristezas.

132. Como é bom se sentir, na vida de um homem, como se fosse a primeira, a única e a última mulher do mundo. É fantástico!

133. Em qualquer aeroporto do mundo há um emocional que nos envolve e nos faz sentir que todos os que estão ali, certamente, têm um objetivo: continuar uma viagem ou voltar para casa. É uma atmosfera de muito suspense e expectativa. Como é bom viajar!

134. A casa que nos abriga deve estar em sintonia com o nosso sentir. Deve pairar no ar aquele mistério que envolve os seres humanos e que denominamos amor.

135. Como é delicioso dividir a vida com alguém que tem o olhar voltado para a mesma direção que a sua.

136. Quando você tem a certeza e a clarividência de que o tempo incumbe-se de transformar a vida para uma situação melhor há um conforto na alma e uma vontade férrea de prosseguir na luta.

137. Felicidade é sentir a alma leve e a certeza de que as nossas vidas não foram inúteis. É sentir que o seu dever neste mundo foi cumprido.

138. Em nosso caminhar pelo mundo só tomamos determinadas atitudes em momentos extremos. O tempo, esse safadinho de plantão, fica sempre a nos desafiar nessas circunstâncias.

139. É uma responsabilidade muito grande colocar um filho no mundo. E para que você não tenha de chorar ou viver dias de angústia, torna-se necessário acompanhar a vida deles, dando-lhes orientação e fazendo com que eles percebam que a vida é coisa séria e que, para se alcançar a felicidade, é preciso seguir determinadas condutas de comportamento.

140. É interessante como a vida muda quando temos algo a alcançar.

141. Às vezes, somos empurrados para viver o que se apresenta na vida e precisamos sobreviver a qualquer custo.

142. Aprendi que as dificuldades da vida são inúmeras e somente os fortes conseguem alcançar seus objetivos.

143. A coragem e os sonhos de um futuro promissor dão-nos uma visão de que milagres acontecem. E eles acontecerão! Só que, para que esses milagres se tornem realidade, é necessário lutar, ter determinação e fé.

144. Há momentos na vida que se fosse possível medir a felicidade que sentimos ela seria maior que todo o universo, incluindo aqueles que ainda não foram descobertos pelo homem.

145. Quando a vida adquire conotações de encantamento, pensamos que tudo durará eternamente. Tudo que envolve a vida é finito. Vivenciar os grandes

acontecimentos da vida é algo superior e de grande importância para o nosso cotidiano. E o mais interessante é que todos os problemas reais, aqueles que temos de solucionar diariamente, tornam-se ínfimos e de fácil solução. É nesses instantes que alcançamos a felicidade.

146. O ímpeto de sonhar faz parte da humanidade desde que ela existe. Sonhar é ter esperança. É ver e vivenciar um mundo diferente do real. Sonhar ajuda os seres humanos a arquitetar um mundo cheio de situações impossíveis, mas possíveis para quem almeja um mundo cheio de encantamento e felicidade.

147. A vida passa correndo e se não aproveitarmos o que ela nos oferece em certas ocasiões podemos perder a chance de encontrarmos a felicidade.

148. Nesta vida nem tudo está perdido. Subi ao espaço e fazendo-me acompanhar de nuvens branquinhas deslizei ao sabor do vento e levei o meu pensamento para outros lugares, convencendo-me de que deveria haver outras perspectivas para um novo viver. É necessário acreditar sempre e nunca perder de vista a direção dos nossos sonhos.

149. Não se pode voltar atrás quando o mal ou bem já foram concretizados. Resta-nos fazer as escolhas para um futuro menos penoso ou encarar a realidade dentro das opções.

150. Apesar das grandes adversidades que a vida me ofereceu, ainda tinha esperança de voltar a ser feliz, independentemente de tudo que me cercava. Eu chegaria lá. Com a minha experiência de vida eu sabia como ganhar a guerra. Conhecia as armas e sabia como manejá-las. Era só uma questão de tempo.

151. Segurando a sua mão caminhávamos envoltos numa atmosfera indescritível. Ele escolheu um restaurante com luzes de velas e ali ficamos por mais de duas horas. O jantar estava delicioso e a música, ao vivo, perfeita. A felicidade fazia-nos companhia, fazendo-nos esquecer de que há outros seres humanos que também precisam dela. Naquela noite, ela nos pertencia por inteiro.

152. Sempre pensei que a vida deve ser encarada de forma que, se temos uma companhia que nos faz feliz e se ela, por qualquer motivo, desaparece, temos de ser fortes para enfrentar o mundo sob outra perspectiva. É claro que sentir saudade de alguém que amamos é da condição humana, mas anular-se como ser humano é perigoso. Devemos, antes de amar alguém, amar a nós mesmos e saber que o Universo sempre nos dá uma alternativa de sobrevivência. Nunca devemos ficar na dependência da respiração do outro porque Deus dá a cada um o seu próprio ar.

153. Estivemos fora deste mundo por algumas horas, vivenciando um prazer que somente os apaixonados conhecem. Foram momentos de total esquecimento da realidade. Experimentei o delicioso gosto de ser amada e ter a minha disposição o que de melhor a vida pode oferecer.

154. Em minhas viagens pelo mundo vi mares diferentes. Quando se viaja de Miami para Key West pela rodovia US1 temos o Golfo do México de um lado e o oceano Atlântico do outro. E a estrada segue no meio, desafiando esse grande poder da natureza que é o mar. Há pontes imensas que se ligam àquelas ilhas num espetáculo de rara beleza. Ao entardecer, quando o sol situa-se no meio da rodovia, transitar por ela é um deslumbramento incomparável. Faça essa viagem um dia!

155. Minha querida, não me esqueça, porque eu estarei aqui a lhe esperar, com todo o carinho e amor que tenho dentro de mim. Faça uma boa viagem. Prometo lhe telefonar todos os dias. Qualquer problema que por acaso você tenha, telefone-me imediatamente. Correrei ao seu encontro.

156. Quando alguém faz alguma coisa pela primeira vez é comum não primar pelos detalhes que nas vezes seguintes são observados. A experiência faz o aprimoramento dos feitos. Assim agiu Deus: primeiro, pegou uma porção de barro amassou, deu um sopro e surgiu o homem. Depois, cuidadosamente, modelou o material com os cuidados necessários para uma obra perfeita. Ainda, colocou malícia, intuição e formosura. E eis aí a mais deslumbrante criação da natureza: a mulher.

157. A vida é um constante desafio, e para conquistarmos o nosso lugar neste planeta precisamos cultivar a sabedoria e a criatividade. Essas armas nos são oferecidas mediante a observação constante do que presenciamos ao nosso redor, a leitura de mestres da literatura e o amor próprio que cada um deve ter em todos os momentos do viver.

158. Jamais seremos os mesmos após a leitura de um livro ou de uma viagem. Essas duas situações enriquecem o nosso viver, ampliam os nossos horizontes, e passamos a ver o mundo de forma diferente.

159. Realmente, eu nem sabia o que fazer nesse momento. Tudo era para mim, ainda, um sonho. Fiquei algum tempo ali, parado, refletindo e concluindo que a vida é fantástica e imprevisível. Muitas coisas podem nos acontecer quando

menos esperamos. Precisava agora conscientizar-me de tudo ao meu redor e começar a viver.

160. Quando temos um grande objetivo a alcançar, a força do pensar e a determinação caminham juntas para atingir essa meta.

161. Os meios de comunicação deste século estão ao alcance de todos. As palavras e expressões de outras línguas vão se infiltrando em nosso cotidiano, no contexto de nosso pensar com uma naturalidade mágica. É um processo contínuo e dinâmico. Ainda há o fator monetário. Se você tem dinheiro não precisa, necessariamente, falar o idioma de qualquer país. Ele substitui qualquer palavra dita e resolve todos os problemas de comunicação.

162. Era um dia ensolarado, num fim de tarde, e o brilho do sol espalhava-se pela vegetação, dando-nos um clima de felicidade. Até a natureza festejava antecipadamente tudo o que iríamos vivenciar nos dias a seguir.

163. Pelo que pude sentir, ele estava munido de uma paixão avassaladora, incontrolável. A expectativa que ele tinha para esse encontro era algo além do que a mente humana pode assimilar.

164. Cada pessoa pode fazer tudo o que quiser, mas deve ter sempre em mente que será responsável por seus atos e que deverá assumi-los em sua total plenitude. O poderoso verbo assumir é revestido de uma dureza de caráter que nem sempre é observado pelos mais displicentes. Assumir, repito, é um ato de coragem e esta, por vezes, foge com receio de ser malvista. Assumir é encarar o mundo de frente, de cabeça erguida, sem temores, na certeza de que o seu caminhar foi pautado nos princípios básicos da decência. Assumir é levar a mente para a tranquilidade do dever cumprido. Assumir é encarar as pessoas e a si mesmo com tranquilidade.

165. Tenho pressa de sua decisão. Você entrou em minha vida e tomou conta de todos os poros do meu corpo, da minha mente, e fez pousada em meu coração. A vida sem a sua presença está se tornando insuportável. Em tudo o que faço tenho-o comigo. Não me deixe ficar louca!

166. A felicidade está ao alcance de todos. No entanto, para que ela se instale e permaneça em nossa vida, é um longo caminhar que requer cuidados permanentes. Ela carregará sempre situações inesperadas e precisamos estar sempre atentos para não nos deixar abater com as intempéries que possam surgir.

A alegria de viver deve estar acima de qualquer dificuldade porque ela nos dá ânimo na luta pela vida.

167. A vida é fazer escolhas acertadas em seus momentos exatos para que, um dia, tenhamos a certeza de que ela não foi inútil e que valeu a pena viver.

168. Os conhecimentos que eu ia adquirindo naquele escritório valiam pelo maior salário do mundo. Todos os valores que podemos amealhar são ínfimos diante das portas que vão se abrindo para um futuro promissor. Era exatamente o que eu estava procurando. É muito importante estarmos sempre preparados para as oportunidades que chegam ao nosso caminho. É necessário aproveitá-las e agarrá-las com todas as forças de que dispomos.

169. Não vimos o amanhecer chegar. O sol, respeitando a nossa privacidade, também se recusou a adentrar em nosso quarto pelas frestas das janelas. E, assim, ficamos vivenciando todo esse encantamento por muitas horas. Em dado momento, já cansados, dormimos. Ao abrir os olhos e tomando consciência de tudo que se viveu, ele me disse: "Você é uma fêmea em sua mais profunda essência". Guardei esse elogio por toda a vida.

170. A criatividade é mais importante do que a inteligência. Ela faz a diferença na hora de atingir os nossos objetivos mais rapidamente.

171. A natureza participou de toda a felicidade que nos envolvia. O sol brilhava na vegetação como se estivesse aplaudindo todo o acontecido ao seu redor. A água límpida e fria tentava apagar, inutilmente, aquele fogo que emanava dos nossos corpos.

172. Nossa mente é poderosa e ela pode nos descortinar um mundo que antes não tínhamos ideia de que existia. Sonhar é uma forma de viver acima do previsível, com a esperança de dias melhores. Vale tentar!

173. O pensamento de um ser humano é algo inviolável. Portanto ele precisava agir com disfarces para não ser surpreendido sobre o que planejava. A aparência é uma situação diferente daquela que ronda o interior de cada um.

174. Numa noite consegui separá-las das amigas e, segurando sua mão, caminhamos em volta da praça. Em dado momento, à sombra de uma imensa árvore, beijamo-nos e desfrutamos de um prazer inconfundível. Subimos ao infinito, demos algumas voltas pelas estrelas e aterrissamos no mesmo lugar, com roupagem e sentimentos diferentes. Iniciou-se uma paixão das mais vulcânicas e recheadas de muitos contratempos.

175. Às vezes, as decisões chegam tarde demais. O abismo que o cerca não lhe dá o direito de uma saída segura. Mas vale tentar, principalmente quando há uma pequena centelha de esperança.

176. Deus, certamente, teria respondido: "Tudo pode acontecer a qualquer pessoa neste mundo, não importa o nível social, cultural ou econômico que se tenha. As desventuras não são destinadas apenas aos famintos e pobres. Se fosse assim, a luta pela riqueza e fortuna teria na humanidade uma força das mais ferozes para serem poupados de todos os males desta vida".

177. Sentei-me confortavelmente na praia e comecei a fazer algumas reflexões sobre a vida. Podemos viver anos seguidos de uma forma sem nos darmos conta de que a vida poderia ter sido diferente, excitante e prazerosa. Mas nunca é tarde para recomeçar um novo viver. Após vinte anos saí daquele pesadelo, abri as portas do mundo, passei a conviver com pessoas e a participar de tudo de bom e ruim que nos é oferecido. A pior morte é aquela que está na alma indiferente a tudo que a cerca.

178. A mente humana é um labirinto de surpresas. Quando pensamos que encontramos a saída, podemos nos perder e tornar tudo confuso. E quando a mente está conectada ao sentimento, aí teremos uma situação que transcende o nosso pensar e, na maioria das vezes, dificulta um diagnóstico preciso. O mundo visto e sentido por cada pessoa é único e intransferível. Assim como as impressões digitais, cada um tem o seu próprio desenho.

179. Alguém, um dia, afirmou: tenha sonhos grandiosos para não os perder de vista. Portanto sonhe e visualize a realização deles. Vivencie cada etapa com entusiasmo na certeza de que eles se tornarão realidade. Fuja da angustiante palavra medo, porque esta só tem a finalidade de aterrorizar e nos desviar dos objetivos que queremos alcançar. Mande-a para um lugar onde jamais será encontrada.

180. Os anos foram passando e o tempo alheio a tudo cumpria o seu caminhar. Ninguém tem o direito de detê-lo e ele não se preocupa com as situações de cada um. Caminha seguro do seu poder de forma inevitável. Também, nunca dá retorno em nenhuma situação. Ele é soberano, altivo e despido de sentimentos rotineiros. As únicas oportunidades que ele oferece é o cumprimento imediato de todos, em cada segundo de sua passagem. Não tem ouvidos para queixas ou lamúrias. Ele é irredutível.

181. Quando queremos alguma coisa com fé nós a alcançamos porque o universo conspira a nosso favor. O labor diário é também uma distração para a nossa alma ferida. Ele nos eleva a uma concentração que nos faz esquecer todos os problemas. Ainda, se esse trabalho nos dá satisfação, a vida se completa.

182. A vida é o fogo do amor em labaredas dentro do nosso corpo.

183. O que vai determinar a trajetória de uma mulher, em seus mais amplos aspectos, são os exemplos que ela teve na infância e na adolescência espelhados no viver diário com a família e, em especial, com a sua genitora. Estes marcarão a sua vida para sempre. Eis porque esse relacionamento é importante para a formação do caráter e da personalidade de cada uma. Sentir-se amada, protegida e orientada como sobreviver neste mundo são situações precípuas para um caminhar confiante e sem grandes atropelos.

184. Há mistérios na vida que, por vezes, pegam-nos de surpresa e começamos a ver o mundo de forma diferente do habitual, com nuances de encantamento. É nesses instantes que passamos a degustar cada momento da vida como se nunca tivéssemos vivido tudo isso antes.

185. Há três mundos em nosso viver: o que nos cerca, o que vivemos e um de pequenos detalhes, que nos faz sonhar.

186. Leve o seu pensar para o topo de uma montanha e visualize o mundo a sua volta. Você verá de que há muito para descobrir e viver.

187. As marcas deixadas no corpo foram provas vivas de que algo fantástico aconteceu. As da alma ficaram escondidas em compartimentos de difícil acesso. As do coração foram sublimemente vividas nas batidas descompassadas da emoção.

188. Percebe-se que a sua caminhada tinha metas a serem atingidas e ela não se detinha nas dificuldades encontradas pelo caminho. Cada nova etapa vencida era festejada, vivida com paixão e o entusiasmo de quem sabe que a coragem e a fé têm o poder de transpor obstáculos por mais difíceis que lhes pareçam.

189. Jamais seremos os mesmos após a leitura de um livro ou de uma viagem. Essas duas situações enriquecem o nosso viver, ampliam os nossos horizontes e passamos a ver o mundo de forma diferente.

190. Sinta e viva cada segundo da sua vida focado naquele momento e deguste tudo de forma total e absoluta. O nosso cérebro não gosta de se dividir em mais de uma tarefa.

191. Ela sabia de que nem todo mal é ruim. Há males que vêm para o bem. É sabido que quando esses eventos acontecem, a nossa alma fica pequena e o sofrimento nos faz companhia. Ao libertarmo-nos desses pesadelos, deixando-os para trás, a sensação de vitória e bem-estar inunda a nossa alma, trazendo-nos a companhia daquela mocinha preciosa que se chama felicidade.

192. Há muitas pessoas que nunca viram o mar. Elas não têm ideia do fascínio que ele exerce sobre nós quando o vemos pela primeira vez. Conviver com o mar é um privilégio de muitos. Sentir o mar é um prazer incomensurável. Imaginar o que se esconde debaixo daquele imenso volume de água, em tonalidades diferentes do verde escuro ao clarinho, em muitas de azul ou até cinzenta nos dias nublados ou chuvosos, é um desafio para o nosso olhar. Presenciar o quebrar das ondas na praia, num tom suave e, por vezes, nem tanto, é como se estivéssemos ouvindo uma música em diversos compassos e com instrumentos musicais diferentes, porém todos em sintonia.

193. Não há lugar como o nosso lar. É verdade. O nosso cantinho, simples ou suntuoso, pertence-nos. É nele que a felicidade mora. É nele que temos a noção de bem-estar e equilíbrio. É ele que nos traz a certeza de sermos possuidores de um espaço neste mundo de dimensões infinitas. É nele que nos sentimos protegidos de muitas situações perigosas da vida. É, finalmente, um lugar onde a paz deve permanecer sempre.

194. Nesse segundo encontro, ela teve o privilégio de sentir novas emoções. Aquelas que inundam a alma e explodem em todos os poros do corpo.

195. Ouça sempre a sua voz interior. Ela terá a sabedoria necessária para as suas decisões.

196. Estava descobrindo um novo viver e sentia o brilho do sol e o calor que aquecia minha alma. A minha intuição me revelou que encontrei a pessoa certa na hora exata. Agora, tinha obrigação de me transformar de lagarta em borboleta, passando pelos traumas comuns da metamorfose. E, ainda, ansiava ser feliz. A solidão é tenebrosa e cruel.

197. Se aquele olhar pudesse ser medido, daria muitas voltas pelo infinito e deixaria toda a humanidade numa profunda tristeza. O olhar de um homem tristonho por deixar o seu amor voltar sozinha para casa.

198. Os sonhos são necessários e imperiosos porque sem eles a vida fica desconcertante e sem objetivos. Ter um alvo a atingir faz o nosso caminhar recheado de esperança.

199. Infelizmente, o tempo anda, corre e não se incomoda com o nosso sentir, até mesmo naqueles instantes em que deveria se prolongar para que fosse possível eternizar os momentos de felicidade. A vida é uma dinâmica em todos os aspectos. Sendo assim, vivamos cada segundo em profundidade máxima, sorvendo todo o encantamento que ela nos proporciona.

200. Não é possível ser feliz o tempo todo, mas o bom humor torna tudo mais fácil.

201. Cultive o bom humor e torne a vida mais interessante e prazerosa. Tente!

202. O seu olhar tinha o brilho das pessoas que vão subindo os degraus do sucesso na certeza de que alcançarão o topo da escalada, de onde poderão vislumbrar um panorama visto somente por aqueles que têm a determinação e a coragem de se arriscarem. Essas pessoas não passam despercebidas no contexto visual do mundo.